불야성
不夜城

불야성

不夜城

1

원작 한지훈 | 소설 안진홍

_ **Contents**

"올라가려는 욕망, 그 자체가 의미야….
그런것이 없다면 죽은거나 다름없지."

1부

어둠 속에서 눈발이 휘날리기 시작했다. 화이트 크리스마스에 내린 눈은 높이 솟은 빌딩의 불빛에 때 이른 모습을 드러냈고 마주 앉은 두 사람에게도 은은히 내려앉았다. 불빛에 비춰진 서이경과 이세진의 모습은 멀리에서도 알아볼 수 있을 만큼 아름다웠다. 이경이 도시적인 세련미와 기품 있는 우아함을 발산한다면 세진은 주위 사람마저 기분 좋게 만드는 싱그러움과 해맑은 풋풋함이 있었다.

"밖에서 밥 한번 같이 못 먹었구나."

"바쁘셨잖아요.

이경이 건네는 다정한 말에 세진이 발랄하게 대답했다.

"네가 수고 많았지."

"대표님이 잘 가르쳐주신 덕분이에요."

이경은 세진의 흠잡을 데 없는 대답에 웃음을 내비쳤다.

"듣기 좋은데? 맛있는 걸 사줘야겠다."

이번에는 세진이 웃음을 보였다. 이경은 와인 목록이 적힌 메뉴판을 펼치며 무심한 말투로 말했다.

"오늘 친구하는 김에 술상무도 할래?"

"운전 괜찮으시겠어요?"

"대리 부르면 되지. 여기 샤토 마고 1996년산."

세진은 이경을 잠시 쳐다보다 고개를 끄덕였다. 웨이터는 기다렸다는 듯 식탁 위를 풍성하게 꾸몄다. 그는 아름다운 두 여인을 모시는 일에 최선을 다했다.

와인이 몇 순배 돌자 그녀들은 웃음소리를 높이며 가볍게 손을 잡는 등 더할 나위 없는 정겨운 모습을 보였다. 웨이터는 이 아름다운 모습을 영원한 화폭에 담고 싶은 마음이 생겼다. 웨이터는 이경과 세진이 빈 잔을 내려놓자 목소리를 가다듬고 정중한 목소리로 말했다.

"실례가 안 된다면 사진 한 장 찍어드릴까요?"

둘은 동시에 웨이터를 쳐다보았다. 세진은 눈길을 돌려 이경을 살폈다. 이경은 살짝 웃으며 말했다.

"네, 고마워요."

세진은 생각지도 못한 이경의 승낙에 입꼬리가 살짝 올라갔다.

웨이터는 폴라로이드 카메라를 가져와 두 사람 앞에 섰다. 이경과 세진은 테이블 쪽으로 몸을 숙이며 서로에게 다가갔다. 그리고 얼굴이 닿을 듯 말 듯한 거리를 남기고 나란히 고개를 돌려 한 방의 플래시를 받았다. 웨이터는 과장되게 즉석 인화지를 흔들었다.

"수고했어요. 사진 내려놓고 이제 일 보세요."

조금 전과 달라진 이경의 다소 냉담한 말투에 웨이터는 당황하며 자신이 뭔가 실수를 했나 잠시 생각했다. 복장과 언행, 요리를 내오는 시간, 적당한 양의 와인, 모든 게 완벽했다. 다만 인화지를 다소 경박스럽게 흔든 점이 마음에 걸렸다. 그는 입술을 질끈 깨물며 뒤로 물러섰다. 이경은 와인을 한 모금 삼킨 후 다정한 말투로 돌아왔다.

"세진아."

"네, 대표님."

"네가 뭘 하려는지 알아. 근데 그거 실패할 거야."

"멈추게 할 거예요. 대표님을 좋아하니까요."

이경은 곧장 대답치 않고 희미하게 웃었다. 세진은 밝은 표정으로 이경의 다음 말을 기다렸다. 이경은 자리에서 일어나 세진에게 다가갔다. 세진 역시 자리에서 일어섰다. 이경은 평소 둘 사이에 그어놓은 가상의 경계선을 넘어섰다. 세진은 피하지 않았다. 이경은 세진을 꼭 껴안았다. 세진은 그대로 서서

먹먹함에 눈을 감았다. 이경은 세진의 귓가에서 담담하게 속
삭였다.

"네 세상은 이제부터 지옥이 될 거야!"

세진은 눈을 천천히 뜨며 이경을 꼭 껴안았다.

"대표님이 괴물이 되는 걸 구경만 하지 않을 거예요!"

포옹을 푼 이경은 가방을 들고 테이블 위에 잠시 시선을 고
정했다.

"사진, 잘 나왔구나."

이경은 돌아서 곧장 출구로 향했다. 이윽고 그녀가 사라지
자 세진은 자리에 털썩 주저앉아 마른세수를 하며 고개를 절
레절레 흔들었다. 테이블 위 사진이 세진의 눈에 들어왔다. 세
진은 사진을 집어 들고 한참이나 바라보았다. 세찬 눈발이 창
문을 두드렸다. 세진은 이끌리듯 자리에서 일어나 창가로 다
가섰다. 더욱 굵어지는 눈발 너머로 환한 불빛이 보였다.

'불야성!'

세진의 눈빛이 반짝반짝 빛났다.

뜻밖의 만남

　비는 그칠 기미가 보이지 않았다. 세진은 어두컴컴한 밤하
늘을 올려다보았다. 하늘을 뚫을 듯 높이 솟아 오른 빌딩들이
어둠 속에서도 밝은 빛을 내뿜고 있었다. 빗물 때문인지 찬 밤
공기 때문인지 세진은 오소소 소름이 돋았다.

　"줄까?"

　유나가 얇은 담배 한 가치를 건넸다. 세진은 보통 담배를 선
호하지만 일단 받아 쥐었다.

　"긴장하지 말고, 일단 왔으니 언니나 한번 보고 가."

　유나의 말에 세진은 바로 옆에 언니란 사람이 있는 듯 고개
를 돌렸다. 밝은 불빛이 은은한 음악 소리와 함께 지하에서 새

어나왔다. 그녀는 담배에 불을 붙이며 길게 한 모금 들이키고
내뱉었다.

"들어가자."

세진이 담뱃불을 손가락으로 튕겼다. 지나가던 이들이 그녀
를 힐끔거렸다. 경계의 눈빛보다는 선망의 눈빛이었다. 세진은
그만큼 사람들의 이목을 끄는 매력이 있었고, 그녀 역시 그
사실을 잘 알고 있었다. 세진과 사뭇 다른 매력을 소유한 유
나는 씩 웃으며 지하로 앞장서 내려갔다.

"한창 바쁠 때 오면 어떡하니? 곧 2부 타임인데……."

언니라 불리는 마담이 세진을 찬찬히 훑다 입을 닫았다. 세
진은 주눅 들지 않고 오히려 그 눈빛을 당당히 받았다.

"애 일 끝나는 시간 때문에요."

유나가 세진을 거들었다. 마담 귀에는 이미 그녀의 말이 들
어오지 않았다. 물건이다! 마담은 세진을 보며 내심 쾌재를 불
렀지만 경험으로 비추어 보아 표를 내지 않는 것이 유리하다
고 생각했다.

"그래, 여기가 어딘 줄은 알고 왔지?"

"네, 텐프로잖아요."

세진은 옆 룸에서 들리는 밴드 소리에 귀 기울이며 거침없
이 대답했다.

"맞아……."

마담은 자신 있게 대화를 이끌지 못했다. 꼭 잡아야 해! 마치 자신이 면접을 보는 것처럼 마른침을 연신 삼켰다. 세진이 그녀를 당돌하게 쳐다보았다.

"그래, 괜찮아 보이는구나. 그럼 마이킹을……."

세진은 뭔 말인지 고개를 갸웃했다. 성급했다! 마담은 마이킹을 대체할 적당한 단어가 떠오르지 않아 잠시 멈칫하다 조심히 말을 꺼냈다.

"선, 선수금이라고나 할까."

"일수 같은 거예요?"

"그건 아니고. 네가 대출받는 건 아니잖니."

잠시 정적이 흘렀고, 세진이 정적을 깨뜨렸다.

"아무튼 마이킹이 얼만데요?"

"달에 이천부터 시작할까?"

세진은 예상보다 금액이 너무 커 눈을 가느다랗게 떴다. 그런데 마담에게는 세진의 표정이 실망의 표현으로, '그것밖에 안 돼?'라는 표현으로 받아들여졌다. 마담은 짧은 심호흡과 함께 잡고 싶다는 욕구를 속 시원히 내질렀다.

"달에 삼천!"

유나가 휘파람을 불었다. 요즘 같은 불경기엔 특급 대우였다. 세진은 말없이 눈을 감았다. 그녀의 대답을 기다리는 마담 역시 눈을 감았다. 세진은 결심이 선 듯 눈을 떴다.

"잘 알겠습니다. 생각해보고 연락드릴게요."

세진이 일어섰다. 마담은 실망했고, 유나는 그럴 줄 알았다는 듯 싱긋 웃었다.

면담을 마치고 나왔지만 밤비는 여전히 내리고 있었다.

"잠시 흔들렸었니?"

유나가 우산을 펴며 넌지시 물었다.

"모르겠어. 너무 상상 밖이라 판단할 수 없었어."

"뭘 상상까지 하고 그래. 간단해. 돈이잖아. 넌 휴학 중이고, 월급까지 밀린 직장에다가 밤늦게까지 알바하고……."

자기 처지는 자신이 가장 잘 아는 법. 아직 말을 못했지만 알바도 오늘 잘렸다. 할 말이 많았지만 세진은 입을 굳게 다물었다.

"네가 원해서 난 데려왔고. 그럼 뭔가 리액션이 있어야지."

유나의 채근에 세진이 입을 열었다.

"맞아. 돈이 필요해. 물론 이 일로 큰돈을 빠른 시간 내에 벌겠지만……. 모르겠어. 다른 방법이 있을 것 같아. 돈에 휘둘리지 않고, 내가 부리는……."

"뭔 개소리야. 내 돈 천오백이나 갚고 말해."

세진은 미안함에 입을 다물었고, 유나는 그런 세진의 모습이 안쓰러웠다.

"농담이야. 천천히 갚아도 돼. 이 일도 쉽지 않아. 많이 버는 만큼 나가는 돈도 많아. 날 봐. 그리 밝진 않지?"

세진은 걱정스러운 얼굴로 유나를 유심히 살폈다.

"됐다. 내일 네 계좌로 조금 송금할게."

유나가 세진의 머리를 장난스럽게 헝클며 말했다. 세진은 미안함과 고마움에 그저 헤 하고 웃을 수밖에 없었다. 세진은 유나가 건네는 담배를 묵묵히 받았다.

세진과 유나가 단짝이 된 것도 사실 담배 때문이었다. 둘은 고등학교 입학 때부터 출중한 외모와 화끈한 성격으로 주위의 과도한 시선을 받았다. 막상 둘은 담담했지만 친구들은 두 사람의 미모 순위 매기기에 연연했고, 그렇게 둘은 조금씩 서로를 날카롭게 경계하는 사이가 되어 갔다.

1여 년 간 거의 서로를 무시하며 지내다 수학여행에서 처음으로 말을 섞게 되었는데, 그게 바로 담배 때문이었다.

"라이터 있니?"

담배 생각에 한밤중 숙소 뒤편에서 우연히 마주친 둘은 서로 눈치 보기 바빴다. 유나는 무덤덤한 척 담배를 꺼냈지만 불이 없었고 세진은 불이 있으나 담뱃갑이 비어 있었다. 유나가 말없이 건네는 담배를 세진이 받아 줌으로써 둘은 쌍생아처럼 붙어 다니기 시작했다. 둘 다 어릴 때 부모를 여의었고 친척 집에서 더부살이한다는 공통분모가 크게 작용했다. 다만 세진은 없는 살림에 화목했고, 유나는 없는 살림까지는 비슷했지만 아주 날 선 집안에서 힘들어했다. 결국 가출한 유나를 세진이 한동안 보듬었고, 지금껏 끈끈한 사이를 유지해왔다.

"부담스러우면 내가 이 일 하기 전에 하던 일 물려줄까?"

유나가 생글거리며 말했다. 세진은 멀뚱한 얼굴로 깊은 담배 연기를 내뿜었다.

밤을 새우고 오후까지 내린 비가 그치자 어둠이 그 자리를 대신했다. 어둠은 빠르게 한적한 도로와 그 사위를 적시다, 도로가 휘어진 곳에서 비껴 내려섰다. 고급 레스토랑 건물이 환한 불빛으로 그 위용을 드러냈기 때문이다. 초저녁 스산한 바람이 맴돌았고 건물에서 유일하게 불 꺼진 방 안에 이경이 있었다. 비는 방 유리창에 흔적을 남겼고 이경은 창 바깥쪽에 맺힌 빗방울을 손가락으로 만지작거렸다. 그 너머로 고급 승용차가 연이어 섰고, 정재계 인사들이 계속해서 내렸다. 종업원들은 차를 건네받기 바빴고, 고급 레스토랑답게 주차장은 널찍했다.

가벼운 노크 소리에 이경은 잠시 움찔했지만 뒤돌아보지 않았다. 조 이사일 것이다.

"5분 뒤에 행사 시작합니다."

50대 초반에 푸근한 인상을 풍기는 조 이사는 중후하지만 날이 서 있는 목소리로 말했다. 이경은 여전히 뒤돌아보지 않은 채 말을 건넸다.

"명단 확인하셨어요?"

"네, 초대장을 받은 인사들은 모두 참석했습니다."

"역시 돈 냄새는 빨리 퍼지네요."

"다들 대표님을 기다리고 있습니다."

이경이 뒤돌아섰다.

"여기까지 오는데 1년 걸렸어요. 10분쯤 기다리게 해도 상관없을 거예요."

이경은 다시 창밖을 향해 천천히 몸을 돌렸다.

"10분이나 지났는데 안 오고 뭐하는 거야!"

사십대 후반인 손기태는 딱히 누구에게 한 말은 아니지만 나름 불쾌함을 표현했다. 레스토랑 VIP실에서 그의 부친 손의성 회장과 그의 딸 손마리와 더불어 삼대가 무료한 표정으로 이경을 기다리고 있었기에, 위치나 직위 등 여러모로 보아 그가 한 마디 내뱉는 게 적당했다. 하지만 손 회장은 다소 과장된 행동을 보이는 아들이 마땅찮았다. 칠십 넘은 노구로 자신이 일본에서 만들어 한국에 뿌리내린 대부업체 '천하금융'

을 친자식에게 선뜻 맡기지 못하는 사실을 괴로워했다. 더구나 일본에서 라이벌 관계였던 서봉수 회장의 후계자가 한국 진출을 위해 오늘 자신을 초대했다. 게다가 10분이나 기다리게 하고 있다. 외동딸이 후계자라는데…… 애피타이저를 게걸스럽게 먹어대는 아들놈이 눈에 거슬렸다. 성격이 포악하고 성급하기에 믿음이 가질 않았다. 그놈의 딸, 즉 손녀인 마리 역시 일반적인 상식선을 한참이나 벗어나 있었다. 세상 물정 모르고 사치가 심한데다가 사람들을 깔보았다. 손 회장은 지끈거리는 머리를 한 손으로 꾹꾹 눌렀다. 그래도 나름 의리와 정이 있기에 자식보다는 좀 나아보이기도 했다.

"아빠, 나 파리 좀 보내주라. 신상 백이 나온다는데 예감이 별로 좋지 않아. 내 손에 들어 올 것 같지 않다고."

"홍콩 가서 싹쓸이하고 온 지 며칠이나 지났다고. 근데 내 시계는 언제 나온대?"

손 회장은 정겹게 오가는 부녀의 대화에 두 손으로 머리를 감싸 쥐었다. 때마침 문이 열리고 이경이 들어섰다. 우아하고 세련된 스타일로 시선을 한 몸에 받았다. 그녀는 주위에 눈인사를 건네며 삼대가 있는 테이블로 곧장 걸어갔다.

"어려운 걸음 하셨습니다. 회장님."

손 회장은 이제야 그녀를 본 듯 고개를 들었다가 묵직하게 끄덕였다. 마리는 아름다운 이경의 자태에 잠시 넋을 놓고 보다, 이내 시샘 어린 눈으로 그녀를 위아래로 훑었다.

"불우이웃을 돕고 싶으면 현찰로 쏘든가, 번거롭게 이게 다 뭐요? 바쁜 사람들 불러 모아놓고."

손기태가 아니꼽다는 듯 거들먹거렸다.

"손 사장, 무슨 실례인가?"

손 회장이 성급히 나서는 아들을 다급히 말렸다.

"이런 핑계로 인맥도 다지는 게 사업이죠. 그럼……."

이경은 가볍게 목례하고 다른 테이블로 걸음을 옮겼다. 손 기태가 콧방귀를 뀌었다.

"같잖아서 못 봐주겠네. 지가 뭐라도 되는 줄 아나."

"뭐가 되려는 속셈인지 모르니까 문제다."

손기태는 뭔 말인지 손 회장을 삐딱하게 쳐다보았다.

"한국 들어온 지 1년 만에 회사를 급성장시켰어. 자금 규모 도 몇 배나 늘었고. 가만 놔두면 우리 머리 꼭대기에 앉아서 놀게다."

손기태가 피식 웃었다. 손 회장이 눈을 부릅떴다.

"협회 비자금을 120개나 까먹은 놈이 무슨 할 말이 있다 고!"

"아니, 그 얘기가 지금 왜 나와요?"

손기태는 마리에게 들리지 않을 정도의 낮은 목소리로 반 항했다.

"다른 회원사가 눈치 채기 전에 손실부터 메워."

손기태는 아버지의 말을 귓등으로 흘리며 마리를 살폈다. 마리는 부친의 시선을 전혀 의식치 않고 자리에서 벌떡 일어섰다. 그녀의 신경은 이미 다른 곳으로 향해 있었다.

"어? 저게 진짜!"

마리는 대뜸 욕지거리를 하며 자리를 박차고 나갔다.

"야, 미친 거 아냐? 여기가 어디라고 쫓아와?"

마리가 대뜸 한 남자의 넥타이를 움켜쥐었다. 명품으로 치장했지만 태가 그렇게 나지 않는 남자였다.

"그냥 술김에 몇 번 논 게 다잖아. 빨리 꺼져라."

"웃기지 마. 너, 너 때문에 온 거 아냐. 아빠가 대신 갔다 오랬다고."

남자는 꽤나 연습했을 것 같은 대사를 힘겹게 내뱉었다. 마리는 넥타이를 잡은 손에 더욱 힘을 주고 그를 밖으로 끌고 나가려 했다.

"형락 씨."

적당한 톤의 다정다감한 말투로 뭘 입어도 태가 안 나는 사내의 이름이 불렸다. 마리는 동작을 멈추고 소리 나는 쪽을 향해 표독한 시선을 날렸다. 눈부신 진홍빛 원피스를 입은 세진은 그 시선을 가볍게 받아 넘겼다. 그녀는 마리를 힐끔 쳐다보며 남자의 팔짱을 꼈다.

"누구?"

남자는 어색하게 웃으며 다정한 목소리로 물어오는 세진의 말에 답했다.

"어, 그, 그냥 아는 애. 신, 신경 쓰지 마."

마리는 남자의 말에 어이가 없었다. 세진은 마리에게서 독한 말이 튀어나오기 전에 선수를 쳤다.

"오늘 색깔 잘 받는데."

세진이 남자의 비뚤어진 넥타이를 바로잡았다. 마리가 헛웃음을 흘렸다.

"호박에 빗살무늬 긋고 있네."

"뭐라고요?"

"얘, 내가 잘 아는데. 찌질함의 극치야. 어떻게 아냐고? 한 달 전까지 내가 데리고 놀았거든."

세진은 부러 남자를 흘겨보았다. 남자는 약속과 달리 당당한 태도 대신 고개를 내리깔고 있었다. 마리는 한층 의기양양해 했다.

"그래서요?"

"어?"

마리는 상대방의 차분한 반응에 당황했다.

"이젠 데리고 놀지 못해 아쉬워요? 헤어진 남친한테 최소한의 예의가 있다면 남의 진심 갖고 그딴 소리 하는 거 아니죠."

세진은 살짝 정색하며 차분한 목소리로 쏘아붙였다.

"야!"

마리의 속이 화르르 타올랐다. 세진이 피식 웃으며 낮게 으르렁거렸다.

"반말 까지 마라. 귀싸대기 날아가기 전에."

마리는 세진의 강력한 한 방에 멈칫했다. 세진은 남자에게 방긋 웃으며 다시 팔짱을 꼈다.

"자기야, 신경 쓰지 말고 들어가자."

세진이 엉거주춤하는 남자를 안으로 이끌자 마리는 표정관리가 되지 않았다. 세진의 입가에 웃음이 번지기 시작했다. 그녀는 전날 유나에게 소개받은 역할 대행사를 통해 50만 원짜리 여친 대행 일을 하고 있는 중이었다. 처음에는 긴장되었지만 유나가 구해온 고가의 원피스를 입는 순간부터 체질에 맞나 싶을 정도로 편했고 전혀 꺼림칙하지도 않았다. 좀 있다 진행될 이벤트만 성공시키면 50만 원의 추가 보수도 받을 수 있었다. 세진은 이 상황을 좀 더 즐기고 싶은 마음까지 들었다. 결국 웃음이 그녀의 입술을 비집고 나왔다.

이경은 레스토랑 메인 홀 테이블을 돌며 접촉 대상들과 인사를 나누었다. 대상이 아닌 이들도 간혹 보였지만 1년 동안 준비한 계획대로였다. 갤러리 S를 설립해 뇌물 대용으로 다양한 미술품을 모으며 재산의 반을 쏟아 부었었다. '이제 시작이다.' 이경이 다른 테이블로 옮기기 위해 몸을 일으키자 여기저기서 수군거리는 소리가 들렸다. 눈에 확 띄는 한 여자가 별 볼일 없어 보이는 남자의 팔짱을 끼고 메인 홀로 들어서고 있었다. 낯설지 않아. 당당한 표정에 스타일까지 좋은 그녀를 이경은 눈여겨보았다.

"야, 너 재주도 좋다."

"제법인데. 오늘 마리도 왔던데."

비슷해 보이긴 하지만 조금 더 태가 나는 남자 둘이 다가와 세진을 흘끔거렸다. 남자는 세진을 바라보며 어깨를 으쓱했다. 목소리에 힘이 들어갔다.

"알아. 좀 전에 봤어."

예전과 다르게 쿨하게 답하는 그에게 남자 둘은 소리 없는 탄성을 질렀다. 남자는 자신도 모르게 세진이 진짜 자신의 여자 친구인 양 어깨에 손을 둘렀다. 그녀는 차마 손을 뿌리치지 못하고 인상을 살짝 찡그리고 말았다. 실수였다. 다행히 아무도 눈치 채지 못한 것 같았다. 세진은 고개를 돌려 주위를 살피는데 이경과 시선이 마주쳤다. 그녀는 흥미로운 표정으로 세진을 응시하고 있었다. 세진은 혹시나 하는 마음에 부드러운 눈인사를 보냈다. 이경은 반응하지 않았다. 세진은 불편했지만 그녀에게 다가섰다.

"왜요? 저를 아세요?"

"그 원피스를 알죠. 이승환 선생님 작품이니까."

이름은 얼핏 들어보았다. 세진은 당황했지만 내색치 않았다. 계속해보라는 듯 턱을 치켜들었다.

"저도 마음에 든 옷인데 소창그룹 사모님이란 분이 급하게 가져갔다더라고요."

이경이 한 템포 쉬었다. 그만큼 세진은 더 긴장되었다.

"그래서 포기했거든요. 그런데 그룹 안주인치고 꽤 젊으시네요."

"비슷한 옷을 잘못 보셨나 봐요."

세진은 밀릴 수 없었다. 이경이 미소 지었다.

"아뇨, 전 한번 탐낸 건 결코 잊지 않아요. 절대!"

"어쩌나. 아니라고 해도 믿질 않으시네?"

"안심해요. 숍에 확인하진 않을 테니까."

세진은 주춤했다. 뭐라 답할 거리가 없었다. 불편한 분위기를 조 이사가 무마시켰다. 그는 이경에게 다가가 귓속말을 건넸다. 그녀는 고개를 끄덕이고 돌아서며 말했다.

"핏은 잘 맞췄네. 어울려요."

이경은 VIP실로 멀어져갔다. 세진은 분했다. 다행히 그녀 옆에는 말 상대가 있었다.

"저 여자 알아요?"

"아, 오늘 행사를 주최한 갤러리 S 대표예요. 우리 아빠가 그러는데 엄청 능력 있대요. 직접 보니 아름답기까지……."

남자는 급하게 입을 다물었다. 세진은 눈앞에서 사라지는 이경을 언짢은 시선으로 바라보았다.

"기부 경매가 끝나면 본 경매가 시작됩니다. 거기 따로 표시된 작품들은 실거래가보다 훨씬 낮은 가격으로 여러분께 전달될 것입니다."

조 이사의 설명에 손 회장과 손기태가 팸플릿을 들여다보았다.

"1억에 낙찰 받아도 천만 원만 내면 된다 이거지?"

손기태는 흡족한 표정으로 되물었다.

"뒤탈이 없도록 조치하겠습니다."

조 이사의 확답에 그는 부친에게 히죽거렸다.

"선물이 짭짤한데요?"

손 회장은 철부지 아들의 말에 대답치 않았다. 아직 들을 말이 있을 것이라 생각했다.

"아뇨. 선물이 아니라 뇌물입니다."

손 회장은 역시나 하는 마음에 눈을 감았고, 손기태는 그녀를 노려보았다. 이경은 말을 이었다.

"재일 교포 기업인 여러분께서 그동안 얼마나 힘들게 한국

시장을 개척하신지 잘 알고 있습니다. 후발 주자인 저희 갤러
리 S를 회원사로 받아주신다니, 감사의 뜻으로……."

"이거 봐, 서 대표."

손 회장이 손을 내저었다. 그는 감았던 눈을 뜨며 이경과 시
선을 맞추었다.

"우린 아직 아무것도 결정한 게 없어."

이경은 설명하라는 듯 조 이사 쪽으로 고개를 돌렸다.

"협회에서 요구하는 가입비는 현금과 채권으로 전액 입금했
습니다. 저희 회사가 한국에서 사업을 시작한 뒤, 지난 1년간
영업 실적 또한 협회 가입 요건을 웃도는 수준입니다."

"그전에 하나가 빠졌네."

손 회장이 다시 한 번 손을 내저었다. 이번에는 이경이 그를
날카롭게 바라보았다.

"부친 서 회장께선 어떤 입장이신가? 여전히 한국 진출을
반대하는 걸로 아는데?"

"한국 법인의 대표이사는 접니다."

이경이 최대한 침착하게 답했다. 손 회장은 냉소를 머금었다.

"원님 덕에 나발 분다는 속담, 들어봤는가? 그 원님은 행차
할 생각 없는데, 자네 참, 요란하게 나발을 불어제치는군."

이경의 안면이 꿈틀거렸다.

"착각하지 말게, 서 대표. 자네 부친, 서봉수 회장이 아니면

자넨 여기서 아무것도 아냐."

"회장님!"

손 회장은 이경의 날 선 소리에 아랑곳하지 않고 쐐기를 박았다.

"서봉수 회장 허락부터 받아와. 그렇게 못하면 협회 가입은 커녕 한국에서 하는 사업도 접어야 할 게야."

손 회장이 일어섰다. 이경은 인상을 서서히 풀며 정중하게 머리를 숙였다.

"총회 때 뵙겠습니다. 아버님 서명도 그때 보여드리죠."

손 회장은 문을 박차고 나섰다. 손기태는 엉거주춤 일어서며 조 이사에게 팸플릿을 슬며시 건넸다.

"작품 몇 개 찍어났으니까 따로 보내쇼."

조 이사는 무표정하게 고개를 끄덕거렸다.

"내 딸 마리는 어디 있나?"

손기태는 실실 웃으며 부친을 따라나섰다. 부자가 사라지자 조 이사가 말했다.

"너무 걱정 마십시오. 다른 회원사들부터 차근차근 설득하면……."

"손 회장 눈치나 보는 위인들이에요. 바람 부는 쪽으로 눕기 바쁘죠."

"그럼?"

"당근이 싫다는데 어쩌겠어요? 채찍을 쓰는 수밖에!"

이경의 눈빛이 매서워졌다.

"오십. 더 없습니까? 자, 오십에 낙찰되었습니다."

레스토랑 메인 홀에서는 자선 경매가 무르익어갔다. 본 경매가 들어가기 전 분위기를 띄우기 위한 자리기에 경매도 약식으로 진행되었다. 손 부자를 보낸 이경도 들어섰다.

"마지막으로 한 분 더?"

경매사의 말에 세진이 높게 손들었다.

"아름다운 분이 자선경매 마지막을 장식해주시겠군요. 자, 기부하실 물품은요?"

세진이 유나에게 빌린 핸드백에서 손거울을 꺼내 건넸다.

"교토의 장인이 수공예로 만든 명품이에요. 원래는 형락 씨가 예전 여친한테 선물하려던 건데…… 살짝 기분 나쁘네요."

좌중의 웃음소리가 터졌다. 시선을 한 몸에 받은 마리의 전 남친은 눈을 질끈 감아버렸다.

"아무튼 행운의 주인공은 제가 됐네요. 기부 물품으로 내놓지만 형락 씨 마음을 소중히 간직하기 위해 제가 낙찰 받을 생각이에요. 전 여친의 기운도 몰아내고요."

세진은 환하게 웃으며 주위를 둘러보다 마리를 발견하곤 시선을 멈추었다. 샴페인을 연거푸 마신 마리는 취기와 모멸감으로 얼굴이 후끈 달아올랐다.

　"좋습니다. 일본의 장인이 만든 수공예 명품 손거울! 호가는 얼마부터?"

　"2백만 원 할게요."

　"알겠습니다, 2백만 원 이상 안계십니까?"

　세진은 노려보는 마리의 시선을 외면했다. 마리의 눈빛이 점점 더 이글거렸다. 손이 올라갔다.

　"삼백."

　"사백."

　세진은 기다렸다는 듯 바로 받아쳤다.

　"오백"

　마리는 샴페인 잔을 입으로 가져갔다. 세진은 역시 노타임으로 불렀다.

　"팔백!"

　마리가 샴페인을 소리 나게 꿀꺽 삼켰다. 너무 때렸나? 세진은 당황한 기색을 숨기기에 급급했다. 마리는 아직 움직이지 않았다.

　"천!"

　감탄사와 함께 돈 단위를 올린 이를 찾기 위해 시선들이 돌아다녔다. 이경이 그 시선들을 찬찬히 받아냈다. 세진은 안도의 한숨을 쉬었으나 까칠한 눈빛으로 이경을 노려보았다. 그녀는 묘한 미소로 답하다, 살짝 시선을 마리에게로 흘렸다. 아! 순간 세진은 이경의 의중을 깨닫고 소리쳤다.

"천이백."

"기부자께서 되찾겠다는 의지에 불타고 있습니다."

경매사가 불을 지피며 마리를 쳐다보았다. 마리는 잠시 고민하다 세진을 바라보았다. 세진의 입이 달싹거렸다. 별것도 아닌 게! 마리의 귀에는 분명히 들렸다. 다른 사람들은 아무도 못 들었다 할지라도 그 순간 분명 그녀의 귀에는 그렇게 들렸다. 가만히 있을 수 없었다.

"천오백!"

"천오백? 교토의 장인은 정녕 어떤 물건을 만든 것일까요?"

경매사는 세진과 이경을 번갈아 보았다. 마리 역시 그녀들의 리액션을 기다렸다. 시간이 흘렀다. 아무런 반응이 없었다. 세진은 바닥을 내려다보았고, 이경은 천장을 올려다보았다.

"천오백. 카운트 들어갑니다. 셋, 둘, 하나. 낙찰! 축하드립니다."

경매사의 간결하고 유연한 진행에 커다란 박수 소리가 일었다. 마리는 술이 번쩍 깼다. 세진이 생긋 웃고 있었다. 화통하게 웃고 싶은 걸 억지로 참는 게 보였다. 당했다! 마리는 샴페인 잔을 여유롭게 입으로 가져갔다. 마지막 남은 자존심이었지만 떨리는 손은 어쩌지 못했다. 세진은 길게 숨을 한 번 내뿜었다. 성공 보수를 생각하니 입술이 자연 씰룩거렸다.

주차장 끝에 서있는 승용차에서 세진이 내렸다. 아까 입은 진홍빛 원피스는 종이 백에 넣어 어깨에 걸치고 원래의 모습대로 청바지에 수수한 차림새였다. 남자는 반쯤 얼이 빠진 표정으로 그녀를 바라보았다. 세진은 그에게 손을 내밀었고, 그는 번뜩 정신을 차리고 봉투를 건넸다. 그녀는 금액을 확인하고 가볍게 목례했다. 남자는 쭈뼛거리며 한 발 다가섰다.

"제 차로 모셔다 드려도 되는데."

"아뇨, 친구가 오기로 했어요. 형락 씨 자신감을 가지세요."

남자는 실망한 표정으로 인사를 꾸벅하고 레스토랑 안으로 들어갔다.

"저 좋은 조건에 무슨 고민을 그렇게 하는지……."

"돈이 많아도 그만큼 고민이 많을 수도 있죠."

세진은 놀란 눈으로 돌아보았다. 어느새 이경이 와 있었다.

"청바지도 잘 어울리네요. 근데 한 가지 아쉬워. 책임감이 부족해."

세진은 반박하려다, 입을 꾹 다물고 다음 말을 기다렸다.

"애인 대역 하려면 끝까지 연기를 해야지. 원피스도 나중에

갈아입고."

역시 눈치 챘구나! 세진은 한 번 더 참았다.

"그래도 질투심 자극해서 경매로 끌어들인 건 나쁘지 않았어요."

세진은 더 이상 지기 싫었다.

"알아줘서 고맙긴 한데, 5분 전에 근무 끝났어요. 일당 받는 만큼 내 책임은 다 했고요."

"그걸로 옷 빌리는 값이나 되겠어요? 일을 할 때는 미리 수지 타산을 꼼꼼하게 맞춰야죠."

이경의 삐딱한 말에 세진이 눈을 치켜들었다.

"어쩐지 그쪽에서 저를 계속 따라다닌다는 기분이 드네요? 이만 신경 꺼주시면 좋겠는데."

"우연이 겹치면 필연이라고 하던가?"

이경은 웃으며 명함을 내밀었다.

"관심 있으면 연락해요. 보수는 두둑하니까."

세진은 얼떨결에 명함을 받았다.

"무, 무슨 일인데요?"

"교토 장인이 만든 손거울을 산 애와 관계되는 일?"

"한번 의뢰받은 업무는 연장하지 않는다고 배웠어요. 그게 제 원칙이라."

이경은 다소 의외라는 표정을 지었다.

"그래요, 그럼."

이경이 시원하게 뒤돌아섰다. 더 부탁할 줄 알았던 세진은 다소 당황스러웠다.

"저기요."

이경이 멈춰 섰다.

"경매할 때 도와준 거, 고마웠어요."

기분 나쁜 건 나쁜 거고, 고마운 건 고마운 거니깐. 세진이 건네는 감사 인사에 이경은 짧은 웃음을 보였다. 그녀는 뒤돌아보지 않고 걸어갔다.

"서이경? 뭐 하는 여자야?"

이경의 명함을 요리조리 살피는 세진의 얼굴로 헤드라이트 불빛이 쏟아졌다. 유나의 차였다.

낡고 비좁은 실내, 구질구질한 살림살이가 전형적인 반지하 주택임을 드러냈다. 세진은 자석요에 엎드린 이모의 어깨에 파스를 붙이며 건넛방을 흘끔거렸다. 곧 고3이 되는 사촌 동생인 송미가 책상 앞에 앉아 기지개를 켜고 있었다. 세진은 엷은 미소를 지으며 이모 옷을 내렸다. 하지만 이내 손에서 풍기는 파스 냄새에 안타까운 짜증이 일었다.

"또 저녁 타임까지 뛴 거야?"

"장 씨 아줌마 그년이 생활의 달인에 출연한다고 난리 치는 바람에 손님이 밀렸잖아. 어찌됐든 기다리는 손님들 때도 잘 불렸겠다, 싹싹 벗겨주고 왔지."

세진의 눈에 이모의 낡은 속옷이 밟혔다. 세진이 초등학생 때, 부모님이 교통사고로 돌아가시자 이모부도 없는 궁핍한 생활 속에서도 두 말 없이 그녀를 맡은 이모였다. 가출한 유나를 데리고 왔어도 군말 없이 2년이나 거둬주었다. 세진은 돈 봉투를 불쑥 내밀었다.

"이모, 지난달, 이번 달 집세는 걱정 마. 송미 학원비도 대충 될 거야."

돈 봉투를 확인한 이모의 표정이 잠시 밝아졌다가 어두워졌다.

"고맙구나. 어휴. 아까 주인 할아버지가 전화했더라. 다음 달에 계약 기간 끝나면 전세금 올리겠대."

세진은 바로 반응할 수 없었다. 이모는 끄응 소리를 내며 냉장고로 향했다.

"얼마나 올린대?"

"안 물어봤어. 먹고살 돈도 빠듯한데 뭐 하려고 물어봐? 일단은 한 병 까자."

이모는 막걸리 한 병을 시원하게 따, 먼저 한 잔을 벌컥벌컥

들이켰다. 제법 울림이 있는 트림이 뒤따랐다.

"파스보다 요게 약이다. 송미야, 시원하게 한 잔 마시고 공부해."

"아냐, 송미야. 그냥 공부해."

세진은 이모를 잠시 흘겨보다 기운이 다 빠진 목소리로 말했다.

"기다려봐. 돈은 내가 구해볼게."

"아서라. 유나 걔가 무슨 갑부라고 자꾸 돈을 빌리니? 너 그러다 친구 잃어. 요것아."

이모는 손사래를 쳤다.

"아, 아냐 이모. 관장님께 가불 좀 부탁해보려고."

"가불 같은 소리 하네. 밀린 월급은 어느 세월에 받고?"

"아무튼 내가 구해온다고. 돈!"

세진은 버럭 화가 치밀어 막걸리를 벌컥벌컥 마셨다.

'KFC 종합격투기 체육관'이란 간판 아래 사람들이 웅성거리며 서 있었다. 이른 아침임에도 적지 않은 숫자였다. 세진은 불안한 마음에 입구를 향해 걸어갔다. 역시 슬픈 예감은 틀리지 않았다. 출입문은 얇은 쇠사슬로 굳게 채워져 있었고, 그

위로 A4 용지 한 장이 붙어 있었다.

'개인적인 사정으로 일시 폐업합니다. 회원 여러분의 양해 바랍니다.'

세진은 몇 번이나 되뇌었지만 무슨 말인지 얼른 알아먹을 수가 없었다. 누군가 어깨를 툭툭 쳤다.

"맞네, 맞아. 당신 여기 사범이지? 관장인지 사장인지 어디 갔어?"

한 남자가 눈알을 부라리며 세진에게 다가섰다. 다른 사람들도 사내의 목소리에 세진을 노려보며 다가섰다.

"가입비, 회비 다 받아 처먹고 먹튀야, 먹튀!"

"난 6개월치 끊었는데 어떡해?"

하지만 세진에겐 아무 소리도 들리지 않았다. 아무 변명도 못하고 멍하게 서있는 세진에게 또 다른 남자가 다가와 억세게 어깨를 잡아챘다. 세진은 재빨리 몸을 숙여 사내의 뒤로 돌아가 손목을 꺾으며 울부짖었다.

"나도 월급 넉 달 치나 밀렸단 말이에요!"

'경제 뉴스입니다. 국내 굴지의 대기업 무진그룹 측에서는 법원의 관대한 처분을 기대한다는 입장을 밝혔지만 법조계 관계자에 따르면 이번 항소심에서도 박무일 회장의 실형은 피하기 힘들다는 관측이 지배적입니다. 한편 재계에서는……'

문 실장은 운전하는 틈틈이 룸미러를 살펴보았다. 몇 년 동안 외국 지사에서 근무하다 귀국한 그룹 후계자의 얼굴이 비쳤다. 지금은 비록 특별기획팀장이지만 곧 그룹을 물려받을 거란 소문이 파다한 박건우였다.

문 실장은 박건우의 첫 비서로 자신이 임명되자 감회가 새로웠다. 어쩌면 자신의 조카가 될 뻔도 했던 사람이었다. 건우가 중학생이었던 20년 전부터 봐왔지만 그의 싱그러운 미소는 항상 마음을 따뜻하게 혹은 설레게 했다. 건우는 문 실장의 시선을 의식한 듯 말했다.

"실장님 외모는 여전히 섹시하시네요."

차가 살짝 휘청거렸다. 내일 모레 오십이 되는 여자에게도 섹시하다는 말은 얼굴이 붉어질 말이었다.

"운전 실력도 여전하시네요. 하하하."

건우는 호탕하게 웃으며 창밖을 응시했다. 그리고 도로 끝에 높이 솟아 있는 담벼락을 보며 손잡이를 힘껏 움켜쥐었다.

교도소 특별 면접실은 원목 테이블과 깔끔한 소파 덕분에 그럴싸한 응접실 분위기를 내고 있었다. 수의를 입은 박무일 회장이 들어서자 건우는 미소를 지으며 아버지를 맞이했다. 그 옆에는 후덕한 인상의 형과 달리 날카로운 인상의 박무삼 사장이 형에게 인사를 건넸다. 박무일은 시큰둥하게 자리에 앉아 소파 손잡이에 의미 없이 손가락을 튕겼다. 맞은편 소파에 앉은 박무삼의 표정이 심각했다.

"이대로 손 놓고 있다간 집행유예 없이 실형입니다, 형님."

박무일은 대꾸가 없었고, 건우는 그런 아버지를 묵묵히 응시했다.

"저쪽에서는 아직 기다리고 있습니다. 우리가 두바이 사업에서 철수하겠다는 사인만 보내면 판결 전에 병보석으로……."

박무일은 손짓으로 동생의 말을 끊고 아들을 쳐다보았다.

"건우야 잘 갔다 왔나? 좋아 비네. 근데 느그 작은아버지 지금 뭐라 카노? 높으신 분 심기를 헤아리가꼬, 지금 내한테 꼬랑지 내리고 납작 엎드리라 카는 기가?"

흥분한 박무삼도 형을 따라 사투리로 말했다.

"행님! 그기 아이고예……."

"병보석? 주삿바늘 달고 휠체어에 앉아 기자들 앞에서 쑈 하란 말이가? 됐다, 치아라. 내 3년이고, 5년이고 콩밥 무 주께!"

"행님 연세를 생각하이소. 혈압도 높으신데……. 니는 뭐 하노? 구경 왔나?"

박무삼이 답답한지 조카에게 화살을 돌렸다.

"고마해라, 박무삼아. 아무튼 내는 두바이 포기 못 한다. 내 정치한다는 그놈들한테 절대 항복 안 한다. 알겠나?"

"항복하지 마세요. 아버지 뜻대로 하셔야죠."

건우가 나섰다.

"건우야!"

박무삼이 짜증 섞인 시선을 보냈지만 건우는 개의치 않았다.

"여기 아버지 고집 꺾을 사람 아무도 없어요, 작은아버지."

박무일이 한 술 더 떴다.

"만약에 내 요서 빼낼라꼬 두바이 철수하모, 건우 니 모가 지부터 날리삔다. 알겠제?"

건우가 능청스럽게 부친의 말을 받았다.

"요샌 콩밥 안 나온다면서요? 식사는 입에 맞으세요?"

서둘러 차에 올라탄 건우 뒤로 박무삼이 뒤늦게 나타났다. 박무삼은 인사를 하는 둥 마는 둥 자리를 얼른 피해버리는 조카가 밉살스러웠다.

"사장님 인상이 좋지 않은데요?"

문 실장이 사이드미러를 살폈다. 건우는 아무 말 없이 재킷을 벗어던졌다. 대답이 바로 나오지 않자 문 실장은 화제를 바꿨다.

"회장님은 여전하시던가요?"

"정치권에 로비 들어갈 루트가 공식, 비공식 다 막혔는데도 아버지는 백기 투항 하실 생각이 없나 봐요. 현 정권에 뭘 그렇게 밉보였는지. 답이 안 나오네."

문 실장이 건우의 눈치를 살피며 조심스레 말했다.

"박무삼 사장이 조만간 동선일보 논설 주간을 만날 모양입니다. 회장님 석방에 대한 여론을 환기시키면 아무래도……."

"뻥이에요, 그거."

건우는 손잡이를 다시 움켜쥐었다.

"작은아버지, 요즘 계열사 사장단 접촉하고 있어요. 착한 동생 코스프레 하면서 슬슬 물밑 작업 들어간 거죠. 아버지 실형 확정되면, 실장님도 알잖아요? 작은아버지 오래전부터 그룹에 욕심내던 거."

"후계자 전쟁이 이렇게 빨리 시작될 줄은 몰랐습니다."

"아뇨. 작은아버지하고 싸울 일 없습니다."

문 실장은 고개를 갸우뚱거렸다. 무슨 뜻인지 헤아려 보았지만 쉬이 알지 못했다.

"아버지 그 연세에, 그 건강으로는 감옥 3년, 절대 못 버텨요. 판결 전에 아버지 빼낼 겁니다!"

"그럼, 현 정권 의중에 따라 두바이 사업권을 넘기는 수밖에 없습니다."

"전 포기할 수 있어도 아버진 그렇게 못해요. 무진그룹의 중동 베이스는 돌아가신 큰 삼촌이 다져놓은 거니까……."

건우가 아차 하고 입을 닫았지만 이미 늦었다. 문 실장의 눈빛이 흔들렸다.

"실장님도 그때 고생 많이 하셨다면서요? 일중독자 삼촌 모시고 이라크에, 두바이에……."

"오래전 일입니다!"

문 실장의 말투에 각이 진 게 그만하라는 뜻이 역력했다. 건우는 잠시 머뭇거리다 마저 말을 이었다.

"부산으로 가출했을 때 삼촌이 그랬어요. 네 맘껏 하고 싶은 거 하면서 살라고."

건우는 그때의 생각에 잠긴 듯 눈을 감았다. 마침 라디오에서 비틀즈의 노래가 흘러나왔다.

'While my guitar gently weeps~'

추억과 기시감이 동시에 드는 노래다. 역시 비틀스. 이경은 눈을 감았다. 한 남자가 멀리서 걸어왔다. 얼굴은 보이지 않지만 슬쩍 리듬을 실은 걸음걸이 하나하나가 낯익다. 그녀의 입가에 미소가 번졌다. 그때 노크 소리가 울렸다. 그 남자는 계속 다가왔지만 희미해졌다. 이경이 급하게 눈을 떴다. 잔상을 뿌리치려 고개를 세차게 흔들었다. 리모컨을 들어 라디오를 껐다.

"들어오세요."

말이 채 끝나기도 전에 조 이사를 선두로 야무진 표정의 김 작가와 호리하지만 다부진 몸매의 탁이 뒤따랐다.

조 이사가 책사이자 참모라면, 김 작가는 집사라는 표현이 어울렸다. 이경보다 제법 나이 차이 나는 언니뻘로 사무실을 거의 떠나지 않고 차와 음료를 제외한 온갖 다양한 요리를 수준급으로 만들었다. 게다가 숨겨진 그녀의 진짜 재능은 컴퓨터 특히 해킹 프로그램 코드 작업이었다. 그리고 그 일을 창작이며 예술이라 믿기에 스스로 김 작가라 불렀다.

탁은 한마디로 이경의 호위무사다. 어느 날 이경이 그의 출중한 격투 능력을 높이 사 데려왔다. 이경이 내린 지시를 단 한 번의 실수도 없이 처리했기 때문에 아무도 그에 대해 토를 달지 않았다.

"이 자료부터 알아보세요."

이경이 서류를 조 이사에게 건넸다. 김 작가가 뒤에서 눈동자를 굴렸다.

"무진그룹 박무일 회장이 아니라 천하금융 손기태 사장요?"

조 이사는 자기 대사를 낚아채간 김 작가를 노려보았다.

"무능력한데 탐욕스러우면 사고를 치기 마련이죠. 손기태나 손마리, 어느 쪽이든 뒤지면 나올 거예요."

김 작가는 조 이사가 든 서류도 낚아챘다.

"조사해 놓겠습니다."

이경은 조 이사의 떨떠름한 표정을 잠시 보다 자신을 빗대어 농담처럼 말했다.

"어느 집안이나 자식들이 골칫거리네요. 그렇죠?"

"핏줄인데 어쩌겠습니까?"

조 이사의 한마디에 어색한 분위기가 흘렀다. 모두 조 이사를 말없이 쳐다보는데 난데없는 초인종 소리가 들렸다. 이 시간에 누가 올 리 없었기에 모두의 관심은 초인종을 누른 주인공에게로 향했다.

김 작가는 커피 잔을 내려놓으며 노트북 모니터를 응시했다. 외국계 은행 거래내역의 숫자와 도표가 복잡하게 떠 있었다.

"손기태 개인 계좌는 거기까지예요. 당장은 더 이상 추적이 어렵더라고요."

"차명으로 숨겨뒀겠죠. 예상한 일이에요."

이경 역시 모니터로 같은 화면을 보고 있었다. 그때 문이 열리고 탁이 들어섰다.

"대표님, 밑에 손님이 찾아왔습니다."

이경은 누굴까 잠시 생각하다 이내 누군지 짐작이 간 듯 걸음을 옮겼다.

테이블을 사이에 두고 조 이사가 차분한 얼굴로 세진을 훑어보고 있었다. 이에 질세라 세진도 조 이사를 아래위로 살폈다. 조 이사가 찻잔을 들자 세진도 덩달아 들었다. 그녀는 믹스 커피가 훨씬 좋았지만 진한 아메리카노를 한입 가득 꿀꺽 삼켰다. 생각보다 훨씬 뜨거웠지만 참았다. 조 이사는 놀란 눈으로 자기 잔과 세진의 잔을 번갈아 쳐다보았다.

"조 이사님, 뭐 하세요?"

이경이 어느새 곁에 다가와 상석 소파에 앉았다. 조 이사는 세진을 향해 고개를 돌렸다.

"이름이?"

세진이 일어섰다.

"이세진입니다."

이경이 고개를 끄덕이자 세진은 자리에 앉았다.

"내 이름은 명함을 받았으니 알 테고. 오늘 왔다는 건 전에 내가 말한 일에 관심이 있다는 말이죠?"

세진이 고개를 천천히 끄덕거렸다. 이경이 조 이사를 향해 시작하라는 듯 턱을 치켜들었다.

"전 갤러리 S 조 이사입니다. 전에 세진 씨가 만났던 손마리 씨는 친인척이나 가까운 사람 명의를 이용해 검은 돈을 빼돌리고 있어요. 자칫하면 선의의 피해자가 여럿 나올 수 있는 문제죠."

"제가 뭘 하면 되죠?"

세진이 당돌히 물었다.

"손마리 씨의 휴대폰이 필요합니다."

"그 재수탱이의 휴대폰을 훔치란 말인가요?"

"아닙니다. 휴대폰을 카피할 시간, 딱 5분이면 돼요. 나머지는 우리가 알아서 할 겁니다."

"얼마나 주실 건지 물어봐도 돼요?"

세진은 이상하게도 조 이사에게 별 부담감이 없었다. 오히려 자신감까지 생길 정도였다.

"100입니다."

세진은 금액에 약간 실망했다. 어려운 결심을 하고 온 탓에 기대치가 높아서였다. 조 이사의 중후한 목소리가 연이어졌다.

"5분 일 하고 그 정도 보수면 꽤 후한 조건입니다."

"따블은 돼야 하지 않겠어요?"

이것 봐라. 조 이사의 눈썹이 씰룩거렸다.

"어쨌든 위험한 일은 제가 하잖아요. 재수 없으면 절도범으로 오해받을 수도 있고. 그러니까 그 정도는 쏘셔야죠."

"500!"

이경이 시원하게 질렀다.

"조금 과하지 않습니까?"

조 이사가 토를 달았다. 세진이 어이없다는 표정으로 조 이사를 째려보았다.

"조 이사님, 그만 일 보세요."

조 이사는 머리를 조아리며 위층으로 사라졌다.

"그 돈이면 마무리까지 깔끔하게 되겠어요?"

"저야 땡큐지만 그래도 돼요?"

"세진 씨는 맡은 일만 해주면 돼요. 원칙까지 어기고 찾아온 거 보면 상황이 급한 모양인 것 같은데."

"돈 없고 백 없으면 매일매일 급해요. 대표님은 그런 거 모르시죠?"

세진이 호기롭게 물었다.

"나도 세진 씨랑 다르지 않아요. 마음은 절실한데 필요한 만큼 가지진 못했으니까. 우리 서로 원하는 걸 손에 넣어볼까요?"

묘한 설득력이다. 세진이 절로 고개를 끄덕거렸다.

고급 피부 관리 숍 앞에 외제차가 멈춰 섰다. 조수석에서 덩치가 내려 뒷좌석 문을 열자 마리가 내렸다. 한 손에는 경매받은 손거울을 들고 있었다.

"진품명품에 내놔 봐야 하나?"

아무래도 미심쩍었다. 그녀는 기지개를 켜며 관리 숍 안으로 사라졌다. 마리가 사라지자 운전석에서 또 다른 덩치가 내려 마리의 차 옆에 대기 중인 기존 덩치와 합류했다.

길 건너편 차 안에서는 세진과 탁이 그들을 살피고 있었다.

"이건 라커 록 해제하는 만능키. 그리고 이건……"

"벌써 다 들었어요. 나 머리 좋아서 한번 들으면 안 까먹어요."

"실수하지 말란 얘기야. 가봐."

탁의 퉁명스러운 반말에 세진이 인상을 찌푸리며 내렸다.

숍 앞에 선 세진은 긴장을 풀기 위해 크게 심호흡을 했다. 그리고 허리를 곧게 펴고 숍 안으로 들어섰다.

"여기 언니들 손맛이 장난 아니라고 마리가 얼마나 자랑하던지."

세진이 숍 복도를 걸으며 직원에게 너스레 떨었다.

"저희가 일반 손님은 안 받는데 손마리 고객님 친구 분이라 특별히 모셨습니다. 마침 조금 전에 숍에 오셨거든요."

"마리가요?"

"네. 방금 관리실에 들어가셨습니다."

"요년 요거, 깜짝 놀라게 해야지. 제가 왔다고 말하지 마세요."

세진은 자신의 숨겨진 연기 능력에 소름이 돋았다.

마리가 들어간 관리실 안에서는 관리사가 안면 클렌징 준비를 마치고 마리를 기다리고 있었다. 하지만 마리는 벌거벗은 자기 몸매에 푹 빠져 있었다. 기다리다 지친 관리사가 헛기침 소리를 내자 그제야 그녀는 무안해하며 다급히 가운을 걸치고 베드에 올라갔다.

세진은 라커룸 앞에 서서 가운의 허리띠를 묶으며 복도를 살폈다. 아무도 보이지 않았다. 세진은 얼른 파우치에서 만능키를 꺼내 한 라커에 대었다. 거부의 신호음이 들렸다. 세진은 복도에 귀를 쫑긋 세우며 옆으로 늘어선 라커에 만능키를 번갈아 갖다 댔다. 이윽고 깔끔한 해제 음과 함께 마리의 라커가 열렸다. 세진은 안도의 숨을 내쉬며 마리의 핸드백을 뒤졌다. 하지만 휴대폰이 보이지 않아 가슴이 철렁했다. 옷가지를 들어 올려 이리저리 살피는데 쿵 소리와 함께 휴대폰이 떨어졌다. 동시에 복도에서 슬리퍼 끄는 소리가 들렸다. 세진은 모든 동작을 멈추었다. 숨도 쉬지 않았다. 슬리퍼 주인은 다행히 라커룸을 지나쳐갔다. 세진은 날숨을 내쉬며 작은 단말기를 꺼내 휴대폰 충전 단자에 꽂았다. 단말기 액정 화면에 '복사 및 전송 중' 메시지가 떴다.

갤러리 S 3층에서 김 작가는 모니터에 차오르는 전송 게이지를 지켜보았다. 뒤에는 이경과 조 이사가 역시 모니터를 응시하고 있었다. 조 이사가 먼저 말문을 열었다.

"이걸로 계좌 내역도 확인할 수 있는 건가?"

"복제만 끝나면 아무 때나 추적할 수 있죠. 손마리 휴대폰은 이제 제 거라 봐야죠."

"쓸 만하네요, 그 친구."

조 이사가 이경을 쳐다보며 말했다. 이경은 조용히 모니터를 지켜보기만 했다.

그 시각 관리실 안에서는 피부 관리사가 크림을 찍으며 작업에 들어가려고 했다. 그런데 마리가 갑자기 벌떡 일어섰다.

"잠깐! 전화 올 데 있는데."

"갖다 드릴까요?"

"백에 카드도 많고, 현금도 있거든?"

마리는 불쾌한 기색의 관리사를 무시하고 베드에서 내려섰다.

세진은 초조하게 단말기를 들여다보았다. 전송 게이지가 더디게만 움직이는 것 같았다.

관리실을 나온 마리는 방향이 헷갈리는지 좌우를 두리번거렸다. 그리고 이내 한 방향으로 몸을 틀어 라커룸으로 향했다. 마리는 헛기침을 하며 데스크를 향해 소리쳤다.

"언니, 나 녹차 라테 한 잔."

세진은 마리의 앙칼진 목소리에 흠칫 놀랐다. 그녀의 눈동자가 불안하게 흔들렸다.

'95, 96, 97%⋯⋯.'

문이 벌컥 열리고 마리가 들어섰다. 마리는 자신의 라커

앞에서 한 여자가 가운을 입은 채 등 돌리고 있는 모습을 보았다. 마리의 미간이 찌푸려졌다.

"저기요."

대답이 없었다.

"좀 비켜줄래요?"

여자는 묵묵부답이었다. 마리의 입꼬리가 비뚤어졌다. 짜증이 확 밀려왔다.

"귓구멍 공사하나? 비키라고."

그제야 세진은 천천히 몸을 돌렸다. 마리의 동공이 확장되었다. 세진의 얼굴을 뒤덮은 마스크 팩. 세진은 자리를 내주며 물러서다 그만 라커에 있던 손거울을 떨어뜨렸다. 당연 손거울은 깨지고, 세진은 어쩔 줄 몰라 마리를 쳐다보는데 그만 팩마저 얼굴에서 미끄러졌다. 둘의 시선이 정면으로 마주쳤다. 세진은 서둘러 자리를 피하고, 마리는 순식간이라 눈만 껌뻑였다.

"설, 설마. 너, 손거울!"

세진은 문을 박차고 내달렸다. 복도를 순식간에 지나쳐 숍 정문을 밀다, 뒤로 튕겨 나자빠졌다. 세진의 눈에 'PULL'이라는 글씨가 들어왔다.

"이런 된장. 여기가 은행이야?"

"잡아. 저년 잡아."

마리가 깨진 손거울 손잡이를 들고 뒤쫓아 왔다. 안내 직원은 영문을 몰라 가만히 서 있기만 했다. 세진은 그 틈에 잽싸게 일어나 달렸다. 이번에는 문을 제대로 열었다.

차 옆에서 대기하던 덩치들은 뛰쳐나오는 세진을 신기한 듯 쳐다보았다. 세진은 길 건너편의 차를 찾아 두리번거렸지만 보이지 않았다. 시간이 없었다. 마침 횡단보도가 파란불로 바뀌었다. 일단 직진이다. 세진은 냅다 뛰었다. 마리가 숍에서 바로 뒤쫓아 나왔다. 이마를 만지는 모습을 보니 그녀 역시 문을 당기지 않고 민 모양이었다. 분노와 아픔이 뒤섞인 욕지거리가 목구멍에서 솟아나왔다.

"저년 잡아! 얼른!"

세진은 가운 자락을 나풀거리며 거리를 내달렸다. 마리의 경호원들이 지척까지 쫓아왔다. 세진은 거추장스러운 슬리퍼를 벗어던지고 맨발로 달리기 시작했다. 그래도 간격은 점점 더 좁혀져갔다.

세진은 골목길을 급하게 돌다 그만 넘어지고 말았다. 경호원 둘이 숨을 씩씩거리며 다가왔다. 세진은 일어서며 가운을 다시 졸라맸다. 상대의 덩치에 긴장감이 들었지만 명색이 종합격투기 사범인데. 세진은 다부진 각오를 하고 격투 자세를 취했다. 그런데 덩치들이 갑자기 맥없이 픽픽 쓰러지고 그 뒤로 무뚝뚝하게 서 있는 탁이 보였다.

"어제 드라이했는데."

탁이 슈트를 털며 투덜거렸다.

세진은 김 작가가 건네는 빳빳한 신권을 손에 쥐었다.

"요즘 세상에 클릭 한두 번이면 계좌이체 끝인데, 사람이 보기보다 아날로그야."

"이게 확실하고 좋아서요. 대표님은 어디 가셨어요?"

"워낙 바빠서서. 참, 이번 일에 세진 씨가 큰 도움이 됐다고 전해 달랬어요."

세진은 대답을 얼버무렸다. 이대로 끝인가? 왠지 모를 서운함이 들었다.

접시 위 도미의 입이 꿈틀거렸다. 식당 종업원이 기존에 깔린 요리를 요령껏 비껴 세우며 커다란 접시를 상 위에 올려놓았다. 접시 위 도미의 입이 아직도 달싹거렸다. 건우가 살짝 인상을 구겼다. 도미가 어여쁘게 난도질당한 자신의 몸을 볼 수 없는 게 그나마 다행이라 생각했다.

건우 옆에는 박무삼, 맞은편에는 손의성 회장이 자리 잡고 있었다. 박무삼이 환한 얼굴로 회 석 점을 동시에 집자 손 회장이 점잖게 이야기를 풀어갔다.

"박무일 회장님 사건은 참으로 유감스럽습니다. 한국 경제
에 그만한 기여를 하신 분이 또 어디 있습니까? 이게 다 그놈
의 정치 때문이에요, 정치!"

박무삼은 아쉬운 표정을 지으며 젓가락을 잠시 내려놓았다.

"그룹에서도 백방으로 손을 쓰고 있는데 그게 여의치가 않
아요. 이제 남아 있는 유일한 방법은 성북동 어르신을 찾아뵙
는 거뿐인데……."

박무삼이 연이은 오도독 소리에 잠시 말을 멈췄다. 고개를
돌리니 건우가 양념게장을 야무지게 뜯고 있었다. 손 회장 역
시 언짢았지만 표정관리를 했다.

"우리 젊은 사장님, 먹성이 좋으시구먼."

"이 집 맛나네. 아, 근데 회장님, 저 사장 아니고 팀장입니다.
특별기획팀."

건우가 빙긋 웃으며 입가에 묻은 양념을 손등으로 훔쳤다.
손 회장이 더 이상 표정관리 하기 힘들 즈음 문이 열렸다. 여
종업원이 그에게 다가가 귓속말을 건넸다.

"실례합니다. 다른 방에 손님이 기다린다고 해서 잠깐."

손 회장이 일어서자 박무삼도 따라 일어서며 무심히 게를
뜯는 건우를 노려보았다.

손 회장이 방문을 열고 들어서자 고개를 숙여 찻잔에 담긴

향을 맡고 있던 이경이 보였다. 손 회장은 못마땅한 표정으로 이경을 내려다보았다.

"앉으시죠."

이경이 차분한 미소를 보였다.

"귀한 손님께 결례를 무릅쓰고 왔네. 간단히 얘기하게."

"어떤 손님인지 몰라도 좀 기다리셔야겠네요. 서서 들으실 만큼 가벼운 용건이 아니라서."

손 회장의 양쪽 눈이 가느스름해졌다. 탁자 위에 서류가 반듯하게 놓여 있었다.

결국 자리에 앉아 서류를 보는 손 회장의 안색이 흙빛으로 변해갔다. 이경은 그런 손 회장을 물끄러미 지켜보다 담담히 말했다.

"회장님 자제분 손기태 사장이 자기 딸, 즉 회장님 손녀인 손마리 계좌로 빼돌린 액수가 52억. 나머지 협회 자금도 부인이나 측근 명의로 우회시켰을 가능성이 높아요. 어림잡아 100억은 넘지 않을까 싶은데……."

정확히는 120억이었다. 그래도 얼추 비슷했다. 손 회장은 포커페이스로 버텼다.

"그래서?"

"알고 계셨군요. 그러실 거라 생각했어요."

손 회장이 서류를 위압적으로 내려놓았다. 그의 입장에서는 뭐든 공격이라도 해볼 요량으로 목소리까지 높였다.

"일본에서는 소식이 있는가?"

이경은 즉답을 하지 않았다.

"결국 부친 허락도, 서명도 받지 못한 게로군."

그는 묵묵부답인 이경을 보고 목소리를 낮추는 대신 냉소를 머금었다.

"궁지에 몰린 자에게 남은 건 꼼수뿐이지. 내 손녀딸 계좌까지 추적한 걸 보면 무척 다급했던 게야, 그렇지?"

이경은 표정이 바뀌었다.

"회장님께 좋은 속담을 배웠습니다. 전에 원님 덕에 나발 분다고 하셨던가요? 아들은 나발까지 팔아먹었고, 아버지는 알면서도 쉬쉬하는데, 과연 다른 회원사들이 가만있을까요?"

손 회장의 눈썹이 일렁거렸다. 이경이 의미심장한 미소를 보냈다.

"다음 주, 협회 모임에서 회장님은 큰 아량을 베푸실 거라 믿습니다. 그 결정 덕분에 갤러리 S는 협회 정식 회원사가 되겠지요. 그럼 그 서류도 애초에 존재하지 않던 게 되고요."

손 회장이 껄껄 웃었다. 이경 역시 미소로 답했다.

"이따위 종이 쪼가리, 아무도 거들떠보지 않아."

그가 서류를 잘게 찢으며 이경의 눈앞에 뿌렸다. 웃음도 살짝 내비쳤다.

"사람들이 누구 말을 믿을 거 같은가?"

"기름통에 구멍 낸 사람은 손기태 사장입니다. 이 서류는 그저 성냥개비죠. 하지만 사람들 의심에 일단 불이 붙으면 아무리 회장님이라도 그 불길, 잡을 수 없을 거예요. 잿더미냐 아니냐, 그 선택은 회장님께 달렸습니다."

손 회장의 얼굴에서 웃음기가 사라졌다 이내 다시 맴돌았다. 섬뜩한 미소였다.

건우는 결국 양념게장 접시를 거의 비웠다.

"너 대체 뭐하는 짓거리야?"

박무삼의 표정이 싸늘해졌다.

"그러는 작은아버지는 뭐하자고 절 불렀습니까?"

건우는 물수건으로 손을 닦으며 문을 가리켰다.

"천하금융 손 회장을 왜 부르셨죠? 그쪽 업계에서 구린내 지독한 거, 저도 압니다."

"형님을 빼내려면 어쩔 수 없어. 성북동에 줄을 대보는 수밖에."

"그거 썩은 동아줄이에요. 이런 식으로 다리 놔서 만나봤자 도움 될 거 없습니다."

"이 자식이. 그래도 너희 아버지와 성북동 어르신이 한때는……."

건우가 냉큼 말을 잘라 먹었다.

"네, 친구였죠. 우정으로 포장된 정경유착의 표본! 근데 그 아름다운 우정, 금 간 지 오래됐습니다. 설령 어르신이 손 내민다고 해도 아버지는 그 손, 뿌리칠 겁니다."

"장태준, 요즘 어르신이라 불리지만 전임 대통령이셨던 분이다. 현 정권과의 관계로 몸만 살짝 웅크리고 계신 거 몰라? 그래서 넌? 명색이 아들에다 특별기획 팀장이라는 녀석이 뭘 하고 있는데?"

건우는 날선 말에 멈칫했다. 가슴이 쓰렸다.

"뭘 어떻게 하든 제 방식대로 합니다. 그래도 저런 인간하고 한패 먹는 짓은 안 합니다."

건우가 일어섰다. 박무삼이 콧방귀를 뀌며 말했다.

"너 혼자 고고한 척, 위선 떨지 마라. 네 편, 내 편 따로 없는 게 세상일이다."

건우의 눈매가 서늘해졌다.

"그래서 내 편 늘리겠다고 그렇게 바쁘십니까? 계열사 사장단 가나다순으로 만나시면서?"

"누, 누가 그라대? 으이?"

"우리 작은아버지, 흥분하셨네요. 사투리까지 쓰시고."

"이놈 보래. 어데서 엄한 소리 들어가꼬. 그거 모함이다 모함!"

"아무튼 마음에도 없는 구명운동, 여기까지만 하시죠. 아버지는 제가 알아서 빼내겠습니다."

건우가 문을 활짝 열어젖히며 나갔다.

"야, 박건우!"

차 안에서 대기 중이던 조 이사의 배가 심상찮았다. 나이들수록 밥심으로 산다더니, 배꼽시계가 요동을 쳤다. 이경이 예정보다 늦게 나오는 것이 살짝 마음에 걸렸으나 김 작가가 저녁 식단으로 뭘 차렸을지 궁금했다.

풍경 소리가 들리고 문이 열렸다. 조 이사는 식당 정문을 나서는 사내를 습관적으로 응시했다. 그러다가 순간 운전대를 잡은 손에 힘이 들어갔다. 저 자가 왜 저기서? 건우가 종업원이 조심스레 건네는 차 키를 받으며 자기 차에 올라타고 있었다. 건우가 떠나자마자 이경이 나타났다. 조 이사는 둘을 번갈아 바라보다 이경을 맞이하기 위해 차 문을 열었다.

차가 출발하고 얼마 지나지 않아 사방엔 어둠이 나직이 깔렸다. 조 이사는 굳은 표정으로 묵묵히 앞차만 쫓아갔다.

"이사님, 회춘하시나 봐요."

조 이사는 뒷좌석에서 들리는 이경의 말을 얼른 알아듣지 못했다.

"잘 보이시는 모양이죠? 라이트도 안 켜고."

그는 그제야 라이트를 켜며 자세를 고쳐 잡았다. 곧 표정을 수습하며 룸미러를 들여다보았다.

"손 회장이 뭐라고 하던가요?"

"시험문제 방금 받았어요. 답안지 쓰려면 시간 좀 걸리겠죠. 근데 이사님 오늘 좀 이상하시네요?"

"아닙니다."

조 이사가 얼버무렸다. 이경이 피식 웃었다.

"꼬맹이일 때부터 이사님 보고 자랐어요, 저. 이사님 표정만 봐도 아버지 기분이 어떨지 넘겨짚었고요. 무슨 일이에요?"

그는 말 꺼내기를 주저하며 룸미러로 이경의 표정을 살폈다.

"저, 박건우 씨를 봤습니다."

이경은 예상하지 못한 조 이사의 말에 말문이 막혔다. 차는 신호를 받고 멈춰 섰다.

"대표님 나오실 때 막 출발했습니다."

이경은 자신도 모르게 뒤돌아보았다. 조 이사는 못 본 척하며 앞만 바라보았다. 이경은 이내 고개를 바로 하며 혼잣말처럼 웅얼거렸다.

"여기, 한국이고 서울이에요. 언제 어디서든 마주쳐도 이상할 거 없죠."

신호가 바뀌고 차가 천천히 출발했다.

음모의 시작

자동문이 열리고 입국자들이 공항 안으로 밀려들었다. 여기저기 여행 가이드들이 보드를 들고 자기 손님들을 놓치지 않으려 눈을 부릅떴다. 그중 그들과 어울리지 않게 까만 양복 차림의 거친 사내들도 보드를 들고 그 틈에 끼어 있었다.

'Welcome, feng brothers. 歡迎 馮家兄弟'

누군가 그들 앞에 섰다. 누가 봐도 형, 동생으로 보이는 얼굴로 다행히 머리 하나 정도의 키 차이가 그들을 쉽게 구별할 수 있게 했다. 형으로 보이는 키 작은 쪽이 보드에 적힌 자신들의 이름을 손으로 가리키며 허연 이를 드러냈다.

"창문 좀 열어."

세진의 외침에 사촌 동생 송미가 창가로 다가갔다. 반지하 거실에 연기가 제법 자욱했다. 이모가 부엌에서 프라이팬을 들고 조심히 걸어왔다. 프라이팬 안에는 잘 익은 오겹살이 지글거리고 있었다.

"야, 두 점씩 팍팍 싸먹어!"

세진이 오겹살을 보자 동생에게 전투적으로 말했다.

"언니, 나 다이어트."

"공부는 체력이야. 대학 가서 빼! 이모는 누가 쫓아 오나? 그렇게 먹다가 죽어."

이모는 입 안 가득 든 쌈을 씹으며 대꾸했다.

"후, 후딱 먹고 목욕탕 나가야 해. 장 씨 아줌마 그년이 생활의 달인 본선에 올라갔대."

"오늘 쉰다며?"

"벼룩도 낯짝이 있지! 조카딸이 사기 쳐 번 돈, 날름 삼키면 언니랑 형부가 뭐라 그러겠냐?"

"사기는 무슨, 아니라니까. 괜히 할 말 없으면 엄마 아빠 얘기나 꺼내고⋯⋯."

갑자기 분위기가 우울해지려는 찰나 세진의 휴대폰이 울

렸다.

전화를 끊자마자 세진은 자리를 박차고 일어나 좁은 골목
길과 그보다 조금 더 큰 길을 헐레벌떡 뛰다시피 걸었다. 그리
고 길 끝에 보이는 동네와 어울리지 않는 고급차 앞에 섰다.
세진이 도착하자 차 문이 열리고 이경이 모습을 드러냈다.

"대표님이 여긴 웬일이세요?"

세진은 가쁜 숨을 몰아쉬며 최대한 아무렇지도 않은 척 인
사했다. 이경은 세진이 걸어온 방향으로 시선을 보내며 물었다.

"집이 요 근처인가요?"

"네, 저쪽 위 반지하……. 하하 사람들이 절 반지하의 제왕
이라 부르죠."

세진이 멋쩍게 웃었다.

"일단 타요."

세진은 어리둥절한 표정으로 조수석 문을 열었다.

조수석에 웅크리고 앉은 세진은 선글라스를 끼고 여유롭게
운전하는 이경을 슬쩍슬쩍 훔쳐보았다.

"계절은 바뀌었는데 옷장이 그대로예요. 내가 사업 결정은
빠른데 쇼핑엔 영 소질 없거든요. 그래서 세진 씨 안목 좀 빌
려도 되죠?"

세진이 입을 벌린 채 잠시 멍하니 쳐다보다 이내 정신을 차

리고 밝게 답했다.

"제가 어디 가서 센스 없다, 그런 소린 못 들어봤죠. 그래도 대표님 수준하고 노는 물이 달라요. 감히 제가……."

"자선경매 때 보니까 그렇지도 않던데? 그런 원피스 고르고 소화할 수 있는 사람, 많지 않아요."

"그래 봤자 남의 옷이죠 뭐. 근데 쇼핑은 친구 분이랑 하는 게 낫지 않아요?"

이경은 갑자기 입을 다물고 담담히 운전만 했다. 세진 역시 말실수 했나 싶어 입을 다물었다. 차가 신호에 걸리자 이경이 세진에게 고개를 돌렸다.

"오늘 하루, 세진 씨가 내 친구하면 되겠네. 그래 줄래요?"

저 여자의 정체가 뭘까? 친구는 없고, 돈은 많고? 세진은 긍정의 뜻으로 과하게 고개를 끄덕였다.

문이 열리고 전실에 전등이 켜졌다. 세진이 문 앞에 놓인 쇼핑백을 여러 번 옮기고 나서야 허리를 펴고 내부를 두리번거렸다. 갤러리 S 건물 4층은 이경의 개인전용 숙소였다. 주인의 성격을 보여주듯 세련되고 심플한 인테리어였다. 군데군데 놓인 가구와 소품이 발하는 빛에 세진은 잠시 넋을 놓고 바라보았다.

"미안해요. 짐까지 나르게 해서."

세진은 손사래를 치며 과한 미소를 보냈다.

"제 옷도 몇 벌 사주셨는데, 이 정도는 껌이죠."

"진짜 선물은 따로 있어요. 열어봐요."

이경이 눈으로 한 옷장을 가리켰다. 세진이 의아해하자 이경이 눈짓으로 계속 재촉했다. 세진이 마지못해 옷장을 열었다. 그녀의 눈이 점점 커졌다. 자선경매 때 유나가 빌려온 진홍빛 원피스! 자연 손이 앞으로 나갔지만 차마 만지지는 못했다.

"옷이 주인을 찾았네."

이경이 소파에 몸을 실으며 말했다. 세진은 이경의 말이 떨어지기 무섭게 원피스를 들어 자기 몸에 대보다 퍼뜩 정신을 차렸다.

"에이, 그래도 이건 아니죠. 몇 달치 월급을 어떻게 걸치고 다녀요? 살 떨리게."

"선물이 부담되면 보수로 받던가."

"네?"

이경이 자연스럽게 용건을 슬쩍 흘렸다.

"내일 대만에서 온 미술품 거래상을 만나기로 했어요. 근데 다른 중요한 모임 때문에 시간이 빠듯하게 됐네. 놓치기 아까운 작품들이거든요."

"그럼?"

"딱 1시간만 내가 돼줘요! 세진 씨."

세진이 놀란 표정으로 얼른 답을 못하자 이경이 한 템포 쉬고 연이어 말했다.

"부하 직원을 보내고 싶어도 내가 직접 나와야 거래를 하겠대요."

"저 중국말 못하는데요?"

"그쪽에 통역이 있을 거예요. 어차피 서로 초면이고, 명함 나눈 다음엔 작품 도록만 받아오면 돼요."

"김 작가님한테 시켜도 되지 않을까요?"

세진은 어쩐지 내키지 않아 버텨보았다.

"컴퓨터는 잘 다루는데 사람 상대하는 건 영 서툴거든."

세진은 선뜻 결정을 못 하고 망설였다.

"알았어요. 내키지 않으면 안 해도 돼요."

이경의 시원한 포기가 오히려 세진의 발목을 잡았다.

"아뇨, 그게 아니라……. 제가 대표님처럼 할 수 있을까요?"

"그건 내가 할 대답이 아닌데."

이경은 세진에게 다가와 나란히 섰다. 그리고 원피스를 세진의 몸에 대며 거울을 향해 몸을 틀었다. 거울에 비치는 이경의 눈빛과 표정에 세진은 아찔함마저 느꼈다.

"세진 씨 스스로에게 물어봐요."

이경의 도톰한 입술이 세진의 귓가로 점점 다가왔다.

"아주 잠시라도, 그게 거짓이라도 나처럼 되고 싶은지!"

세진은 시선을 돌려 거울 속의 자신을 바라보았다. 눈빛에 점점 영롱한 빛이 감돌았다. 속 깊은 곳에서 뭔가가 꿈틀거리며 몸 구석구석 천천히 돌아다녔다. 온몸이 짜릿하고 화끈거렸다. 세진은 꿈틀거리는 정체를 어렴풋이 느낄 뿐 그게 무엇인지 정확히 알 수는 없었다. 몸에 힘이 빠지면서 정신은 하나의 빛으로 수렴했다. 이경은 그녀의 미세한 변화를 지켜보며 입가에 미소를 띠었다.

햇빛이 통유리를 통해 천하금융 회장실에 쏟아졌다. 손 회장은 오랜 벗인 자신의 소파에서 서류를 신중히 검토하는 중이었다. 문이 벌컥 열렸다. 노크도 하지 않고 들어올 수 있는 이는 이 세상에 단 둘뿐이었다.

"펑 씨 형제들, 작업대기 중입니다. 내일 2시에 만나기로 했대요."

이왕이면 손녀가 나은데. 손 회장은 미덥지 못한 표정으로 아들을 살폈다.

"우리 직원들은 빠져 있으라고 해. 철저히 이번 일하고 무관해야 한다. 자칫 꼬리라도 밟히면 골치 아파져."

"뒤탈은 없겠죠?"

"그게 겁나면 협회 돈에 손대지 말았어야지!"

울화통이 터졌다. 욕심은 있고, 끌고 나갈 힘은 없고. 자신의 유일한 자식이자 후계자의 흐리멍덩한 모습에 손 회장은 뒷목을 잡았다. 손기태는 찔끔거리며 시선을 피했다. 손 회장은 그가 자신을 쳐다볼 때까지 노려볼 작정을 하고 언성을 높였다.

"아무튼 서이경은 오늘 모임에 불참할 거다. 반드시."

이경이 창가에 섰다. 아침 햇살이 그녀의 아름다움을 비쳐주었다. 속을 가늠할 수 없는 차가운 표정이 오히려 그녀를 한층 부각시켰다. 조 이사가 다가섰다.

"총회에 필요한 자료는 다 준비됐습니다."

이경은 대꾸 없이 창밖만 내다보았다.

"이세진 씨 일 자책하지 마십시오."

이경은 그 말에 뒤돌아보지 않고 실소를 흘렸다.

"자책, 후회, 미련. 그렇게 돈 안 되는 짓거리는 안 해요."

그녀는 어느새 웃음기를 거두고 매서운 눈빛을 띠었다.

"그럼, 진짜 돈 되는 일을 하러 가볼까요?"

또각또각 구두 소리가 대리석 바닥에 울렸다. 매끈한 다리 위로 진홍빛 원피스가 하늘거렸다. 세진은 자신감 넘치는 표정으로 호텔 복도를 걸어 한 객실 앞에서 멈췄다. 가벼운 노크 소리에 문이 열렸다. 키가 큰 펑 형제의 동생이 무표정하게 손님을 맞이했다. 세진은 긴장감을 숨기기 위해 미소를 지었다.

"Are you Miss……."

"Yes! 제가 서이경입니다."

세진은 당당히 안으로 들어가 자기 자리인 양 빈 소파에 앉았다. 동생 펑은 통로에 일행이 있는지 확인하며 천천히 문을 닫았다. 형 펑은 주스가 든 유리컵을 내려놓고 맞은편에 자리했다. 세진은 명함을 건네고 바짝 마른 입술을 달래기 위해 주스를 입을 갖다 댔다. 형이 눈짓하자 동생은 고개를 끄덕였다. 동생은 침실로 사라졌다. 세진은 그들의 약속된 행동에 일말의 불안감을 느꼈다.

"저기, 통역 없나요? 한국말 하는 사람 있다고 하던데."

형 펑은 그녀의 이야기를 듣는 둥 마는 둥 손목시계만 내려다보았다.

"통역이요. 어, 트랜스레이터?"

형 펑은 그제야 고개를 들고 실실 웃기만 했다. 세진은 불안감 대신 짜증이 밀려왔다. 갑자기 부스럭 소리가 들렸다. 그녀가 고개를 돌리자 키 큰 동생이 사람 하나 들어갈 만큼 커다란 트렁크를 밀고 있었다. 짜증은 가시고 불안감이 다시 밀려왔다.

"지금 뭐하는 거예요?"

동생 펑은 소파 옆에 트렁크를 눕히고 지퍼를 열었다. 트렁크는 비어 있었다.

"그, 그림은 어딨죠? 당신들, 그림 팔러 온 거 맞아?"

세진이 일어서서 싸울 자세를 취했다. 웬만하면 싸우지 말고 피하라는 관장의 말이 떠올랐지만 어쩔 수 없었다. 형 펑은 다시 손목시계를 확인하고 고개를 갸우뚱거리며 유리컵을 흘끔 쳐다보았다. 그의 시선이 머문 유리컵에는 세진의 립스틱이 또렷하게 묻어 있었다. 관장의 말이 맞았다. 그녀는 직감적으로 문으로 뛰었다. 하지만 채 몇 걸음도 가기 전에 사방 벽이 돌아가기 시작했다. 정신을 차리기 위해 한쪽 벽면을 짚으며 중심을 잡는데 이번에는 다리에 힘이 빠지면서 바닥에 쓰러지고 말았다. 온 힘을 다해 일어서려 했지만 천장이 자신에게 쏟아져 내렸다. 더 이상 버틸 수 없었다.

"걸려들었습니다."

손 회장은 아들의 상기된 목소리에도 태연히 외출 준비를 했다. 손기태는 휴대폰을 주머니에 넣으며 칭찬받을 요량으로 목에 더욱더 힘을 주며 말했다.

"펑 씨 형제들이 지금 공장으로 데려가고 있답니다."

"눈앞이 급하니까 발밑을 못 봤구먼. 덕분에 불청객 없는 순탄한 총회가 되겠어."

손 회장은 마지막 옷매무새를 다듬고 옆 회의실로 통하는 문을 열었다. 길게 뻗은 회의용 테이블 양쪽으로 20여 명의 회원사 대표들이 자리 잡고 있었다. 그들은 손 회장을 보고 자리에서 일어나 그를 맞이했다. 그리고 그가 테이블 상석에 착석하고 난 뒤에야 자리에 앉았다. 손기태는 총회 진행을 위해 단상으로 올라갔다.

"처음 안건은 동아시아 경제 포럼에 후원 및 협찬 여부를……."

"잠깐만."

몇 년 동안 말 한 마디 없던 회원이 손을 들었다. 손기태는 살짝 당황했지만 손짓으로 정중히 지목했다.

"신규 회원사를 가입시키는 안건부터 논의해야 하지 않나요?"

"이번 총회에 갤러리 S 서 대표도 참석하는 거 아닌가요?"

약속한 듯 다른 회원이 말을 보탰다. 그 역시 몇 년 동안 거의 말을 하지 않던 이였다. 손기태는 어쩔 줄 몰라 아버지를 쳐다보았다. 손 회장이 눈빛을 주자 그는 다시 준비한 문장을 영혼 없이 읊어 내려갔다.

"그러니까 협회 운영위에서 검토한 결과, 갤러리 S는 심각한 결격 사유가 발견돼……."

"그게 뭔가요?"

이경이 조 이사를 대동하고 당당히 회의실로 들어섰다. 손 부자는 눈을 크게 뜨며 입을 뻐끔거렸다.

"저와 제 회사에 어떤 결격 사유가 있는지……."

그녀는 좌우를 둘러보다, 손 회장에게 시선을 고정한 채 말을 이었다.

"여러분들 앞에서 듣고 싶습니다."

"서 대표는 일단 자리에 앉으시고 안건은 순서대로 처리합시다."

손 회장은 뭔가를 결심한 듯 표정을 풀었다. 이경은 조 이사가 빼준 의자에 사뿐히 몸을 올렸다. 손 회장은 헛기침을 하며 목소리를 가다듬었다.

"그런데 그전에 잠시 의사 진행 발언을 해야겠소."

그의 말에 회원들은 고개를 끄덕였다. 손 회장이 천천히 일어났다. 이경은 호기심 어린 눈으로 그를 지켜보았다.

"얼마 전 매우 충격적인 사실을 알게 됐소. 개인적으로는 어떻게 해서든 감추고 싶은, 수치스러운 일이지요."

설마? 이경의 눈이 커졌다. 손 회장이 목소리가 조금씩 떨리고 있었다.

"협회 재무 이사인 제 아들 손기태가 그동안 협회 자금 상당액을 횡령 및 유용해 왔다는 사실이오!"

회원들이 웅성거렸고, 이경은 낭패스러웠다. 제법 쓸 만한 히든카드를 그가 뒤집고 말았다.

"아버지?"

아무래도 충격은 그 아들이 가장 많이 받은 것 같았다. 그는 연신 중얼거리며 아버지를 향해 손을 내밀었다.

"애비로서 자식의 허물을 덮어주고 싶었지만 비통한 심정으로 결국 모든 비리를 밝혀야겠다고 결심했소. 협회가 입은 손실은 천하금융에서 책임지고 해결하겠습니다. 여러분께서는 부디 제 아들놈의 과오를 엄중히 처리해주시오!"

"아버지! 이런 법이 어딨어요?"

손기태는 느닷없는 아버지의 날벼락에 당황스럽고 기가 막혔다.

"닥쳐! 끌고 나가!"

손 회장은 서슬 퍼런 일침과 함께 문가에 선 진행 요원들 향해 소리쳤다. 그들은 명령대로 손기태를 문 밖으로 잡아끌며 눈치를 살폈다. 이경은 이런 풍경을 싸늘하게 노려보았다.

"이거 안 놔? 아버지! 미쳤어요? 나한테 왜 이래? 왜 이러냐고!"

벼랑 아래로 떨어진 손기태의 애처로운 외침이 회의실 밖

통로에 울려 퍼졌다. 무거운 침묵이 회의실에 감돌았다. 손 회장은 의자에 몸을 묻은 채 눈을 감았다. 맨 처음 의사 진행 발언을 한 회원이 적막을 깼다.

"음, 그럼 손기태 사장의 비리 건은 협회 차원에서 철저히 조사하도록 합시다."

"그건 그렇지만 회장님께서 정말 어려운 결단을 내리셨습니다. 안 그렇습니까?"

손 회장 측 회원이 좌중을 둘러보며 동의를 구했다. 잠시 후 박수가 터져 나왔다. 히든카드를 놓친 이경의 눈빛은 여전히 냉랭했다. 손 회장은 그 시선을 애써 외면하며 손을 내저었다.

"우리같이 큰 그림을 토대로 사업하는 사람들은 공명정대한 원칙, 그 기본을 잊어선 안 됩니다. 비록 자식이라도 허물이 있다면 엄중히 꾸짖고 다스리는 게 마땅하지요."

다시 박수 소리가 울리자 이경은 눈을 감았다.

"제가 존경해 마지않는 서봉수 회장님 즉 서 대표 부친 또한……."

이경이 눈을 번쩍 떴다. 역공이 시작되었다.

"따님의 한국 사업에 대해, 공명정대한 원칙에 따라 그 입장을 밝히셨을 걸로 믿습니다. 자, 부친의 서명은 받아왔소?"

손 회장은 여유를 찾고 묵묵부답인 이경을 다그쳤다.

"서 대표, 우리 모두 바쁜 사람들이오. 서명이 있으면 제출

하고, 그게 아니면 이 자리에서 물러나주시게."

이경이 자리에서 일어섰다. 반격이 필요한 시점이었다.

"조 이사님."

그는 준비하고 있었던 듯 테이블을 돌며 준비한 출력물을 회원들에게 나눠주기 시작했다. 손 회장은 의아한 표정으로 자기 자리에 놓인 출력물을 집어 들었다.

"원본은 저희 대표님께서 갖고 계시고, 이건 사본입니다."

조 이사가 이경을 대신해 결정타를 날렸다. 그녀는 원본을 들어 보이며 입을 열었다.

"제 아버님, 일한금융 서봉수 회장께서 자필로 쓰신 확인서와 그분의 서명입니다."

'나 서봉수는 갤러리 S의 한국 진출을 허락합니다. 이에 협회 여러분의 전폭적인 지지와 협력을 당부 드리면서……'

글을 읽던 손 회장은 부들부들 떨리는 손을 감추지 못했다. 회원 대부분도 같은 반응이었다.

승리를 확정 지은 이경의 얼굴은 그다지 밝지 않았다. 그녀의 눈은 이미 과거로 내달렸다. 일찍 돌아가 기억도 나지 않는 친모. 이경의 첫 기억은 아버지 서봉수였다. 그는 일본에서 딸에게 어릴 때부터 돈을 최고로 여기는 후계자 수업을 혹독하게 시켰다. 너무나 이른 조기교육이었고 처절하리만큼 지독했다. 그녀는 동전 한 닢도 허투루 쓰는 법이 없었다. 그걸 당연하게 여겼고 전혀 이상하지도 않았다.

한없이 엄하고 당당한 모습의 아버지. 한동안 자신을 남기고 귀국한 아버지가 다시 일본으로 돌아왔을 때 무슨 연유인지 그녀를 더욱더 가혹하게 교육했다. 하지만 엄하기만 했지 당당한 모습은 예전 같지 않았다. 그녀 역시 세월이 한참이나 흘러 스무 살을 넘기면서 예전처럼 무작정 따르지 않았다. 결국 충돌이 있었고 그녀는 한국으로 도망쳤다. 하필 간 곳이 부산이었고, 그곳에서 그 남자를 만났다.

이경은 무의식중에 고개를 세차게 저으며 기억을 건너뛰었다. 다시 일본에 돌아와 아버지의 뜻에 따랐다. 세월이 흘러가자 아버지 몸이 부서져갔다. 정신은 아직 또렷했으나 그 몸이 지탱하지 못했다. 이경은 견딜 수 없었다. 나약해져만 가는 아버지를 더 이상 볼 수 없었다. 그녀는 독립을 선언했다. 한국에 자신만의 왕국을 세우기로 결심한 것이다. 아버지에게 말했으나 그는 한사코 반대했다. 자신은 후계자를 키웠지 괴물은 키우지 않았다고 소리쳤다. 그녀는 부친의 모진 말에도 꺾이지 않았다. 실로 괴물이 될 작정이었으니까. 이번에는 아버지가 꺾일 차례였다. 그는 결국 동의하고 한 장의 사진을 내밀었다. 빛바랜 흑백사진! 젊었을 때의 아버지 양옆에 서서 환하게 웃는 두 남자.

"잠시 쉬고, 10분 뒤 다시 회의를 시작하겠습니다."

이경이 급히 현실로 돌아왔다. 그녀는 옆 휴게실로 자리를 옮겨 빌딩숲을 내려다보았다. 빌딩의 높낮이가 왕국으로 올라가는 계단처럼 보였다. 그 왕국의 끝이 뭔지 알고 싶지 않았다. 단지 아버지에게 보이고 싶었다. 아버지가 막연히 꿈꾸어 온, 아니 생각지도 못했던 돈의 끝, 금력의 끝을. 그 왕국에 일단 무작정 올라가기로 마음먹었기에 다른 일은 아무 의미 없었다. 문이 벌컥 열리는 소리에 이경은 상념을 거두고 상대에게 태연히 말을 걸었다.

"휴식 시간이 너무 길어지네요."

"처음부터 계획적이었어! 서명이 없는 척 숨겨놓고, 날 속인 게야. 내 손으로 내 아들을 쳐내게 하려고!"

손 회장은 흥분을 주체할 수 없었다.

"회장님이 선택하셨죠. 공명정대한 원칙, 감동적이었어요. 우선 총회부터 속개하시죠. 가입안건을 처리해주셨으면 좋겠는데."

"호텔에 갔던 자네 대역! 내 수중에 있네."

손 회장의 어금니에 힘이 들어갔다.

"사람들 앞에서 털어놔. 서명은 위조됐고, 서 회장은 허락하지 않았다고. 그럼 그 여잔 풀어주지."

"끗발 낮은 카드로 풀 배팅하시면 안 되죠. 그 패는 버리세요, 회장님."

"그 여자가 어떻게 되든 상관없다 이건가?"

"함정인 거 뻔히 알면서 보냈습니다. 소모품 역할을 다했으니, 나머진 자기가 알아서 하겠죠. 지금 제가 궁금한 건 이 총회의 결론입니다."

손 회장은 대꾸 없이 노쇠한 근력을 최대한 사용하여 문을 닫고 나가버렸다. 곧 조 이사가 들어왔다.

"탁이는요?"

"호텔에서부터 미행하고 있습니다. 이제 움직이라고 할까요?"

이경은 고개를 끄덕거렸다.

승합차 한 대가 국도로 접어들었다. 헤드셋을 쓴 탁이 모는 승용차도 그 뒤를 따랐다. 일정한 간격을 두고 달리다, 주위의 차들이 보이지 않자 그는 액셀을 깊게 밟았다. 간격이 점점 좁혀졌다. 승합차 조수석에 있던 형 펑이 사이드미러를 물끄러미 쳐다보았다. 탁의 차가 꽁무니에 바짝 따라붙어 있었다. 형제는 시선을 교환했다. 탁은 반대편 차선으로 나가 나란히 차를 몰았다. 차창을 내리며 차를 세우라는 손짓을 승합차 운전자에게 보냈다. 동생 펑은 가슴팍에서 소음기 달린 권총을 꺼내 들었다. 탁은 순간적으로 차 진행 방향을 바꾸었으나 이미 발사된 총알이 타이어에 박혔다. 탁의 차는 방향을 잃으면서 회

전했다. 탁은 핸들을 꽉 잡으며 이를 악물었다. 미끄러진 차는 다행히 막 심은 작은 가로수 몇 그루를 들이받고 멈춰 섰다. 탁이 찌그러진 문짝을 밀어내며 힘겹게 내렸다. 전방을 살폈지만 승합차는 온데간데없었다. 화가 치민 탁은 그저 차바퀴를 걷어찰 뿐이었다.

모니터에 서울 근교 상세 지도가 떴다. 김 작가는 분주히 손을 놀리며 프로그램을 돌렸다. "승합차 놓친 지점에서 반경 5킬로씩 넓히고 있어요. 그 지역에 천하금융하고 관계된 창고나 별장이 있는지 확인하려고요."

김 작가의 입은 그녀의 손만큼 바삐 움직였다.

"작가님, 지금 갤러리로 이동 중입니다."

조 이사가 운전하며 스피커폰으로 통화를 했다.

"탁은 일단 그 지역에서 대기해. 김 작가가 위치 확인하는 대로 움직일 준비하고."

뒷좌석에서 이경의 한숨 소리가 들렸다. 조 이사는 차마 고개를 돌리지 못했다.

"대표님, 너무 걱정 마십시오. 김 작가 실력이면 금방 찾아낼 겁니다."

"현금 준비하세요. 전부 달러로."

"달러요?"

"돈으로 움직이는 전문가들이에요. 적절한 대가를 지불하면 서로 다치는 일 없을 거예요."

"얼마나 준비할까요?"

"그러게요. 저도 궁금하네요. 이세진, 그 아이 값어치가 얼마나 될까요?"

쇠붙이 부딪히는 소리가 언뜻 들렸다. 세진은 지끈거리는 머리를 감싸 쥐고 주위를 살폈다. 자신이 왜 낡고 냄새나는 매트리스 위에서 일어났는지 알 수 없었다. 게다가 언제 작동했는지 모를 오래된 기계와 인화 물질이 들어 있음직한 큰 기름통이 위협적으로 느껴졌다.

다시 쇠붙이 소리가 들렸다. 세진은 소리가 나는 쪽으로 고개를 돌렸다. 유독 밝은 불빛이 보이는 테이블이 저만치 보였고, 남자 둘이 통조림을 긁어대며 자석으로 만든 휴대용 바둑판 위에 검은 돌과 흰 돌을 번갈아 놓고 있었다. 세진은 본능적으로 자기 몸을 살폈다. 다행히 쓰러지기 전과 별반 다를 거 없는 자신의 모습에 그나마 안도의 숨이 쉬어졌다.

창밖 너머로 어둠이 짙었다. 세진은 주스 속에 든 수면제의 위력에 내심 놀라며 영화 속에서나 본 일이 자신에게 일어났다는 사실에 또 한 번 놀랐다. 게다가 아직 놀랄 일이 많을 거라는 생각이 들자 비록 냄새가 나더라도 매트리스에 다시 눕고 싶었다. 아니다! 세진에겐 국내에 일본 프라이드 경기가 방송될 때부터 익힌 종합격투기 기술이 있었다. 대회에 참가한 적은 없지만 남을 가르칠 정도로 이론에는 정통했고 체육관 관장도 재능이 있다며 사범으로 채용하기까지 했었다. 세진은 문득 못 받은 월급이 떠오르자 분노가 일었지만 이는 자신감으로 연결되어 자신을 납치한 남자 둘을 기습하기로 작정했다.

세진은 최대한 소리를 내지 않기 위해 살금살금 매트리스를 벗어나 허리를 낮추어 걸었다. 하지만 몇 걸음도 가지 못하고 뭔가를 밟는 소리를 내고 말았다. 세진은 자신을 쳐다보는 남자들을 향해 몸을 솟구치려다 멈춰 섰다. 남자 중 하나가 그녀에게 총구를 겨누고 있었기 때문이었다. 세진은 까닥거리는 총구의 의미를 단번에 알아듣고 고양이가 제 집 찾아가듯 매트리스 위로 조용히 올라갔다.

그들은 다시 바둑에 몰두했다. 세진은 힘들게 작정한 일이 어이없게 무산되자 얼굴이 화끈 달아올랐다. 여기가 응씨배 결승전장인가? 세진은 자기를 안중에도 없다는 듯 행동하는 그들에게 발끈 약이 올랐다. 세진은 벌떡 일어났다.

"당신들, 실수했어."

세진의 언행에 그들의 얼굴은 의외라는 표정이었다.

"사람을 잘못 잡아왔다고. 나, 서이경 아냐. 그 사람 대신 거래하러 간 거뿐이야. 그러니까 빨리 풀어줘."

그들이 응답을 하지 않자 세진은 자신의 머리를 쥐어박았다.

"I'm not 서이경! You, Mistake! Let me go!"

그제야 아까와는 다른 남자 하나가 스윽 일어났다. 세진은 자신도 모르게 허리를 낮추고 자세를 취하려다, 총을 보고 가만히 서 있기로 했다. 그는 폰을 꺼내 통화 버튼을 눌렀다. 통화 연결음이 약하게 들렸다. 소리가 약한 만큼 세진의 가슴은 쿵쾅거렸다. 그는 말하지 않고 듣기만 했다. 세진은 미칠 지경이었다. 이윽고 그가 한 마디도 하지 않은 채 통화를 끝냈다.

통화를 마친 남자의 얼굴이 심상치 않았다. 남자는 또 다른 남자와 심각한 표정으로 이야기를 나누었다. 세진은 두 사람의 말을 알아듣지 못해 더욱 불안해졌다. 둘은 한참을 이야기하다 동시에 세진을 물끄러미 쳐다보았다. 세진은 불안한 마음에 뒷걸음질 쳤다. 형 펑이 마침내 마음을 정했는지 자신의 폰을 세진에게 내밀었다.

"Call her."

세진은 갑작스러운 영어에 당황했다.

"Your Boss. Call!"

갤러리에선 조 이사가 하드 케이스에 가득 담긴 달러를 이경에서 보이고 있었다. 이경이 고개를 끄덕이자 그는 가방을 닫고 조심스러운 표정으로 이경을 바라보았다. 조 이사가 이경에게 무언가를 얘기하려는데 키폰이 울렸다. 조 이사는 곧장 스피커폰을 켰다. 김 작가의 다급한 목소리가 들렸다.

"이세진 씨 전화에요! 바로 연결할게요."

"대표님, 저예요!"

세진은 형제들이 지켜보는 가운데 통화했다.

"이 사람들, 그림 팔러 온 거 아니에요. 저 지금 납치됐어요! 이 사람들은 제가 대표님인 줄 알고……."

"전화 바꿔요."

"네?"

세진은 담담한 이경의 말투에 당혹스러웠다.

"내가 직접 얘기할게요. 바꿔줘요."

세진은 잠시 얼떨떨했지만 휴대폰을 형 펑에게 내밀었다.

"Hello?"

이경의 목소리에 조금의 흔들림도 없었다.

이경이 운전석 문을 열었다. 돈 가방을 들고 서 있는 조 이사와 김 작가의 표정이 어두웠다. 김 작가가 슬쩍 조 이사 양복을 잡아당기며 눈짓했다.

"제가 다녀오겠습니다. 대표님 혼자 가셨다가 무슨 일이라도 생기면……."

"혼자 오랫잖아요. 탁이한테 주소나 찍어주세요. 오버하지 말고 대기하란 말도 전하시고요."

"대표님! 그놈들 총도 갖고 있어요!"

김 작가가 소리쳤다.

"저도 무기 있어요. 이 정도면 강력하죠."

이경이 조 이사에게 돈 가방을 넘겨받으며 싱긋 웃었다. 그렇게 이경의 차는 출발했고 조 이사와 김 작가는 불안한 마음을 감출 수 없었다.

어쩌면 이경은 미리 알고 있었던 것일까? 세진은 머리를 털었다. 혼란스러웠다. 위험을 알면서 자신을 보냈을 리가 없다고 생각했다. 하지만 한번 시작된 의심은 쉽게 사그라지지 않았다. 번개가 어둠을 갈랐다. 천둥소리도 이내 뒤따랐다.

공장에서 멀찌감치 떨어진 으슥한 곳에 찌그러진 차가 멈췄다. 앞 유리에 빗방울이 떨어지기 시작했다. 탁은 당장이라도 달려가 세진을 구하고 싶었다. 자신의 밋밋한 대응 탓에 일이 꼬였다고 생각하니 자존심에 금이 갔다. 그들은 총을 들고 있었다. 간만에 보는 총이었다. 일본에 있을 때는 총을 손에서 놓지 않았지만 한국에서는 총기를 사용할 임무가 드물었다. 그는 쓴웃음을 지었다. 트렁크 안 스페어타이어 자리에 다양한 총기류가 구비되어 있었지만 그는 손대지 않았다. 이경의 명령이었다. 보스의 명령은 절대적이었다. 지금도 대기하라는 명령만 아니었으면 일찌감치 저들을 쓸어버렸을 것이다. 일본에서의 생활이 잠시 떠올랐다. 그는 입맛을 다셨고 비가 억수같이 쏟아져 내렸다.

번개가 다시 치자 세진이 고개를 들었다. 눈빛이 달라졌다. 알 수 없는 곳에서 아무것도 모른 채 기다릴 수는 없었다. 사내들은 바둑을 두느라 정신없었다. 뭔가를 해야 했다. 그녀가 일어섰다.

"화장실에 가야겠어요. 토일릿 플리즈."

형 펑은 다음 수를 얼른 찾지 못하는 듯했다. 조금만 수가 삐끗하면 대참사가 일어나는 바둑판에서 집중은 늘 필요한 요소였다. 형 펑은 세진의 앙앙대는 소리가 거슬려 동생 펑을 신경질적으로 올려다보았다. 동생은 너그러운 웃음으로 자리에서 일어났다. 그는 세진을 손짓으로 부르며 화장실로 안내했다.

세진은 공장 구석에 딸린 화장실로 들어갔고, 동생 펑은 문 옆에 기대어 섰다. 그녀는 들어오자마자 문을 잠그고 창가로 다가섰다. 절망적이었다. 창문이 있었지만 손바닥만 했다. 어찌 됐든 창문을 열고 밖을 보려 해도 얼굴조차 내밀기 힘들었다. 좌우를 둘러봐도 쓸 만한 것이 없었다. 구석구석 살펴보았지만 별 뾰족한 수가 떠오르지 않았다. 세진은 그냥 변기에 앉아 우선 본연의 목적을 달성하기로 했다. 밖에서 문을 쾅쾅거렸다. 시원하게 볼 일 보는 것마저 여의치 않았다.

물 내려가는 소리와 함께 세진이 나왔다. 동생 펑이 앞장섰고 세진은 맥없이 따라갈 수밖에 없었다. 그런데 바둑판에 다다른 동생이 흥분하며 소리치기 시작했다. 무슨 말을 하는지 알아들을 수 없었지만 바둑판을 보며 소리치는 모습이 예사롭지 않았다.

동생 펑의 끊임없는 악다구니에 결국 형 펑도 울컥했다. 형은 바둑판을 뒤엎었고 바둑통과 그 안에 든 돌들이 하늘을 수놓았다. 그 틈에 테이블 위에 놓여 있던 총도 덩달아 날아 세진의 발 앞에 떨어졌다. 그녀는 얼른 총을 집어 들고 총구를 그들에게 겨누었다.

"꼼, 꼼짝 마!"

세진은 더 멋있는 말을 내뱉고 싶었지만 한계였다. 펑 형제는 그녀의 말을 무시하고 그들 끼리 언성을 높이며 싸움을 계속했다.

"움직이면 쏜다."

세진은 대사를 외우듯 상투적인 말을 연속적으로 토해냈다. 형제는 먹살잡이를 하려다 멈췄다. 둘 다 어이없는 표정이었다. 형은 피식 웃었고, 동생은 총을 내려놓으라는 손짓을 했다. 세진은 그들의 당당함에 위축되었다. 급기야 동생은 쏴보라는 듯 가슴을 내밀며 다가왔다. 세진이 허공에 방아쇠를 당겼다. 그녀와 형제 모두 천둥 같은 총소리에 멈칫했다. 세진은 총구를 다시 그들에게 향했다. 동생이 머뭇거리자 형이 손으로 자기 머리를 가리키며 그녀에게 다가왔다. 세진이 뒤로 물러섰다. 경험치가 그들과 비교가 안 되니 어쩔 수 없는 노릇이었다. 그녀는 뒷걸음질 치다 매트리스를 밟았다. 세진은 또다시 그 역겨운 냄새를 맡기 싫었다. 다시 방아쇠를 당겼다. 과녁에는 한참 빗나가는 방향이었다. 이번에는 동생도 형을 따라 나란히 걸었다. 세진은 심호흡을 하고 방아쇠를 힘차게 당겼다. 누가 맞아도 상관하지 않겠다는 결심이 섰다. 총알은 형, 동생의 좁은 틈새를 지나 그들 뒤편에 있는 인화 물질 드럼통에 정확히 박혔다.

탁은 더 이상 기다릴 수 없었다. 공장 내부 구조는 김 작가가 보내온 평면도로 이미 파악하고 있었다. 그는 살금살금 옆 출입구로 향했다. 문손잡이에 손을 대는 순간, 느낌이 싸했다. 그는 얼른 몸을 돌려 엄폐물을 찾았다. 콰! 폭발음과 함께 공장 외부를 장식하는 유리창이 깨졌다. 곧이어 검은 연기가 쏟아져 나왔다. 전쟁이다! 탁의 얼굴에 섬뜩한 미소가 번졌다.

세진이 콜록대며 일어섰다. 공장 곳곳에 불길이 일렁거렸고, 매캐한 연기가 자욱했다. 다급한 소리가 들려 쳐다보니 형이 기절한 동생을 흔들고 있었다. 세진은 신선한 공기가 필요했다. 커다란 문을 열어젖히며 밖으로 나섰다. 형의 눈에 핏발이 섰다. 그는 동생을 눕히고 일어섰다.

빗줄기가 세진에게 쏟아졌다. 급하게 숨을 들이마시며 반쯤 나간 정신을 불러 모았지만 뒤따라 나온 형 평을 눈치 채지는 못했다. 그는 품속에 든 칼을 꺼내며 재빠르게 그녀에게 다가갔다. 세진은 공장 옆에 보이는 도로를 향해 무작정 걸어갔다. 평은 빠른 걸음으로 다가가 그녀에게 칼을 휘둘렀다. 하지만 어느새 나타난 탁이 그의 손목을 낚아챘다. 평이 뒤로 몸을 날려 자세를 취했다. 평은 탁이 보통 놈이 아니다 싶어 쉽게 접근하지 못했다. 반면 탁은 터벅터벅 그에게 걸어갔다. 고수다! 평은 동생이 떠올랐다. 그는 뒤돌아 공장 안으로 뛰었다. 탁은 콧방귀를 뀌며 그를 뒤쫓았다.

뒤에서 무슨 일이 벌어지는지 알 리 없었던 세진은 어느새 도로에 들어섰다. 좌우를 둘러보아도 방향을 전혀 종잡을 수 없었다. 내심 직진하고 싶었지만 건너편에는 어둠이 깔린 논바닥이었다. 세진은 왼쪽으로 몸을 틀어 길을 따라 걸었다.

지나가는 차는 전혀 없었다. 세진은 노란 중앙선을 밟으며 무작정 걸었다. 세찬 빗줄기에 오한이 드는 게 정신이 돌아온 것 같았다. 하지만 이런 상황에 자신의 애창곡 '빗속에 서 있는 여자'가 떠오른 걸 보면 정신이 왔다 갔다 하는 것도 같았다. 불빛이 보였다. 또 번개려니 했으나 불빛은 사라지지 않았다. 차 한 대가 그녀 앞에 천천히 멈춰 섰다. 세진이 헤드라이트 불빛에 눈을 가리자 헤드라이트가 꺼지고 미등이 켜졌다.

차 문이 열렸다. 샛노란 우산을 펼치고 이경이 내렸다. 그녀는 세진에게 다가갔다.

"안됐네. 그 옷, 마음에 들어 했었잖아요."

"처음부터 알고 있었죠?"

이경은 대답치 않고 엷은 미소만 보였다.

"다 알면서도 날 보낸 거죠?"

"어땠어? 내가 돼 본 기분이?"

"뭔 소리야!"

세진은 추위와 분노로 부들부들 떨었다.

"감기 걸리겠다. 얼른 타요."

이경은 몸을 돌려 차로 다가갔다. 그리고 차문을 여는데 퍽! 하는 소리가 들렸다. 차가 잠시 흔들릴 정도였다. 제법 큰 돌멩이가 앞 유리에 거미줄 같은 무늬를 내고 박혀 있었다. 이경은 가만히 돌아보았다. 세진이 여전히 몸을 떨고 있었다.

"감정도 돈이야. 아껴 써."

이경의 말에 세진은 어이가 없었다.

"속여서 미안하다. 그런 생각은 손톱만큼도 없어요?"

"듣고 싶어? 원하면 해줄 수도 있고."

"나, 지금 기분 아주 더러워요. 대표님한테 속았고, 죽을 뻔했고. 그, 그리고 또……."

세진은 차마 말을 잇지 못했다.

"말 안 해도 알아. 분하고 억울하겠지. 계획대로 중간에 구해냈어야 하는데, 우리 쪽에서 실수했어. 그건 인정할게."

"인정? 실수? 나도 인정할게요. 잠깐이라도 당신처럼 되고 싶다고 생각했던 거! 내 실수였어요."

"유감이네. 가능성은 충분한데."

이경의 입가에 미소가 스쳤다. 세진의 얼굴이 일그러지며 뭐라 반박하려는데 또 다른 헤드라이트가 다가섰다. 세찬 비도 씻어 내리지 못한 더러운 차였다.

"대표님? 직접 오셨어요?"

탁이 차에서 내리며 말했다.

"어떻게 된 거야?"

"모르겠습니다. 안에서 폭발 사고가 났는데……."

"폭발?"

이경은 세진에게 눈빛으로 물었다.

"그래요. 내가 했어요. 앉아서 죽을 순 없잖아요. 한심하게 누구 대역이나 하다가."

이경은 세진을 물끄러미 쳐다보다가 탁에게 몸을 돌렸다.

"운전할 수 있겠어?"

탁은 흐르는 피를 쓱 닦으며 힘차게 끄덕였다.

"이 친구 데려다 줘. 내 차는 타기 싫은 거 같네. 진정되면 찾아와. 할 얘기도 남았으니까."

이경은 차에 올라 세진을 반환점 삼아 빠르게 사라졌다. 세진은 차가 사라져 보이지 않는데도 눈을 떼지 못하고 부들부들 떨었다.

억수같이 내리던 빗줄기가 어느새 가늘어졌다. 삐끗대는 와이퍼 작동 소리만 차 안에 들렸다. 탁은 전방을 주시하다 힐끔힐끔 조수석에 탄 세진을 훔쳐보았다. 그녀는 그 난리를 겪었는데도 앞만 보고 있었다. 왜지?

"와이퍼가 왜 이래? 잘 안 보이게."

세진은 그제야 탁을 돌아보았다. 세진은 차문에 달린 물티슈를 꺼내 탁의 머리에 가져갔다. 탁은 순간 오른손으로 그녀의 손목을 잡았다. 그녀는 손목을 틀어 빼내며 탁의 이마에 흐른 피를 조심히 닦아주었다. 머쓱한 탁은 물티슈를 빼앗아 자신이 닦았다. 세진은 다시 앞을 보며 혼잣말처럼 말했다.

"그런 여자 밑에서 어떻게 일해요?"

탁이 흘끔 쳐다보았다.

"남 속여먹고, 이용하고, 그래놓고선 미안한 것도 몰라. 재수 없게."

"그 재수 없는 대표님이 너 구하려고 했어."

세진이 놀란 눈으로 돌아보았다.

"중국 애들한테 줄 몸값 챙겨서, 직접 오라고 하니까 혼자 담판 지으러 갔던 거야. 그럴 성격이 아닌데."

탁이 고개를 갸웃거렸다. 세진의 놀란 눈이 더 커졌다.

알람이 요란하게 울었다. 세진은 이불 속에서 손을 뻗어 휴대폰을 만지작거렸다. 알람이 제대로 꺼지지 않았는지 여전히 요란한 소리를 냈다. 이불을 걷어차며 자리에서 일어난 세진은 어제 일어난 일이 꿈인 듯 쉽사리 현실로 돌아오지 못했다. 이모가 화장실에서 나오며 나갈 채비를 했다.

"무슨 큰돈을 벌겠다고 밤새 싸돌아다녀? 분수껏 살아, 분수껏."

이모는 혀를 끌끌 차며 구석에 놓인 진홍빛 원피스를 들어 보았다.

"드라이 맡겨. 황새 깃털 열심히 꽂아봤자 뱁새 팔자 안 변하는 거야 이것아."

"응, 이모 말이 맞아."

이모는 원피스를 손에서 놓치며 당황해했다. 왜 왕후장상의 씨가 따로 있냐며 대들지 않지? 그들의 해묵은 레퍼토리에 금이 갔다.

"뱁새는 뱁새답게 살아야지."

세진이 한술 더 떴다. 이모는 평소와 다른 세진의 반응에 차분한 목소리로 물어보았다.

"간밤에 뭔 일 있었냐?"

"일은 무슨. 용꿈인 줄 알았는데 개꿈을 꿔서 그런지 좀 피곤해."

"돈 돌려 쓸 데 알아보고 있으니까 전세금은 걱정 마."

이모가 현관문을 나서자 세진은 웃음기를 걷어냈다. 눈앞에 진홍빛 원피스가 막연히 들어왔다. 그녀는 벌떡 일어나 옷장을 벌컥 열었다. 이경이 선물한 옷이 보였다. 잠시 가라앉았던 자존심과 분노가 다시 살아났다.

이경은 소파에 앉아 조 이사의 설명을 들으며 서류를 검토했다. 노크 소리와 함께 김 작가가 들어왔다.

"저기, 손님이 오셨는데……."

그녀가 말을 채 마치기도 전에 세진이 양손에 쇼핑백을 잔뜩 들고 씩씩거리며 들어섰다. 이경은 서류를 내려놓고 흥미롭다는 듯 쳐다보았다. 세진이 쇼핑백을 이경 앞에 내려놓았다.

"이거, 돌려드리려고요."

"세진 씨 옷이잖아. 받을 이유 없는데?"

"선물한 사람 생각하니까 옷도 안 예뻐 보여서요. 비싼 옷인데 버리긴 아깝고, 교환이든 환불이든 알아서 하세요."

이경이 슬쩍 쇼핑백을 살폈다.

"제일 좋은 게 빠졌네."

"그 원피스는 드라이 맡겼어요. 되는 대로 갖다 드릴게요."

세진의 코에서 더운 열기가 뿜어져 나왔다.

"차나 한잔 마셔. 김 작가님이 차를 잘 타."

이경이 동문서답했다. 세진은 발끈하며 이경의 건너편에 털썩 앉았다.

"네, 좋습니다. 왕후장상의 차는 뭔지 맛이나 한번 보죠."

김 작가가 어색한 표정으로 뒤로 물러서며 조 이사에게 슬쩍 물어보았다.

"제가 차를 잘 끓였었나요?"

조 이사는 대답 대신 눈을 질끈 감았다.

이경은 세진 앞에 서류철을 내밀었다.

"뭐예요, 이게?"

"계약서. 우리 회사에 정식으로 채용하려고."

세진이 서류철을 자세히 쳐다보니 '고용계약서'라 적혀 있었다. 이경이 느긋하게 김 작가가 내온 차를 입으로 가져갔다 자기도 모르게 인상을 썼다. 차라고 하기에는, 그냥 일반 믹스커피였다. 그녀에게 물 조절 장애 증상이 있는 게 분명하다고 이경은 생각했다.

"사람 갖고 노는 방법도 여러 가지네요. 그 험한 꼴 보게 해놓고. 난 이런 장난 재미없거든요?"

"난 재미로 사람 안 써. 필요하니까 제안하는 거지. 계약서 뒤에 봉투 있어."

세진이 일단 서류철 뒷장에 끼워진 봉투를 열었다. 동그라미가 많다! 올려줘야 할 전세금 이상이었다.

"원래는 세진 씨 몸값으로 쓰려던 건데, 자기 힘으로 빠져 나왔잖아. 계약금이라고 생각해."

세진은 고개를 흔들며 놀랐던 표정을 지웠다.

"액수는 설레는데 기분은 별로네요. 사양할게요."

마지막 말에서 세진은 자신도 모르게 입술을 깨물었다.

"이세진 씨. 난 지금 기회를 주는 거야. 다른 사람 흉내 따위 집어치우고 진짜 인생을 살 수 있는 기회."

"항상 이런 식이네요. 돈이면 다 되는 줄 알고, 사람 꼴 우습게 만들고."

"돈으로 안 되는 거, 뭐가 있지? 난 잘 모르겠는데?"

"최소한 그날 있었던 일, 미안하다고 해야 하는 거 아니에요? 이까짓 돈 봉투로 때울 수 있는 게 아니잖아요."

이경의 표정이 갑자기 싸늘해졌다.

"이까짓 돈? 돈을 우습게보지 마. 그럼 돈도 널 무시할 거야. 내가 얼마나 원하는지, 상대는 얼마를 줄 수 있는지 중요한 건 액수가 정확한 거래뿐이야."

세진은 이경에게 질렸다. 급이 달랐다. 자신이 어떻게 해볼 수 있는 상대가 아니었다. 그녀는 돌아서 곧장 밖으로 나갔다. 이경은 냉랭한 표정을 거두고 다시 흥미로운 미소를 지었다. 차를 다시 한 모금 마시려다 멈칫했다. 그녀는 창가로 다가가 거친 걸음으로 멀어져가는 세진을 물끄러미 바라보았다.

"영리한 친구라는 건 압니다. 알지만, 신경 쓰셔야 할 업무도 많으실 텐데."

어느새 조 이사가 그녀의 뒤편에 서 있었다.

"몇 명이나 있을까요?"

"네?"

"죽을 자리에 끌려가서도 자기 힘으로 도망쳐 나올 수 있는 능력. 그런 본능은 아무나 가질 수 있는 게 아니에요."

조 이사는 한참이나 어린 보스의 말뜻을 새기며 묵묵히 들었다.

"계획이 본격적으로 착수되면 잠긴 문이 많을 거예요. 저 아이, 잘 깎아서 만능키로 만들려고요."

"그러시려면 지금 붙잡는 게……."

"조만간 다시 보게 될 테니 너무 걱정 마세요. 욕심에 한번 불이 붙으면 여간해서 그 불씨, 꺼지지 않거든요. 그래도 탁이에게 뭐 하나 살펴보라 전하세요."

"니 지금 뭐라 했노? 두바이 사업 접겠다고 그랬나? 말해봐라!"

박무일은 면접실 테이블을 힘차게 내려쳤다. 건우는 아버지의 반응을 예상했기에 놀라지 않고 웃어 보였다.

"아버지, 콩밥 체질 아니에요. 나와서 일식 오찬 드세요."

"누가 나간다 했나? 내 항복 안 한다 했제?"

"어젯밤, 의료실 가셨잖아요. 새벽까지 기침하셨다면서요?"

아들의 진심 어린 말투에 박무일의 표정이 조금 누그러졌다.

"두바이, 먹고 싶은 놈 먹으라고 하세요. 그룹 총수가 감옥 가게 생겼는데 그깟 프로젝트가 대수예요?"

"이놈의 새끼가. 그 프로젝트가 어떤 긴데."

"제 모가지 자르세요. 근데 저 자르시려면 여기서 나오셔야죠. 그렇게 알고 저 회사 들어갑니다."

박무일은 건우의 단호한 말에 대답 대신 입맛만 쩝쩝 다셨다.

조 이사가 호텔 일식집 문을 열자 이경이 들어섰다. 종업원은 한 내실로 그들을 안내했다.

"어서 와, 서 대표."

박무삼이 언짢은 표정으로 앉아 있었다. 이경은 눈인사를 살짝 건네며 자리에 앉았다.

"천하금융 손 회장하고 시끌벅적했다며? 손기태 사장도 서 대표가 날려버렸다고 하던데?"

이경이 접대용 미소를 보냈고 어느새 곁에 앉은 조 이사가 대신 답했다.

"떠도는 소문, 다 믿지 마십시오, 사장님."

"그 노친네, 하여간 욕심이 문제야, 욕심! 근데 손 회장은 아직 모르는 거요? 서 대표가 내 라인 타고 있는 거?"

"손 회장님이나 협회 일은 저희 대표님이 알아서 하실 겁니다. 그보다 다른 소문이 들려서 뵙자고 했습니다."

조 이사가 말문을 돌렸다.

"소문?"

"두바이 사업, 무진에서 손을 떼는 겁니까?"

박무삼은 멈칫하다 이내 거드름을 피웠다.

"거, 신경 쓸 일 아니야. 조카 놈이 지 아버지 빼내겠다고 사업 철수니 뭐니, 꼴통 짓 하는 거니까."

박건우 이야기다. 이경은 애써 표정관리를 했다.

"제까짓 게 설쳐봐야 부처님 손바닥이지. 내가 주먹 한번 꽉 쥐면, 으스러지게 돼 있어. 건방진 자식 같으니라고. 어디서 작은아버지한테⋯⋯."

"회장님 외아들이면 만만치 않은 상대죠."

이경이 슬그머니 대화에 끼어들었다.

"어떻게 제거하시려고요?

"허허, 서 대표가 그런 거까지 알 필요는 없는데."

조 이사는 이경의 눈치를 살폈다. 이경은 속으로 자신을 책하며 태연한 미소로 말했다.

"제가 도와드릴 일이 있을까 싶어서요. 조만간 총수 자리에 앉으셔야죠."

"총수는 무슨, 뭐 어차피 그렇게 되긴 하겠지만."

박무삼이 기분 좋은 웃음을 터트렸다.

이경은 눈을 감고 생각에 빠졌다. 시답잖은 인간들을 상대하는 건 피곤한 일이었다. 순간 세진의 화내는 모습이 떠올랐다. 분해서 어쩔 줄 모르는 모습이 귀여웠다. 피곤이 조금 가시는 것 같았다.

"대표님, 이세진 씨가 저기."

이경이 눈을 떠보니 갤러리 정문 앞에 세진이 기다리고 있었다. 이경은 잠시 차를 멈추고 세진 앞에 섰다.

"간단하게 해줄래? 다음 스케줄이 빡빡하거든."

"몸값인지, 계약금인지 그 돈, 저한테 빌려주세요."

이경은 뜻밖의 말에도 아무 반응을 보이지 않았다. 세진은 당당하게 밀고 나가야겠다고 생각했다.

"원금하고 이자, 칼같이 갚을게요. 차용증도 쓰라면 쓰고요. 저 이 정도 부탁할 자격 있잖아요. 대표님 때문에 죽을 뻔했는데."

"물론이야. 부탁할 자격 충분해. 하지만 누군가한테 부탁할 때는 거절당할 각오도 해야겠지?"

세진의 당당함이 깨지기 시작했다.

"내가 필요한 건 쓸 만한 부하야. 담보도 없는 채무자가 아니라. 돈 빌리고 싶으면 다른 데 가서 알아봐."

이경은 쌩한 얼굴로 세진을 그대로 지나쳤다. 세진이 약이 올라 그녀를 쏘아보았지만 이경은 뒤돌아보지 않았다. 세진은 어깨를 푹 내려뜨리며 돌아섰다. 그녀의 축 처진 발걸음 뒤로 탁의 차가 천천히 그녀를 따랐다.

유나가 전화를 받질 않았다. 뭔가 신나는 일이 생긴 게 분명하다고 세진은 생각했다. 일단 가게 앞에서 그녀를 기다리기로 작정했다.

1시간여가 지나자 날은 어두워지고 가로등들이 하나둘 켜지기 시작했다. 거리의 불빛을 따라 사람들이 불나방처럼 몰려들었다. 웃음소리가 여기저기서 쏟아졌다. 세진은 신세를 한탄하고 싶지 않았지만 눈가가 촉촉해졌다. 뭔가 환한 빛이 보이는 줄 알았는데 혼자만의 착각이었다.

서이경은 빛이었다. 보다 환하게 보다 더 넓게 빛을 비추고자 할 뿐 그녀는 이미 환한 빛이었다. 세진은 그 테두리 안에 들어가고 싶었다. 남들은 하지 않는 팬한 걱정거리를 짊어지고 싶지 않았다. 세진은 쪼그리고 앉아 고개를 푹 숙였다.

시간이 한동안 흐르자 마음이 진정되었다. 슬며시 고개를 드는데 눈앞으로 뭔가가 훅 들어왔다. 깜짝 놀란 세진은 엉덩방아를 찧으며 넘어졌다. 상대방은 뭐가 좋은지 실실 웃으며 얼굴을 들이밀었다.

"너! 손거울 맞지?"

손마리다. 술에 얼큰하게 취해 있었다. 세진이 모른 척 고개를 돌리고 일어서려는데 마리가 그녀의 머리를 잡고 눌렀다.

"너 오늘 나한테 딱 걸렸어. 형락이 그 찌질이가 다 불었거든. 일당 주고 쇼한 거."

세진은 죽을 맛이었지만 애써 침착하게 굴었다.

"사람 잘못 봤어요. 이 손 치워요."

"이게 어디서 구라를 쳐. 야, 너 가만있어. 우리 아저씨들 어디 갔지?"

세진이 마리의 손을 비틀며 가볍게 자리에서 일어섰다.

"얌전히 있어라. 까불다 뒤진다."

세진은 손을 풀며 이를 악다물고 말했다. 마리는 씩씩거리며 손가락으로 세진의 머리를 기분 나쁘게 툭툭 쳤다.

"짝퉁 처바르고 금수저 흉내 내봤자, 너 같은 거, 어차피 핵노답 인생이야. 답이 없다고. 알겠니?"

세진은 정신을 잠시 안드로메다에 안착시켰다. 머리를 한쪽으로 쓸어 넘기며 한쪽 주먹을 치켜들었다. 쿵! 마리는 맞기도 전에 휘청거리며 뒤로 넘어갔다. 아마 술이 확 올라온 모양이었다. 그녀는 비명을 질러댔다. 사람들이 웅성거리며 그녀들을 쳐다보았다. 앞뒤 없이 그 장면만 보면 분명 세진이 피의자고, 마리가 피해자였다. 경찰 사이렌이 들렸다. 어디 있다 나타났을까? 어떻게 이렇게 빨리? 이 모든 것이 음모가 아닐까? 세진은 어이가 없었다.

세진은 순순히 경찰차에 올라탔다. 건너편 승용차 안에서

이 모든 걸 지켜보던 탁도 어이가 없었다.

　　세진은 입술을 꾹 다물었다. 저만치서 경찰관과 변호사가
이야기를 나누고 있었다. 변호사는 세진과 눈이 마주치자 눈
을 부라리며 자리에서 일어섰다. 경찰관이 혀를 끌끌 차며 세
진에게 걸어왔다.

　　"피해자 팔목 뼈에 금이 갔다는군요. 폭행죄 이거, 골치 아
픈 건데."

　　"폭행 아니에요. 손을 살짝 들었는데 자기가 넘어져서……."

　　경찰관이 그녀의 말을 잘랐다.

　　"주변 사람들이 아가씨가 손을 높게 들었다고 말하잖습니
까. 이런 야밤에 변호사까지 보낼 정도면 꽤 사는 집 딸인가
본데, 법적으로 붙어봤자 아가씨만 불리해요."

　　"그럼, 어떻게 해요?"

　　"피해자랑 합의 보고 적당히 수습해야죠. 합의금도 좀 들
거고."

　　"얼, 얼마나요?"

　　경찰관은 자리에 앉아 심드렁히 모니터를 쳐다보았다.

　　"글쎄, 그거야 피해자 맘에 달렸죠. 일단 합의부터 봐요."

마리는 팔에 붕대를 감은 채 병원 침상에 누워 있었고 그 옆에는 손기태가 한심한 얼굴로 내려다보고 있었다.

"꼴좋다. 애비는 회사 잘리고, 딸년은 팔목 나가고. 우리 손가 집안에 올해 대운이 들었어, 아주 그냥."

"아빠!"

마리가 버럭 소리를 질렀다. 두 사람이 으르렁거리며 서로를 노려보고 있는데 노크 소리가 들렸다. 부녀가 돌아보니 세진이 내키지 않은 표정으로 들어서고 있었다. 순간 마리의 눈에 불꽃이 일었다. 손기태가 살며시 물었다.

"누구야?"

"내 팔목 이렇게 만든 애."

"뭐?"

손기태가 험악한 표정으로 세진에게 다가갔다.

"아빠 가만히 있어. 뭐 하러 왔니? 이번엔 발목이야?"

세진이 화가 치밀어 오른팔이 올라가는 것을 왼팔로 꽉 누르며 숨을 고르고 차분히 말했다.

"어제 일은 미안하게 됐어. 다치게 할 생각은 당연 없었어. 네가 술이 좀 취…… 아냐, 내가 사과할게."

"사과? 그걸로 끝?"

마리가 이죽거렸다.

"다 내 잘못이야. 용서해줘. 그리고 합의금 낼 돈 없어."

마리는 이걸 어떻게 할까 하다가 기가 막힌 듯 웃었다.

"야, 짝퉁. 네가 1년 365일 죽어라 벌어봤자 내 한 달 용돈도 안 돼. 내가 겨우 합의금 몇 푼 받자고 이러는 것 같아?"

"고, 고마워."

"꿇어!"

세진이 고개를 숙이다 멈췄다.

"거기 무릎 꿇고 전에 경매 때부터 어제 일까지 나한테 개기고 까분 거, 전부 잘못했다고 빌어. 그럼 용서해줄게."

세진의 눈빛이 흔들렸다.

"왜? 존심 상해서 싫어? 그럼 꺼지든가. 아빠, 최 변호사님 불러."

"어이 웬만하면 꿇지 그래? 돈도 안 드는데."

손기태가 마리 아빠답게 능글거리며 세진을 놀렸다.

세진은 망설이다가 체념한 듯 고개를 아래로 더 떨어뜨렸다. 숨을 입 안 가득 모아 한 번에 내뱉으며 천천히 무릎을 꿇었다. 마리는 의기양양하게 지켜보았고 손기태는 좋은 구경거리에 계속 히죽거렸다. 세진은 눈이 촉촉해지는 걸 느꼈으나 결코 울지 않으려 무릎 위에 놓인 주먹을 꽉 쥐었다.

"내가 그동안 너한테……."

"일어나!"

세진이 흠칫 놀라며 뒤돌아보았다. 이경이 병실 문 앞에 서서 냉랭한 눈빛을 날리고 있었다.

"꼴사납게 뭐하는 짓이야? 어서 일어나!"

세진은 혼란스러워하다 천천히 무릎을 폈다.

"손 사장님, 우리 회사 직원이에요."

손기태와 마리는 깜짝 놀랐다. 세진은 더더욱 놀랐다.

"사소한 시비 같은데 이 정도로 끝내죠."

"나 다친 거 안 보여요? 저 기집애가 이렇게……."

이경이 서늘한 눈빛으로 쳐다보자 마리는 찔끔 입을 다물었다. 애비 된 도리로 손기태가 나서지 않을 수 없었다.

"어이, 서 대표. 지금 상황 파악이 안 돼?"

"기억력 참 나쁘시네."

"뭐?"

손기태가 눈을 부릅떴다.

"하마터면 내 대신 죽을 뻔한 그 아이에요."

손기태만이 무슨 소리인지 바로 알아듣고 흠칫했다.

"지금 나, 무척 애쓰고 있거든? 당신들, 그 추악한 꼬락서니 폭로하지 않으려고."

이경의 서늘한 말투에 손기태는 뒷걸음치며 뒤로 물러섰다.

"그러니까 그 아이, 더 이상 건드리지 마."

엘리베이터 버튼을 누르며 이경이 무심한 말투로 말했다.

"잘난 척할 거면 끝까지 잘났어야지. 겨우 저런 인간들 앞에서 무릎 꿇는 자존심이면 그만 갖다 버려."

세진은 억울했다. 고마워도 할 말은 해야 했다.

"누군 좋아서 꿇은 줄 알아요? 나도 분해요! 분하고 억울하다고요! 내가 뭘 잘못했는데요? 살아보겠다고 발버둥 친 거뿐인데. 가난이 죄예요? 없이 태어난 게 내 잘못이에요?"

"당연하지. 가난하면 죄야. 아무리 그럴듯한 말로 포장해봤자 속는 건 너 하나뿐이야. 세상은 결코 속지 않아. 약하니까 밟히는 거고, 없으니까 당하는 거야."

울부짖는 세진과 다르게 이경의 목소리엔 어떤 감정도 느낄 수 없었다.

엘리베이터 도착 음이 울렸다. 세진은 솟구치는 눈물을 억지로 참으며 소리쳤다.

"대표님도 똑같잖아요! 가진 거 없고, 기댈 데 없는 흙수저니까, 대표님 맘대로 조종할 수 있겠다 싶어 절 고른 거잖아요. 아니에요?"

"맞아. 넌 지금 네가 샀던 싸구려 손거울이야. 5천 원 정도 하려나? 그렇지만 내가 마음먹으면 넌 오천, 오억, 그 이상의 값어치로 올려놓을 수 있어."

세진은 흐르는 눈물을 훔치고 허리를 꼿꼿이 세웠다.

"가진 게 없으니까 채워주고, 기댈 곳이 필요하면 받쳐주고.

그렇게 머리부터 발끝까지 널 만들어서 철저하게 이용할 거야."

"처음부터 날 점찍은 거예요? 경매에서 만난 그날?"

"말했잖아. 한번 탐낸 건 결코 잊지 않는다고."

엘리베이터 문이 열리고 이경이 올라섰다.

"대표님, 진짜로 날 만들어줄 수 있어요? 대표님처럼?"

이경은 뒤돌아보았다. 순간 엘리베이터 문이 닫혔다. 세진은 보았다. 문틈 사이로 그녀가 미소 짓는 것을. 세진은 열망으로 눈물을 말렸다. 입술을 깨물며 닫힌 엘리베이터를 한동안 쳐다보았다.

첫 출근

"박무일. 무진그룹 회장. 건설, 화학, 철강 등 중공업 기반으로 시작해 현재는 통신과 전자, 유통 분야까지 아우르는 국내 굴지의 재벌 총수. 특이 사항, 횡령 및 배임 혐의로 구속 수감중. 조만간 실형 판결이 유력함. 다음은 박무삼. 무진물산 사장, 박무일 회장의 막냇동생. 그룹 주도권을 잡기 위해 다방면으로 로비 중. 마지막으로 박건우. 무진그룹 특별기획팀장. 박무일 회장의 외아들. 구속 중인 아버지 석방을 위해 혼자 싸우는 중."

대형 모니터에 떠 있던 박건우의 프로필 사진이 김 작가의 클릭에 다른 인물의 사진으로 바뀌었다.

"자, 다음은 명산그룹."

"작가님. 재계 주요 인사 리스트 270명 얼굴하고 경력, 참고 사항까지 달달 외웠어요. 도대체 일은 언제 해요?"

세진이 부루퉁해 하며 말했다.

"출근 일주일째인데, 이딴 거나 외우고, 대표님은 가뭄에 콩 나듯 겨우 인사만 하고. 일다운 일은 언제쯤 할 수 있는 거예요?

김 작가가 싱긋 웃었다.

"이게 세진 씨 업무야. 경제 파트 끝나면 정치인하고 관료들 프로필 암기, 그 단계도 마스터하면 지금까지 외운 사람들, 친 인척 관계로 넘어갈 거고."

세진이 두꺼운 바인더에 머리를 쿵쿵 박았다.

"정확히 14일이야."

"뭐가요?"

"대표님 기록. 1년 전에 대표님도, 세진 씨랑 똑같이 공부했 거든."

"그걸 다 외우는 데 2주밖에 안 걸렸다고요?"

"그것도 밤에만, 낮에는 업무 보시고."

세진의 입이 딱 벌어졌다. 그녀는 다시 바인더에 머리를 박 기 시작했다. 김 작가가 그런 세진의 모습에 큰 웃음을 터트렸 다. 세진이 동작을 멈추고 고개를 돌렸다.

"대표님은 왜 리스트에 없어요? 제가 진짜 궁금한 사람은 대표님인데."

"알려주고 싶어도 못 해. 일본에서부터 20년 넘게 모셨지만 나도 아직 대표님이 어떤 분인지 모르거든."

문이 열리고 이경을 필두로 조 이사와 탁이 들어섰다. 이경이 상석에 앉자 나머지 멤버들이 양쪽 소파에 자리 잡았다.

"조마간 무진그룹 사장단 회의가 열립니다. 이변이 없는 한, 두바이 철수를 강행하는 박건우 씨한테 불리한 결과가 나올 겁니다."

조 이사의 보고에 이경이 담담히 말했다.

"바라던 바예요. 수감 중인 회장까지 실형 떨어지면 결국 그룹 주인은 박무삼 사장이 될 테니까."

"언제 배신할지 모르는 인간입니다, 박 사장 그 사람."

"그럴수록 다루기 쉽죠. 그러니까 내 편으로 만들었고요."

"박건우 씨가 쫓겨나는 걸 지켜만 보실 겁니까?"

"그 사람은 내가 알아요. 타협도, 거래도 통하지 않는 원칙주의자. 이번 기회에 밀려나는 게 나아요. 그 사람을 위해서도, 내 사업을 위해서도."

모두 침울한 표정으로 발끝만 보았다. 세진만이 영문을 몰라 좌우를 두리번거렸다. 이경이 탁을 향해 몸을 돌렸다.

"준비는?"

"이제 출발하려고요."

"세진이 데려가."

"네? 대표님, 얘는 아직 아무것도 모르는데."

"무슨 일인데요?"

"알면 안 갈 거야? 일다운 일 시켜달라고 한 것 같은데?"

"고맙습니다! 기대하신 만큼 열심히 할게요!"

"이사님, 우리도 움직이죠."

이경은 피식 웃으며 자리에서 일어섰다. 세진은 이경의 다소 사무적인 태도가 내심 서운했지만 서두르는 탁의 뒤를 쫓아가기 바빴다.

건우의 표정이 어두웠다. 문 실장은 계열사 이름이 적힌 각각의 서류철을 양쪽으로 분류했다. 한편은 건우, 한편은 박무삼 사장이다.

"중도파 사장들이 팀장님께 표를 던진다고 해도 판을 뒤집기는 어렵습니다."

건우는 양쪽으로 나뉜 서류철을 살폈다. 한눈에 보기에도 제법 차이가 났다.

"이야, 우리 작은아버지 엄청 부지런 떠셨네. 언제 이렇게 편을 긁어모았대?

"어제는 본사 임원진이 회장님을 찾아뵌 모양입니다."

"임원들 한목소리로 분위기 띄워놓고, 사장단 표결 나면 쐐기를 박겠다 이거죠. 하하."

"팀장님, 웃으실 때가 아닌 것 같습니다."

너스레를 떠는 건우를 향해 문 실장이 정색하며 말했다. 건우가 다시 말을 하려는데 벨소리가 울렸다. 건우는 입맛을 다시며 전화를 받았다.

"백송재단 남종규입니다."

건우는 남종규의 얼굴이 바로 떠올랐다. 은테 안경 너머로 섬뜩한 눈빛을 가진 사내였다. 건우는 마뜩찮았지만 말투는 느긋하게 대꾸했다.

"이사장님, 오랜만입니다. 황송하게 전화를 다 주시고."

"성북동에 잠깐 들르시죠. 어르신께서 차나 한잔 하자십니다."

건우의 인상이 찌푸려졌다.

이경은 사진 한 장을 들여다보았다. 빛바랜 낡은 사진 속에는 요즘 성북동 어르신이라 불리는 장태준을 중심으로 그 양옆에는 서봉수, 박무일이 칵테일 잔을 높게 치켜들고 있었다. 그들 뒤로 '1988 서울 올림픽 성공 기원'이라 적힌 현수막이 보였다. 좋은 분위기만큼 그들은 꽃 장식을 가슴에 꽂은 채 파안대소하고 있었다. 이경의 눈빛이 싸늘해졌다. 그녀는 가만히 사진을 다시 가방 안에 집어넣고 차 창문을 내렸다. 차가운 바람이 날아들었다.

1톤 냉동 탑차 조수석에도 찬바람이 불었다. 차는 시내 곳곳을 돌아다니며 2시간 내내 같은 패턴을 고수하고 있었다. 어느 한 곳에 이르면 탁은 내리고 세진은 조수석에서 차를 지켰다. 탁은 잠금장치가 전자 키패드로 된 짐칸 문을 열어 가방을 꺼냈다. 그는 가방을 들고 건물 안으로 사라졌다가 이내 나타나곤 했다. 한번은 세진이 탁을 따라 내렸다. 그는 귀찮은 표정으로 돌아보았다.

"원칙은 딱 세 가지! 첫째, 대표님이 지시하면 그대로 따른다. 둘째, 지시받지 않은 일은 하지 않는다. 마지막으로……."

"첫째든 둘째든, 결코 그 이유를 묻지 않는다."

세진이 능청스럽게 말을 낚아챘다.

"들었으면 시키는 대로 해. 귀찮게 하지 말고."

"근데 왜 자꾸 반말해요? 나이도 비슷한 거 같은데."

탁은 그녀를 무시하고 다시 똑같은 패턴을 유지했다. 다시 30분이 흘렀다. 탑차가 부식차처럼 자연스럽게 고급 유흥가 골목으로 들어섰다. 세진의 게슴츠레한 눈이 커졌다. 유나가 일하는 가게가 있는 곳이다. 밤이 아닌 낮에 오니 색달랐다. 차가 멈췄다. 탁이 내리며 말했다.

"차에서 기다려."

"알았다!"

탁이 행동을 멈추고 잠시 고민하다가 다시 원래 하던 행동을 시작했다. 아마 자신이 잘못 들은 걸로 생각한 모양이었다. 세진은 사이드미러로 그의 행동을 살폈다. 그가 건물 안으로 사라지자 그녀는 잽싸게 내렸다. 키패드를 요령껏 눌러봐도 허탕이었다. 궁금해 미칠 지경이었다. 그녀는 차에 올라타지 않고 뒤차 트렁크 쪽에 숨었다. 곧 탁이 나타났다. 비번을 누르며 짐칸 문을 열었다. 그는 빈 가방을 안으로 집어 던지고 다른 가방의 지퍼를 열어 안을 살폈다. 5만 원 권 지폐 뭉치! 그런 가방이 짐칸에 쌓여 있었다. 세진은 입을 떡 벌리며 다가왔다. 탁이 뒤늦게 인기척을 느끼고 가방의 지퍼를 닫았다.

"봤어?"

"저게 다 얼마야?"

세진의 반말이 너무 자연스러워 탁도 받아주었다.

"네가 직접 물어보든가."

"무슨 돈을 우유 배달하는 것처럼 뿌리냐? 대표님은 도대체 무슨 사업을 하는 거니?"

세진이 모든 게 그의 탓이라도 되는 듯 노려보았다.

이경은 손 회장의 소굴에서 조용히 찻잔을 들었다. 손 회장이 언짢은 표정으로 통화를 끝내고 이경을 바라보며 말했다.

"돌아다니면서 내 고객을 하나둘씩 빼돌리고 있구먼. 현금으로 퍼붓는 건가?"

이경 뒤에 서 있던 조 이사가 나섰다.

"오해하지 마십시오. 고객을 빼가는 게 아니라 악성 채무를 정리해드리는 겁니다."

"말장난은 다른 데 가서 하게. 협회 가입할 때부터 자네 야심을 눈치 채고 있었네. 이런 식으로 야금야금 전부 갉아먹을 속셈이지, 안 그런가?"

"예전에 아버님께서 그러시더군요. 손의성 회장님은 한때 오사카의 호랑이라고 불리던 분이다, 적으로 만들지 말고 같은 편이 되라고요."

이경이 차분히 말을 이었다.

"그동안 오해는 있었지만 회장님과 저, 좋은 사업 파트너가 될 수 있을 겁니다. 협회 재무이사 빈자리를 제가 메워드리겠습니다."

손 회장이 파안대소했다.

"그래, 내 아들 자리 말하는 건가? 발을 뻗으려면 누울 자리부터 살펴야지. 자네, 협회 재무이사가 뭐하는 직책인 줄 알고나 하는 소린가?"

"물론입니다."

이경의 당돌한 말에 손 회장의 웃음이 사라졌다.

"회장님을 비롯한 협회 수뇌부가 비밀리에 처리하는 업무도 알고 있습니다. 무척 중요하고 힘 있는 어떤 분의 심부름을 하고 계시죠."

손 회장은 자신의 심장 뛰는 소리를 남이 듣지 않기만을 바랐다. 이경이 그에게 다가와 낮은 목소리로 속삭였다.

"그분도 저 같은 심부름꾼이 필요하실 겁니다."

웅장하진 않지만 담 높이를 훌쩍 뛰어넘은 적송 몇 그루가 그 집의 위세를 가늠하게 했다. 전임 대통령 장태준의 사저. 그 예우답게 경호원들이 건우의 몸을 수색했다. 그는 내키지 않았으나 별도리가 없었다.

장태준은 용이 꿈틀거리는 벼루 위에 먹을 갈고 있었다. 남종규의 안내로 건우가 들어섰다. 그가 꾸벅 인사하는데도 장태준은 먹을 가는 데 집중했다. 먹물을 손끝으로 찍어서 비비며 말했다.

"글씨가 되는 날은 먹도 곱게 갈리지. 오늘은 영 틀렸구먼. 남 이사장."

남종규가 다가와 책상 위를 치웠다. 그 일이 익숙한지 재빠르면서도 여유 있는 손놀림이었다. 장태준은 소파로 다가갔다.

"오랜만이구나."

"죄송합니다. 그간 인사도 못 드렸습니다."

장태준은 그의 어깨를 토닥이고는 자리에 앉았다.

"자, 앉게나. 무일이는 탈 없이 지내고?"

"어지간하세요."

건우가 뒤따라 앉으며 실내를 두리번거렸다.

"그 체질에 감방이 대수냐? 네 아버지, 월남전 때는 밀림에서 날아다녔다."

건우가 한곳에 시선을 고정했다. 책상 위 액자 속, 군복 입은 박무일과 장태준이 M16을 치켜든 전형적인 포즈로 환하게 웃고 있었다.

"겁도 없이 피 끓던 시절이다. 건우야."

"네, 어르신."

"무진그룹, 포기하면 안 된다. 네 아버지야 어차피 현 정권에 찍혔으니 빠져나올 방법이 없어. 그 외골수가 병보석 같은 걸로 타협할 리도 없고."

장태준이 몸을 기울이며 은근한 눈빛을 보냈다. 건우는 내심 긴장했다.

"남아 있는 최선의 방법은 네가 무진그룹의 주인이 되는 일이다. 네 작은아비는 그럴 깜냥이 못 돼. 박무삼이가 사장들 동원해서 널 쫓아내려고 한다지? 내가 도와주마. 그러니까 너도 날 도와주려무나."

건우는 예상하고 왔지만 식당에서 메뉴 시키듯 아무렇지 않게 자신의 뜻을 표하는 전임 대통령의 담대함, 아니 뻔뻔함에 감탄하지 않을 수 없었다. 또 그에 못지않은 묘한 적개심도 일었다.

건우가 장태준과의 만남을 끝내고 나오자 남종규가 그를 맞이했다.

"어르신께서 기대가 크십니다. 새로운 대한민국과 어르신의 백송재단은 젊은 세대가 이끌어야 한다는 입장이시죠."

"눈썰매를 계속 몰고 싶다, 전 그렇게 들었는데요. 눈보라 헤치고 속도 내려면 늙은 개는 버리고 가야죠. 채찍 휘두르기도 저같이 젊은 개가 낫고요."

남종규는 피식 웃고는 서류 봉투를 내밀었다.

"어르신께서 드리는 선물입니다. 박건우 씨 상황을 타개하는 데 유용한 무기가 될 겁니다."

건우는 그들의 뻔한 수작에 속이 울렁거렸다.

"저희 아버지, 평생 어르신 썰매 끌었습니다. 대를 이어 달릴 생각 없으니까, 다른 개를 찾아보시죠."

건우는 서류 봉투를 받지 않고 남종규를 지나쳐 갔다.

남종규는 자신의 주인에게로 돌아갔다. 장태준은 심복 손에 들린 서류 봉투를 보며 비릿한 미소를 지었다.

"역시 빈손으로 갔구먼."

"네."

"욕심 많은 작은아버지를 단번에 찍어낼 무기를 마다하다니. 지 애비를 닮아서 고집불통이야. 저런 놈을 일단 내 수하로 만들면 쓸모가 길게 가지."

조용한 카페의 별실, 이경과 마주앉은 박무삼의 얼굴이 벌겋게 달아올라 있었다.

"확실한 건가요?"

"내가 지금 서 대표랑 농담 따먹기 하려고 나온 줄 아쇼? 그룹 안에 내가 깔아놓은 레이더가 한두 개가 아니거든. 특별기획팀에 폭탄이 들어갔단 말이요, 폭탄!"

"그런 크리티컬한 자료가 어디서 흘러나왔을까요? 그룹 외부에서 사장님을 견제하려는 누군가……."

이경은 박무삼을 바라보며 뜸을 들였다.

"떠오르는 사람 있나요?"

박무삼은 잠시 머리를 굴려보았지만 아무 생각도 나지 않았다.

"글쎄, 지금 그게 중요한가? 당장 낼모레가 사장단 표결인데, 그전에 무슨 수를 내야지."

"진정하세요. 무진그룹의 주인이 되실 분인데, 이만한 일로
흥분하시면 안 되죠."

"그게 터지면 나만 다치는 게 아냐. 서 대표도 후폭풍, 감당
못 한다 이 말이오!"

"문제가 생겼을 때는 같은 편끼리는 상의를 하는 겁니다. 협
박이 아니라."

이경의 눈빛이 매서워졌다. 박무삼은 주춤거리며 멋쩍게 화
제를 돌렸다.

"하여튼 박건우 이 녀석이 골칫거리야. 이참에 싹수를 잘라
내든가 해야지."

"그 방법, 제가 찾아내겠습니다."

"서 대표, 믿어도 되겠소?"

"믿으셔야죠. 이 상황에서는 제가 사장님의 유일한 히든카
드니까요."

노크 소리와 함께 문 실장이 들어왔다. 그녀는 손에 쥔 서
류 봉투를 건우에게 전했다.

"안 사장님 차녀 결혼식 몇 시죠?"

건우가 봉투를 뜯으며 문 실장에게 물었다.

"무진 글로벌 센터, 내일 4시입니다."

"그룹 사장님들 두루 오시겠네. 가서 설득하든, 조르든 마지막으로 부딪혀보려고요."

"박무삼 사장님도 오실 겁니다."

건우가 읽던 서류를 봉투에 넣으며 쓴웃음을 흘렸다.

"당연하죠. 비리 자료에 대한 소문 퍼지기 전에 입단속부터 시켜야 하니까. 이게 뭔 줄 아세요?"

건우가 서류 봉투를 흔들어댔다. 문 실장이 고개를 갸웃거렸다.

"한사코 거절해도 성북동에서 결국 폭탄을 보냈네요. 작은아버지를 한 방에 날려버릴."

"그럼, 사용하시는 게⋯⋯."

"저까지 날아갈 수 있어요. 애매하게 터트릴 바에야 안 하는 게 낫죠. 일단 금고에 잘 보관하세요."

김 작가는 충격을 받은 듯 입을 다물 줄 몰랐다. 조 이사 역시 덤덤한 모습을 보였지만 살짝 떨리는 눈가의 주름은 어쩌지 못했다. 탁은 어리둥절했고, 소파에 편안한 자세로 앉은 이경만이 느긋했다.

"시간이 빠듯해요. 각자 맡은 파트, 차질 없이 준비하세요."

김 작가는 혼란스러웠다. 불쑥 질문이 입 밖으로 튀어나왔다.

"정말 그대로 실행하란 말씀이에요? 전 도무지 이해가 안 돼서……."

이경의 눈빛이 엄해졌다. 김 작가는 찔끔했지만 할 말은 해야 했다.

"아니, 이유는 알죠. 그래도 타깃이 박건우 씨라면 ……."

탁이 살짝 반응했다. 이경이 이를 캐치하고 그를 살짝 바라보았다.

"먼저 나가 있겠습니다."

눈치 빠른 탁이 물러나자 조 이사가 입을 열었다.

"말조심해요. 김 작가."

"전 대표님이 걱정돼서 그래요. 두 분 다, 불행한 인연은 한 번으로 충분하잖아요."

"김 작가!"

조 이사의 언성이 커졌다. 김 작가도 발끈했다.

"숨 안 넘어가요, 그만 불러요. 박건우 씨한테 치명타가 될 거예요. 진짜 그렇게까지 하시려고요?"

"나, 한국에 사업하러 왔어요. 인연? 그 사람, 내 계획에 걸림돌이 되고 있어요. 그건 인연이 아니라 악연이죠. 이제 악연은 끊고, 걸림돌은 파낼 겁니다. 질문 있나요?"

"너, 암기 사항 다 외웠지?"

탁은 맞은편에 앉아 편안한 자세로 커피를 마시는 세진에게 물었다. 그녀는 고개를 끄덕였다.

"박건우가 누군지 알아?"

세진은 자세를 바로 하고 누가 녹음기 버튼을 누른 것에 반응하듯 또박또박 말했다.

"무진그룹 박무일 회장 외아들. 그룹 특별기획팀장. 참고로 내 스타일."

탁은 한쪽 볼을 실룩거렸다.

"근데 그 사람은 왜?"

"그게 대표님과⋯⋯."

삐! 키폰이 울리고 이경의 목소리가 들렸다.

"세진이 올라와."

"네! 금방 가겠습니다."

세진은 이경이 바로 앞에 있는 양 고개를 푹 숙였다. 스피커폰에 놀란 탁도 세진의 행동을 따라했다.

세진이 갤러리 3층 사무실 통로에 들어서자 조 이사와 김 작가가 보였다. 세진이 인사를 해도 그들은 자기들끼리 낮은 목소리로 심각한 얘기를 주고받으며 지나쳤다. 세진은 의아했으나 이경을 보는 게 급했다. 그녀가 사무실 문을 열자 카랑카랑한 목소리가 울렸다.

"최고로 근사하게 코디해. 갈 데가 있으니까."

끝없이 늘어선 화환들이 결혼하는 양가 집안의 세를 잘 설명해주었다. 무진 글로벌 센터 연회장 입구에 선 신랑과 양가 부모들이 손님을 맞았다. 만만치 않아 보이는 하객들이 웃으며 덕담을 보냈다. 들뜬 분위기 속 로비 끝에 이경과 세진이 모습을 드러냈다. 세련되고 우아한 이경, 발랄하지만 격을 갖춘 세진. 대비되는 스타일이지만 누가 봐도 아름답다고 한 마디는 보탰을 미모였다. 그녀들은 그 모습을 자랑치 않고 한쪽 기둥 뒤에서 슬쩍 몸을 가렸다. 이경은 가늘고 하얀 손으로 사람들을 가리켰다.

"저기 파란 투피스."

"기획재정부 장관 사모님 같은데요? 친정집이 부동산으로……"

"그 옆에 핑크."

"강인숙 의원이요. 지역구에서 3선이나 한 여장부 맞죠? 딸도 엄청 잘나가는 변호사고요."

이경이 엷은 미소를 보였다.

"그래, 자연스럽게 대화에 끼어들어. 저런 사람들이 앞으로

네 줄이 되고 돈이 될 거야. 특히 강 의원한테 얼굴 도장 확실히 찍어놓고."

"절 누구라고 소개하죠?"

이경의 표정에 엷은 미소가 사라졌다.

"밥까지 떠먹여 줘야 하나?"

세진은 이경의 단호한 말투에 힘차게 기합을 넣고 여인들을 향해 다가갔다. 그녀가 잘 어울리자 이경의 입가에 다시 미소가 번졌다.

이경은 미소를 거두고 고개를 돌려 박무삼을 찾았다. 박무삼은 로비 중앙에서 다른 사장들과 환담 중이었다. 잠시 마주치는 시선. 박무삼은 너털웃음을 지으며 얼른 일행에게 집중했다.

세진은 저명한 여인들과 웃으며 얘기 나누다 눈으로 이경을 찾았다. 조금 전 같이 있었던 자리에 보이지 않았다. 두리번거리던 그녀의 눈에 낯익은 이가 들어왔다. 어디서 봤더라? 아, 박건우! 저명인사 자료에 있던 재벌 후계자. 세진은 자신의 곁을 지나치는 건우의 모습을 넋을 놓고 바라보았다.

이경은 2층 난간에서 서 있었다. 바깥에 대기 중이던 탁에게 연락을 받고 2층으로 몸을 급히 옮긴 것이다. 그가 들어섰다. 그는 다른 곳에 눈길 한 번 주지 않고 곧장 혼주인 계열사 사장과 신랑에게 인사를 했다. 10년 만에 보는 남자. 이경은 겉으로 감정이 드러내지 않고 묵묵히 그를 내려다보았다. 기억이 난다. 저 걸음걸이, 저 웃음. 이경은 한 걸음 뒤로 물러서려다 발가락에 힘을 주고 버텨냈다.

"남의 결혼식 그만 다니고, 네 짝부터 찾지 그러냐?"

박무삼이 그의 측근들을 데리고 건우 뒤에 나타났다. 건우와 박무삼은 서로 곱지 않은 눈빛을 교환했다.

"안 그래도 신부 친구들 스캔하러 왔습니다."

"맞나? 사장들한테 표 달라고 읍소하러 온 거 아이고?"

건우는 말없이 미소 지었다.

"이리 와봐라."

박무삼이 조카 어깨를 두르고 한쪽으로 데려갔다. 남이 보면 허물없이 지내는 집안 같았다.

"건우 니, 날 모함하려고 괴문서로 수작 부린다매? 조카가 삼촌한테 똥물 튀기는 거 아이다. 아무리 급해도 니, 반칙하고 그러는 놈 아니잖아? 행님이 아시면 얼마나 실망하시겠노?"

"안심하세요. 작은아버지처럼 회사 갉아먹는 짓, 안 합니다."

"회사를 망가트리는 건 니야. 두바이 철수? 그런 어이없는 짓거리나 밀어붙이고."

건우는 애써 표정을 진정시켰다.

"따지고 보면 둘째 형님 그렇게 된 거, 다 큰행님 탓이다. 싫다는 사람 억지로 등 떠밀어 중동 보내놓고, 죽어라 일만 시키다가 결국 어떻게 됐노?"

"그만하시죠. 좋은 날입니다."

"우리 무이 둘째 형님이 지하에서 통곡할 끼다. 큰행님 때문에 객사한 것도 억울한데 이젠 조카란 놈이 그 사업 묻어버리겠다고 깝죽대니."

박무삼이 조카의 어깨를 손가락으로 툭툭 건드렸다.

"그만하시라고요!"

건우는 순간 박무삼의 손을 확 뿌리치며 폭발하고 말았다.

근처에 있는 사장들과 하객들이 놀라서 쳐다보았다. 저만치 있던 세진도 마찬가지였다. 건우는 아랑곳하지 않고 눈빛을 불태웠다.

"좋은 날이다. 남의 잔치에 와서 큰소리 내면 쓰겠나?"

건우는 그제야 정신을 차렸다. 돌아보니 자신에게 집중된 시선이 느껴졌다. 당했다. 수군거리는 속삭임들이 귀를 간지럽혔다. 되돌릴 수 없을 땐 피하는 게 상책이다. 건우는 돌아서서 성큼성큼 나갔다. 박무삼은 이죽대며 할 일을 다 했다는 듯 느긋한 표정으로 일행들에게 돌아섰다.

바닥에 떨어진 커프스 버튼을 세진이 주워들었다. 건우의 것이었다. 그는 코너를 막 돌아서는 중이었다. 세진은 뭔가 결심한 듯 버튼을 움켜쥐고는 걸음을 뗐다.

모퉁이를 돌아선 건우는 벽을 힘껏 때렸다. 분노보다는 자책이 앞섰다. 초보적인 감정 조절에 실패하다니. 그는 마른세수를 하며 숨을 골랐다. 몸을 돌리니 따라 돌던 시선에 뭔가가 걸렸다. 통로 저 끝, 한 여인이 지나쳤다. 옆모습이 얼핏 보였다. 그는 본능적으로 걸음을 옮겼다. 짧은 순간이었지만 건우에게는 충분했다. 분명 서이경이다! 점차 확신에 이르자 그의 걸음걸이가 더욱 빨라졌다.

새로운 통로에 접어들자 이경의 뒷모습이 다른 코너에 도달하기 직전이었다. 건우는 소리치고 싶었지만 멈칫거렸다. 현실인지 착각인지 아직 혼란스러웠다. 일본에 있어야 할 그녀가 왜 한국에? 한국에 있다손 치더라도 왜 지금 내 눈앞에? 그는 뛰었다. 그녀를 돌려세워 물어보고 싶었다.

건우는 후문 출입구를 밀치고 밖으로 나와 주춤거리며 둘러보았다. 그녀는 보이지 않았다. 연신 두리번거렸다. 애가 탔다. 역시 잘못 봤겠지. 스스로 자위해야만 숨을 쉴 수 있을 것 같았다. 문득 모자를 푹 눌러쓴, 키 작은 사내가 그에게 다가왔다. 건우는 수상한 기운에 멈칫했고, 모자 쓴 사내는 순진한 미소를 보내며 영어로 물었다.

"실례합니다. 길 좀 물어봐도 될까요?"

건우는 긴장이 풀렸다. 실없는 자신의 모습에 헛웃음이 나왔다.

"물론입니다. 어딜 찾습니까?"

사내는 메모를 건우에게 보였다.

"그랜드 홀로 가는 길을 찾고 있습니다."

건우는 메모를 받아보고는 알겠다는 듯 고개를 끄덕였다.

찰칵! 연이어 들리는 사진 촬영 소리. 조금 떨어진 곳에 세워진 승용차에서 탁이 건우의 모습을 담고 있었다. 조수석에는 이경이 무표정하게 이를 지켜보았다. 탁이 뷰파인더에서 얼른 눈을 떼며 손짓했다.

"대표님! 저기."

이경은 탁이 가리키는 방향을 보니 세진이 후문 출입구로 나와 건우 쪽으로 걸어가고 있었다. 이경의 인상이 찌푸려졌다.

세진과 모자 쓴 사내는 건우를 사이에 두고 서로 보지 못했다. 용건을 마친 사내는 건우에게 가볍게 목례하고 그를 지나쳤다. 자연 뒤에 있던 세진에 눈이 가고 세진 역시 사내를 쳐다볼 수밖에 없었다. 사내는 급하게 시선을 내리깔며 서둘러 자리를 피하려 했다. 세진은 그의 유별난 행동에 더욱더 그를 유심히 보았다. 그가 막 스쳐 지나려는 순간 생각났다. 세진은 경악하며 옆으로 몸을 돌렸다.

"다, 당신! 펑?"

사내는 세진을 밀치고 뛰었다. 세진은 중심을 못 잡고 쓰러지며 비명을 질렀다. 건우가 다가와 그녀를 부축했다.

"괜찮아요? 어디 다쳤어요?"

"그쪽은 괜찮아요?"

"네?"

"방금 그 남자 칼……."

휴대폰이 요란하게 울렸다. 발신자명이 서이경이다. 세진이 얼른 받았다.

"대표님! 금방 저번에 그 남자……."

"조용히 해!"

"네?"

이경의 낮지만 위압적인 소리가 귀를 때렸다.

"지금 당장 정문으로 와. 아무것도 묻지 말고, 누구랑 얘기 하지도 말고."

"그래도 지금……."

"딱 3분이야!"

이경의 전화가 끊겼다. 세진은 얼떨떨했다.

"무슨 일입니까? 뭐 도와드릴 거라도."

"아뇨, 괜찮아요. 고마워요."

세진은 연신 인사하며 총총걸음으로 멀어졌다. 건우는 갸웃 하다 세진과 반대 방향으로 돌아섰다. 이경은 굳은 시선을 풀 며 눈짓했다. 탁이 시동을 걸었다.

조수석에서 손가락을 꼼지락거리던 세진은 조심스레 뒤돌아보았다. 이경은 생각에 잠긴 채 눈을 감고 있었다.

"경찰에 신고해야 하는 거 아니에요? 그 얼굴, 똑똑히 기억해요. 절 납치했던 그 중국인 킬러예요."

탁이 이경의 눈치를 보았다.

"네가 잘못 봤을 거야."

"그럼 뭐가 켕겨서 밀치고 도망가? 대표님, 분명히 그 남자 맞다니까요."

탁이 어떻게든 화제를 돌리려 애썼다.

"넌 그때 왜 따라 나왔어?"

"아, 박건우 씨 커프스 버튼을 주웠거든."

"겨우 그거 돌려주려고 따라간 거야?"

"다른 속셈도 있었지. 대표님이 그러셨잖아요. 돈 있는 사람들하고 친해지라고. 무진그룹 후계자에 싱글이면 충분히 말 붙여볼 만하지 않아요?"

이경이 콧방귀를 뀌며 눈을 떴다.

"재벌 2세 노릴 거면 다른 남자를 찾아봐. 그 사람은 곧 실업자가 될 테니까."

주차 차단기가 올라갔다. 고급 세단이 지하 주차장 경사로를 내려가 자기 자리를 찾아갔다. 기사가 얼른 내려 뒷문을 열었다. 긴장한 표정의 박무삼이 내렸다.

　"이봐, 트렁크에 있는 골프채랑 공 좀 챙겨."

　운전사가 천천히 트렁크로 향했다. 박무삼은 홀로 엘리베이터 홀 쪽으로 걸었다. 그때 주차 기둥 뒤에서 검은 그림자가 불쑥 나타났다. 모자를 깊게 눌러쓴 남자는 박무삼에게 달려들었다. 그의 손에는 신문지로 둘둘 감긴 칼이 들려 있었다. 박무삼이 다급히 운전사를 불렀다. 운전사가 놀라 골프채를 들고 뛰어왔다.

　바닥에 뿌려지는 핏방울. 박무삼은 배를 움켜쥐고 무릎을 꿇었다. 사내는 지상으로 통하는 출구로 달아났다. 운전사가 사장님을 외치며 울부짖는 소리가 주차장에 울렸다.

　건우는 병원 통로를 허겁지겁 달려 병실 앞에 도착했다. 이미 병실 앞에는 사장 및 임원들이 늘어서 있었다. 잠시 뒤 주치의가 나오자 사람들이 그에게로 몰려들었다.

　"다행히 가벼운 자상입니다. 감염도 없고, 며칠 안정만 취하시면 됩니다."

건우는 한숨을 내쉬며 주위를 둘러보았다. 싸늘하고 의심스러운 시선들이 날아들었다. 건우의 표정이 굳어졌다. 설마 날?

불 꺼진 실내에 은은하게 노래가 흘렀다. 비틀스의 'Happiness is warm gun'이다. 'While my guitar gently weeps'처럼 앨범 커버가 온통 하얀색이어서 일명 'White album'으로 불리는 음반의 수록곡이다. 이제 곧 존 레넌의 절규가 나올 차례다. 그때 스피커폰이 울렸다. 이경은 볼륨을 낮추고 폰 버튼을 눌렀다. 조 이사였다.

"보수는 치렀고, 밤 비행기로 출국시켰습니다."

"사진은요?"

"김 작가가 사장단 이메일에 익명으로 발송했습니다. CCTV 화면은 박 사장 쪽에서 확보할 겁니다."

"수고하셨어요."

이경은 폰을 끄고 다시 볼륨을 높였다. 벌써 다음 수록곡 'Martha my dear'이 흐르고 있었다. 그녀는 버튼을 눌러 'Happiness is warm gun'을 재생했다.

"봤나?"

구치소 특별면회실에도 따스한 햇볕이 들어왔다. 하지만 박무일은 따사로움을 느낄 새가 없었다. 그는 사진을 테이블 위로 던지며 아들의 반응을 살폈다. 건우가 예식장 밖에서 모자 쓴 남자와 대화하는 모습이 찍힌 사진이 우선 보였다. 그 옆 CCTV 화면을 캡처한 사진에는 모자 쓴 이가 박무삼을 찌르는 장면이 박혀 있었다.

"출근하자마자 봤습니다."

건우의 대답은 담담했지만 사태의 심각성 때문인지 말소리가 평소보다 한참이나 낮았다.

"익명으로 뿌려졌다고 들었습니다. CCTV 화면은 작은아버지가 공개했고요."

"그래도 니 작은아버지가 경찰엔 알리진 않았다더라. 조카가 삼촌 해코지했단 소문나면 그룹 간판에 똥물 튄다꼬."

"아버지!"

"시끄럽다. 마! 하객들 다 보는 데서 큰소리 내고, 이 모자 쓴 새끼랑 사진까지 찍히고. 변명해봤자 사장들이 믿겠나?"

"아버지만 믿어주시면 됩니다."

"외국 가서 머리 쫌매 식히거라. 앞으로 우찌 할지 수도 내 보고."

박무일은 자리를 박차고 일어섰다.

"아버지! 이건 전부 작은아버지가 꾸민 자작극이에요. 오늘 오후에 바로 퇴원도 한다고 했어요."

"니가 아는 걸 내가 모르겠나? 니는 작은아버지 못 이긴다.

와그란 줄 아나? 회장 자리 함 앉아볼끼라꼬 옆구리에 칼침까지 맞은 놈이다. 세상은 독하고 절박한 놈이 이기게 돼 있다. 알겠나?"

박무일은 아들을 지그시 보다가 그에게 다가가 손을 꼭 잡았다.

"누구랑 싸울 수 있는 손이 아이다. 애비가 죄를 쌓았다, 건우야."

박무일은 돌아서 천천히 면회실을 나갔다. 건우는 먹먹했다. 그는 이내 마음을 다잡고 테이블 위에 놓인 사진을 찢어버렸다. 건우의 눈에 투지가 타올랐다.

"박무일 회장이 비서와 인사 팀장을 호출했답니다. 오늘 중으로 대기발령이 날 거 같습니다."

조 이사가 회의의 포문을 열었다.

"추문이 더 번지기 전에 수습하겠다 이거죠. 박 회장, 아들 아끼는 마음이 각별하네요."

"축하드려요. 대표님 계획대로 박건우 씨, 백수 만들었네요."

불만 섞인 목소리로 김 작가가 말했다. 조 이사가 그런 김 작가를 언짢게 돌아보았다. 반면 이경은 이를 개의치 않았다.

"축하받을 사람은 내가 아니에요. 박무삼 사장한테 좋은 퇴원 선물이 되겠죠. 이사님, 그럼 이번엔 박 사장이 주는 선물을 받아야겠네요."

"연락해놓겠습니다."

이경이 일어서자 조 이사가 따라 일어나며 말했다. 이경은 방향을 탁에게로 향했다.

"해외 판매된 작품들은?"

"선적 준비하고 있습니다."

이경이 이번에는 김 작가에게로 몸을 돌렸다.

"거기 특별 거래 작품은 내역 관리, 철저히 하세요."

"늘 하던 일인데요 뭘. 누가 추적해도 정상 거래다, 싶게 꾸밀게요."

이경이 김 작가의 삐딱함을 탓하지 않고 회의를 마치려는 순간, 세진이 헐레벌떡 들어왔다. 세진은 시계를 힐끔거리며 멋쩍게 웃었다.

"지각 아닌 거 같은데 일찍들 나오셨네요?"

이경은 아무 대꾸 없이 그녀를 지나쳤다.

"대표님, 드릴 말씀이 있어요."

세진이 이경의 뒤에 대고 말했다.

"급한 거야?"

"저한테는 그래요."

이경을 제외한 회의 참석자들은 눈치껏 자리를 피했다. 이경이 자기 자리로 돌아가자 세진이 뒤따르며 말했다.

"밤새 머리를 굴려봤는데 아무리 생각해도 우연이 아니에요. 그 모자 쓴 남자, 분명 무슨 짓 저질렀어요."

세진은 이경의 반응을 살피며 말을 이었다.

"십중팔구는 무진그룹이나 박건우 씨하고 관련 있고요. 그일 시킨 사람, 아마도 대표님일 거예요."

"한가하네. 탐정놀이나 하고."

"탐정놀이 아닙니다. 대표님에 대해 알고 싶은 거뿐이죠. 대표님이 만드는 그림, 알아야 도와드릴 수 있어요. 저 아직은 싸구려 거울 맞는데요, 조금이라도 대표님 진짜 모습을 비춰보고 싶어요."

"조심해. 그러다 깨져. 난 내 물건 망가지는 거, 별로야."

이경은 차갑게 일갈하며 자리를 떴다. 세진은 절대 열 수 없는, 커다란 철문을 마주한 느낌이었다. 그저 우두커니 서 있는 거 외엔 할 수 있는 일이 없었다. 세진은 반감이 생겼다. 어딜 가나 자신의 반골 기질은 없어지지 않는 모양이라 생각했다. 자존심도 상했다. 가까이 다가가고 싶었는데, 다가간 줄 알았는데. 서운함에 눈물을 찔끔거렸다.

휴대폰이 울렸다. 모르는 번호였다. 원래 어떤 전화든 받을 생각이 없었지만 뭐라도 하는 게 이 답답한 상황을 풀 수 있는 계기가 되리라 생각했다.

"지금 뭐해?"

상대방의 다정한 목소리에 세진은 약간 당황스러웠다.

"누구세요?"

"내 목소리 잊어버렸어? 섭섭하다, 야!"

설마? 전혀 예상하지 못한 전화였다.

"그래, 그래. 일단 거기서 만나. 만나서 얘기해줄게. 이따 봐."

마리는 발랄한 목소리를 내뱉었지만 시큰둥한 표정이었다. 그녀는 폰을 끊으며 긴 한숨을 내쉬었다.

"됐어?"

"탤런트 한답시고 학원비만 날렸다 싶었는데 연기 좀 된다. 너?"

마리의 부친 손기태는 뿌듯한 표정을 지었다.

"몇 번 만나서 간 보면 되는 거지?"

"무슨 소리야? 계속 친한 척해. 서이경이나 그 회사에 대해 뭐든 알아낼 때까지."

"아빠! 나 그년만 보면 닭살이 돋아. 어떻게 친구처럼 지내? 그리고 서이경이 진짜로 아빨 쫓아낸 거야? 아빤 왜 앉아서 당하는데?"

"당, 당하긴 누가 당해! 이게 다 네 할아버지가……. 아무튼 두고 봐. 마리야, 넌 얼른 나가봐."

녹차의 은은한 향이 전통찻집의 분위기를 한층 고즈넉하게 만들었다. 이경은 그곳 밀실에서 손 회장과 강호그룹 최 회장과 함께 있었다. 최 회장은 대부업으로 시작해 건설 등 여러 계열사를 늘려가는 중이었다.

이경은 조용히 차를 마셨고 손 회장은 마뜩찮은 표정으로 찻잔만 만지작거렸다. 최 회장은 양쪽 눈치를 살피며 조심스레 끼어들었다.

"재무이사 후임 문제로 논의를 하긴 했는데 말입니다. 그 자리가 수월한 직책은 아니라서 말이요. 나야 뭐, 서 대표라면 자격이 충분하다고 보는 입장이지만……."

"이쯤 해서 털어놓게."

손 회장이 말허리를 끊고 들어왔다. 이경은 차분한 눈빛으로 다음 말을 기다렸다.

"협회를 위한 요청인가, 아니면 어르신의 수족이 되려는 속셈인가?"

"어느 쪽이든 결과는 똑같습니다. 더 크고, 막대한 돈과 힘,

그걸 제가 만들어드리겠습니다."

손 회장의 눈빛이 잠시 흔들렸지만 아직 반신반의했다. 노크 소리가 들리고 박무삼이 거들먹거리며 들어왔다.

"반가운 얼굴들이 모여 계십니다, 허허."

손 회장과 최 회장은 그의 갑작스러운 등장에 놀라는 기색이 역력했다.

"박 사장이 여길 어떻게? 몸은 좀 어떠신가요?"

"아직 제 몸뚱어리가 쓸 만하네요. 하하. 아무튼 갤러리 S 서 대표, 제가 믿고 의지하는 사업 파트너예요. 그간 저를 위해 굿은일도 많이 거들었습니다."

"재무이사 건 결정을 위해 박 사장님께 도움을 청했습니다. 놀라셨다면 사과드립니다."

이경은 공손하지만 그다지 낮추지 않는 자세로 말했다.

"박무삼 사장님은 조만간 무진그룹 회장 자리에 앉으실 겁니다. 우리에게 든든한 지원군이 돼주시겠다고 약속했고요."

"난 그냥 장사꾼이에요. 내 사업에 도움이 되는 한 나도 서 대표나 협회를 전폭적으로 밀어주겠다, 이거지."

박무삼이 너스레를 떨었다.

"중책을 맡겨주시면 제 몫을 다하겠습니다."

이경은 박무삼이 적당히 올린 토스를 가볍게 쳐내듯 말을 받았다. 손 회장은 그들의 말을 종잡을 수 없었다. 아니 믿고 싶지 않았다. 반면 최 회장의 마음은 이미 기운 듯 슬쩍 손 회장을 바라보았다.

"협회 재무이사 자리에 자네 같은 젊은이가 앉기에는 어려운 자리일세. 힘에 부쳐도 해보겠는가?"

"후회하지 않으실 겁니다."

손 회장과 이경 모두 미소 짓고 있지만 둘 사이에 누가 끼어들 분위기는 아니었다.

회장들은 찻집을 떠났다. 목례로 배웅하는 이경 옆으로 조 이사가 차를 대기시켰다. 동시에 박무삼이 웃으며 다가왔다.

"내 빚은 이걸로 갚은 거요, 서 대표."

"상처는 어떠세요?"

"그 친구, 역시 전문가더군. 아주 기술적으로 찔렀어. 뒷정리는?"

"네. 용의자는 출국시켰고, 그날 사건에 관련된 CCTV 기록도 완벽하게 삭제했습니다."

조 이사가 한 걸음 나서며 말했다.

"조만간 성북동 어르신께 인사드리러 갈 텐데, 뵙게 되면 내 얘기도 넌지시 드리시오. 부르시면 이 박무삼이 맨발로 달려가겠다고."

박무삼은 손짓으로 자기 차를 불렀다.

"그리고 이번 특별 거래, 차질 없이 부탁하네."

이경이 고개를 끄덕이자 박무삼은 만족한 얼굴로 떠났다.
조 이사가 이경에게 차 문을 열어주었다.

"하나를 주면 둘을 바라고, 지칠 줄을 모르는군요."

"지치면 안 되죠. 장태준, 박무일, 박무삼. 그런 인간들 탐욕
이 내 사업의 밑천이에요. 가끔 예외도 있지만요."

마리는 딸기 라테와 다양한 딸기 생크림 케이크로 작은 테
이블을 꽉 채웠다. 세진은 선택의 여지가 없었다. 마침 배도
출출한 터라 포크로 이것저것 찔러보았다. 마리가 몸을 앞으
로 숙이는 걸로 봐서 이제 꿍꿍이속을 풀어낼 모양이었다.

"생각해보면 그 찌질이 때문에 엉겼지. 너랑 나랑 원수질 일
이 뭐 있어? 내가 다친 것도 실은 내 잘못이야. 인정해. 미안
해."

"일단 알겠어. 자, 결론부터 말해."

"나하고 친구 먹을래?"

세진은 숨이 탁 막히는 것이 꼭지도 안 딴 딸기를 통째 먹
는 느낌이었다.

"전부터 똑똑한 친구가 있으면 좋겠다고 생각했거든. 바로

너 이세진!"

"잠깐, 잠깐. 그게 말이 된다고 생각해? 아무래도 안 되겠다."

"나 싫어하는 거 아는데, 너무 싫어하진 마. 난 너 맘에 들거든."

세진은 기가 막혔다. 분명 그의 아버지나 할아버지의 명이라는 생각이 들었다. 그냥 일어서 나가려다가 나중에 써먹을 일이 있겠다 싶어 마음을 고쳐먹었다.

"좋아, 지금부터 우린 친구다. 나하고 친구하긴 쉬울지 몰라도 날 배신할 땐 수족 중 하나는 내놓아야 할 거야."

마리는 웃음으로 동의했고, 세진 역시 겉으로 화사한 웃음을 내비쳤다. 이제 뭔가를 해야 했다. 세진은 서둘러 남은 케이크를 입 안에 들이밀며 커프스 버튼을 꽉 쥐었다.

건우는 어둑한 실내를 우두커니 둘러보았다. 그는 불을 켜지 않고 블라인더를 올렸다. 가로줄 빛이 아버지의 빈자리를 비추었다. 문이 열리고 불이 켜졌다.

"남의 이목도 신경 써야지. 대기발령 난 직원이 회장실을 함부로 들락거리면 되겠나?"

박무삼이 건우를 도발했다. 건우는 속으로 숨을 삼켰다.

"작은아버지도 주의하세요. 괴한한테 피습당한 분이 너무 빨리 멀쩡해 보이면 사람들이 의심합니다."

"나 원망할 거 없다. 결국 인사 조치에 서명한 사람은 큰형님이야."

"원망이라뇨? 부러워서 그러죠. 회사 밖에서 작은아버지 돕는 패거리 솜씨가 아주 좋던데요?"

박무삼은 조카의 도발에 너끈한 미소로 화답했다.

"형님 재판 끝나면 유럽이나 어디 바람이라도 쐬고 와. 출장 핑계는 내가 만들어주마."

"불효자가 가긴 어딜 갑니까? 옥바라지라도 해야죠."

"그러든가 그럼. 이제 인테리어를 바꿔야겠어."

쾅! 소리를 내며 들어서는 건우에게 문 실장이 다가섰다. 침착하고 서늘한 기운이 서려 있었다.

"아직 폐기하지 않았습니다. 백송재단에서 건너온 자료."

"이제 독이 든 잔을 마셔야겠네요."

키폰이 울렸다.

"팀장님, 1층 로비에 손님이 왔다는데요."

"손님?"

건우는 자신을 가리키며 의아해했다.

누가 찾아왔을까? 엘리베이터에서 내린 건우가 두리번거리며 주위를 살피는데 은근 낯익은 여인이 자신을 쳐다보고 있었다. 싱그러움이 느껴지는 미소가 인상적이었다. 설마 하는데 그 여인이 다가왔다.

"저 기억 안 나세요? 무진 글로벌 센터 예식장."

건우의 얼굴이 환해졌다.

"아, 맞아요. 참, 넘어진 데는 괜찮아요?"

세진은 무릎을 들어 시원하게 내려치는 걸로 대답을 대신했다.

"근데 여긴 무슨 일로? 절 어떻게 아시고……."

"외우다가 아니, 어떻게 알게 됐어요."

세진은 얼른 커프스 버튼을 꺼내 들이밀었다.

"이거, 돌려드리려고요. 그날 예식장 입구에서 주웠어요."

건우는 자신의 윗도리를 살폈다. 다른 옷이기에 커프스 버튼 여부를 확인할 수 없었지만 얼떨결에 받아 들었다.

"이거 땜에 일부러 오신 겁니까?"

"돈이든 물건이든 주인한테 돌아가야죠. 그래야 제 맘이 편해요. 그럼 전 이만."

세진은 어정쩡한 모습으로 돌아서 힘차게 걸음을 옮겼다. 몇 걸음을 옮겨도 입질이 오지 않자 내심 불안했지만 멈출 수 없었다. 멈추면 꼴이 우스워질 거 같았다.

"저기요!"

세진은 안도의 숨을 살짝 내쉬며 두세 걸음 후에 멈춰 서서 천천히 돌아섰다.

"고마운데 아직 그쪽 성함도 모르는데요."

건우가 세진에게로 걸어왔다. 세진은 그의 당황한 모습이 남자다운 얼굴에 그려지자 귀엽다는 생각이 얼핏 들었다.

"아뇨, 굳이 뭐……."

건우가 대답을 계속 기다리기에 세진은 냅다 질러버렸다.

"갤러리 S의 서이경이라고 해요."

상대방의 반응은 의외였다. 얼굴이 하얗게 질리는 것이 왜 저렇게까지 놀라는 걸까 싶었다. 세진은 짧은 시간 추측해 보았다. 전에 탁이 건우에 대해 물었고 키폰 때문에 대화가 끊어졌지만 분명 대표님과의 관계를 물어보는 듯 했었다. 그렇다면 둘 사이에…….

"왜 그렇게 놀라세요?"

세진은 진심으로 궁금해 하며 물었다.

"그냥, 전에 알던 사람하고 이름이 같아서."

확실하다. 세진은 판도라의 상자를 연 기분이었다. 불편했지만 호기심이 일었다.

"재미있는 우연이네요. 그럼 그분은……."

"팀장님, 팀장님."

엘리베이터 문이 열리자 맨 처음 뛰쳐나온 문 실장이 다급하게 건우를 찾았다. 건우는 멀뚱거리다 정신을 차렸다.

"죄송합니다."

건우는 커프스 버튼을 내보이며 고마움을 표한 뒤 문 실장에게로 돌아섰다. 세진이 미처 대답도 하기 전에 그는 이미 달려가고 있었다. 멀어지는 건우를 바라보던 세진은 어쩐지 어이없는 기분이 들었다. 어깨를 으쓱해 보이며 돌아서는데 휴대폰이 울렸다.

"어, 이모. 누가 왔다고?"

"아유, 왜 이제 와! 택시 타고 오라니깐."

세진이 쪽문을 열고 들어서는데 이모의 날 선 목소리가 날아들었다. 구두를 벗고 올라서던 세진은 자신의 눈을 의심했다.

"대표님?"

세진은 거실 한복판에 앉아 있는 이경을 보고는 한쪽 신발을 채 벗지도 못 하고 엉거주춤 서 있었다.

"어서 와. 신발은 마저 벗어야지."

이경은 빙긋 웃으며 말했다. 이모가 세진을 잡아끌며 얼른 자리에 앉혔다.

"세상에, 이렇게 좋은 분 밑에서 일하는 줄도 모르고 괜한 걱정을 했어."

"대표님이 어떻게 저희 집에……."

이모가 세진의 물음에 봉투를 보여주며 냉큼 답했다.

"우리 전세금 쓰라고 선뜻 주시지 뭐냐? 염치없이 이걸 받아도 되나 모르겠다."

세진은 흠칫 놀라며 이경을 쳐다보았다. 이경은 세진의 시선을 느끼며 부드럽게 말했다.

"세진이는 꼭 필요한 부하 직원입니다. 회사를 위한 투자니까, 사양 말고 받아주세요."

세진은 얼떨떨했지만 고개를 숙이며 입술을 깨물었다.

"병 주고 약 주는 방법도 여러 가지네요. 절 꿔다 놓은 보릿자루처럼 대하시더니 기분 풀어주시는 것도 돈으로 해결 본다? 역시 대표님다워요."

세진은 앞장 선 이경의 등 뒤에 바짝 붙어 쏘아댔다. 이경은 리모컨 키로 주차된 차를 찾으며 심드렁하게 반응했다.

"말했잖아, 투자라고. 내친김에 부하 직원이 사는 집, 가족들 직접 보고 싶었던 것뿐이야."

"믿어드릴게요. 참, 좀 전에 무진그룹에 갔다 왔어요."

이경이 차문을 열려다가 멈추었다.

"박건우 씨 커프스 버튼 돌려주려고요."

세진은 슬쩍 이경의 눈치를 보며 속삭이듯 말했다.

"제 소개를 대표님 이름으로 했어요."

이경은 언뜻 못 알아들은 얼굴로 세진을 바라보았다.

"대표님하고 그분, 예전에 알던 사이가 아닐까 싶어서 저도 모르게……."

이경은 그제야 이해하고는 갑자기 소리 내 웃었다.

"널 나라고 했어?"

"혼이 나간 듯이 놀라던데요? 같은 이름, 아는 사람이 있었다고."

"그래서?"

"더 못 들었어요. 바쁘더라고요."

이경은 차 문 손잡이에서 손을 떼며 먼 산을 바라보았다.

"박건우 그 사람이 날 여기까지 오게 만들었어."

세진이 반응할 틈도 주지 않고 말을 이었다.

"아주 오래전에 처음으로 물어봐줬거든. 내가 진짜로 원하는 게 뭐냐고."

"전 잘 이해가 안 돼요. 정확하게는 모르지만 박건우 씨랑 그런 사이였는데 쫓아내신 거예요? 대표님하고 손잡은 사람을 회장으로 만들려고, 겨우 그 이유 때문에요?"

이경의 얼굴에 써늘한 냉기가 감돌았다.

"겨우? 그 말은 거기 붙이면 안 되지. 겨우 그 정도 추억보다는 내 목표, 내 계획이 훨씬 중요해. 선택하는 거야. 하나를 얻기 위해 버려야 할 다른 뭔가를. 전부 가질 수 있다고 믿는 건 아이들, 아니면 철없는 어른뿐이지. 언젠가 너도 선택해야 할 순간이 올 거야!"

세진의 가슴이 두근거렸다. 뭔지는 몰라도 분명 자신에게도 그런 순간이 올 것 같았다. 하지만 마음에 걸리는 것이 있었다. 그녀는 용기 내어 물었다.

"대표님이 얻으려는 그 하나가 무진그룹에서 끝나는 건 아니죠?"

"이제 겨우 첫 번째 문 앞에 왔어. 내 아버지가 빼앗긴 걸 빼앗은 자들 손에서 되찾아오려고."

세진의 가슴은 더욱 뛰었다. 저 여자의 정체는 뭘까. 종잡을 수 없는 과거와 예측할 수 없는 언행들. 무작정 동경해 좇아가도 되는 걸까. 휴대폰이 울렸다. 요즘 들어 휴대폰이 없었으면 하는 생각이 자주 들었다. 휴대폰은 도무지 생각할 틈을 주지 않았다. 게다가 이번엔 자기 전화도 아니었다. 이경이 가방에서 폰을 꺼냈다.

"네, 손 회장님. 네, 성북동 어르신을 오늘 밤에요. 귀하고 어려운 자리인데 제가 늦겠습니까. 있다 뵙겠습니다."

전화를 끊는 이경의 입가에 미소가 흘렀다. 드디어 잡았다. 아버지의 악연을 만날 기회!

"무슨 일이세요?"

"알 필요 없어."

다정하게 건넨 말에 찬바람이 쌩쌩 불었다. 세진은 다시 욱한 심정이 들었다.

"네, 알겠어요. 저는 지금껏 그렇게 살았어요. 고깃집 앞에서 춤추라면 춤추고, 편의점에서 밤새 바코드 찍으라면 찍고. 그런 일은 이유가 필요 없으니까요. 우리 아빠 엄마, 새벽시장 가던 길에 교통사고 났을 때도 왜 그런 일이 일어난 걸까, 이유 같은 거 알고 싶지 않았어요. 그렇지만 이제부턴 알아가면서 살려고요. 뭔가 다르게 살고 싶어 대표님 제안에 따랐던 거고요."

"왜 그렇게 흥분해? 실망이네. 케케묵은 일로 어리광이나 피우고."

이경은 세진이 울먹일 타이밍도 주지 않았다.

"앞으로 달라지고 싶어? 그럼 시키는 일만 해."

"실망할 만큼 절 알지도 못하잖아요."

"꼭 알아야 하나?"

세진의 입술이 파르르 떨렸다. 저 여자 세다. 지금은 아니 앞으로도 어떻게 해볼 상대가 아닐지도 모른다.

"있다 밤에 일 있으니 저녁에 갤러리로 출근해."

이경은 차를 타고 그렇게 가버렸다. 세진은 떨리는 입술을 꼭 깨물었다.

짐이 거의 다 실렸다. 세진은 일단 시키는 대로 출근했지만 아직 생각을 정리하지 못했다.

"승진했네?"

탁이 다가오며 무심히 말을 던졌다.

"짐 나르는 게 승진이야?"

"이 작업이 얼마나 중요한 건데, 너 눈빛이 불량하네?"

세진은 짐칸 문을 잠그는 탁을 무심히 바라보았다.

"외국에 팔릴 정도의 그림이라면 제법 비쌀 테니까. 한 오 백? 천?"

"단위를 높여."

탁이 씩 웃자 세진은 설마 싶었다.

"뭐 하러 이런 고가의 미술품을 사들였을까요?"

문 실장은 충혈된 눈을 비볐다. 사무실 사방에 서류와 자료들이 널브러져 있었다. 건우 역시 눈알이 토끼눈 같았다.

"팀장님, 구매자는 무진물산 해외 법인이 설립한 페이퍼 컴퍼니들입니다. 뉴욕, 런던, 홍콩까지 다 합치면 거래 액수가 어마어마하군요."

"구매는 평계예요. 이 유령 회사들이 사들인 미술품들은 여기 적힌 거래가보다 훨씬 값어치가 낮을 겁니다."

"네?"

"싸구려 그림을 몇 억씩 주고 구매한다? 그럼 한국 미술상에 대금을 지불해야죠. 그런 식으로 해외 자금을 들여왔어요. 미술품 거래로 포장해서."

건우는 거래내역을 다 파악했는지 서류를 가볍게 허공에 뿌렸다.

"이건 분명 돈세탁이죠. 갤러리 S."

"팀장님을 떠보려고 찾아왔을까요?"

"모르죠. 서이경 그 이름이 저하고 잘 안 맞나 봐요. 이번 여자도 이상하게 꼬이네."

"팀장님, 거래 작품 선적일이 오늘입니다."

"우리가 칼자루를 쥐었어요."

건우가 일어서며 재킷을 걸쳤다.

"그렇지만 대기발령이라 팀장님께는 실권이……."

"그룹 감사팀 정 이사한테 연락하세요. 단 칼 꽂을 자리는 내가 찍어줍니다."

이경은 뒷좌석에서 눈을 감고 생각에 빠져 있었다. 이경은 뇌가 제자리를 못 찾을 정도로 막연하고 다양한 경우의 수를 계산하는 중이었다. 이를 알 리 없는 세진이 용감하게 이경에게 다가섰다. 조 이사가 얼른 세진을 막았다. 이경의 저런 모습에서 뭔가가 창출된다는 것을 일찍이 봐왔기 때문이었다.

"세진 씨는 탁이 옆에 딱 붙어 있으세요. 탁이는 알지?"

탁은 싱긋 웃으며 고개를 끄덕였다. 세진이 보기에 둘 사이에 도저히 끼어들 수 없는 뭔가가 있는 것 같았다. 조 이사는 차 문 곁에서 세진을 계속 지켜보았다. 세진은 결국 한 발 물러섰다.

"네, 알겠어요. 이사님."

조 이사는 그제야 온화한 미소를 보이며 차에 올랐다. 차가 출발해도 이경은 눈을 뜨지 않았다. 세진은 분했지만 어쩔 도리가 없었다. 그녀는 탑차 조수석에 말없이 올라탔다. 탁은 그런 그녀를 보고 씩 웃었다.

탑차는 인천항만을 천천히 달렸다. 세진이 차 창문을 열자 짠 내음이 훅 들어왔다. 낭만적인 기분을 느끼기에는 주위 분위기가 참으로 삭막했다. 대형 컨테이너 트레일러가 늦은 밤에도 제법 지나다녔다.

탑차는 누가 봐도 구석진 곳이라 여길 곳에 멈췄다. 무표정한 인부들이 기다렸다는 듯 달려들어 탑차에서 실어낸 미술품 상자를 컨테이너에 신속하면서도 능숙한 솜씨로 실었다. 한두 번 해본 일이 아닌 것 같았다.

작업을 지켜보던 탁이 아차 싶어 세진을 찾았다. 저만치에서 항만도 바닷가라고 거닐고 있는 세진의 모습이 사뭇 우스웠다. 철컹하는 소리와 컨테이너 잠금장치가 걸리는 소리가 들렸다. 탁은 세진에게서 시선을 거두고 인부들과 세관 직원에게 가 마무리 지으려는데 웬 승용차 한 대가 빠르게 달려왔다. 탁의 얼굴이 순식간에 일그러졌다. 차 문이 열리자 한 무리의 사내들이 내렸다. 세진도 멀리서 그들을 지켜보았다. 그런데 그들 사이에 건우가 있었다. 세진은 재빨리 컨테이너 뒤로 몸을 숨겼다. 탁도 건우를 알아보았다. 긴장감이 밀려들었지만 결코 떨지는 않았다.

"무슨 일입니까?"

"무진그룹 감사팀에서 나왔습니다."

감사팀 직원이 탁에게 명함을 건넸다. 문 실장이 한 발 나섰다.

"무진물산 해외 법인에서 구매한 미술품, 저기 실려 있지요? 거래 품목을 확인해야겠습니다. 컨테이너 좀 열어주시죠."

시키는 대로 할 탁이 아니었다.

"그건 안 되겠는데요."

"그룹 계열사에서 구매한 물건입니다. 감사팀은 계열사 거래 내역을 확인할 권리가 있습니다."

문 실장의 똑 부러지는 말에 탁은 콧방귀를 뀌었다.

"그거야 그쪽 사정이죠. 다른 거래처 품목도 함께 실었는데, 사업에도 프라이버시가 있는 거 아닙니까?"

컨테이너 뒤에 숨어 있던 세진은 안달이 났다. 그녀는 이경에게 전화를 걸었다.

"사람들을 줄줄이 데려왔어요. 컨테이너를 열어달라는 거 같아요!"

이경은 세진의 다급한 말에 자세를 바로잡았다.

"내 말 똑바로 들어. 컨테이너, 절대 열어주지 마. 특별 거래 품은 드러나도 안 되고 뺏겨도 안 돼. 애초에 거기 없는 물건 이라야 해."

"탁이가 막고 있긴 한데, 그럼 이제 어떡하죠?"

"일단 네가 시간을 끌어봐."

"네?"

"버텨봐. 이사님 차 돌리세요."

전화가 끊어졌다. 세진은 어찌할 바를 몰랐다. 고개를 들어 슬쩍 내다보니 건우가 한 발 나서는 게 보였다.

"당신네 대표한테 연락해요. 지난 1년 동안 무진물산 뒤치다꺼리한 거 다 까발려지게 생겼다고. 참고로, 검찰보단 우리가 상대하기 편할 겁니다."

"뭔가 오해가 있나 봐요?"

세진이 천천히 걸어왔다. 무릎이 살짝살짝 떨렸지만 발가락에 억지로 힘을 주며 버텼다. 건우가 세진을 알아보고 멈칫했다. 세진은 그 앞에 당당히 섰다.

"커프스 버튼 고맙단 인사하러 오신 거 같진 않고……."

탁이 의아해하며 둘 사이에 끼어들려 하자 세진이 손을 들어 제지했다.

"그쪽 회사 입장도 찬찬히 들어보고 싶네요. 여기서 이렇게 아니라, 안으로 들어가시죠."

건우는 애써 미소 지으며 컨테이너 사무실로 앞장섰다. 세진은 탁에게 눈을 한 번 찡긋한 뒤 그를 따라갔다. 탁이 멍하게 있는 데 폰이 울렸다.

"네, 대표님. 방금 사무실로 들어갔습니다. 네? 전부요?"

"그게 무슨 소린가? 서 대표! 이 자리가 어떤 자린데."

손 회장은 이경의 전화에 날벼락을 맞은 표정을 지었다. 서재에서 나오던 남종규가 그를 물끄러미 쳐다보았다.

"여보세요? 서 대표?"

손 회장은 통화가 끊긴 휴대폰을 들고 난감해했다.

"무슨 일입니까?"

"오늘 소개해드릴 재무이사가 갑자기 일이 생겼다고……. 직접 어르신을 뵙고 사죄드리겠네."

손 회장은 나이가 한참 아래뻘인 남종규가 어려웠다. 그는 표정 변화를 보이지 않았다.

"됐습니다. 그냥 돌아가시죠. 신임 재무이사를 위한 접견입니다. 당사자도 없는데 굳이 어르신의 시간을 낭비할 순 없지요."

그는 손 회장이 말 붙일 틈도 없이 돌아서 안으로 들어갔다. 손 회장은 모멸감에 치를 떨었다.

"오호, 그래?"

남종규의 보고를 받은 장태준은 갈던 먹을 벼루에 잠시 내려놓았다.

"요즘 아이들 말로 밀당인가?"

"뭔가 다급한 상황이 생긴 거 같습니다."

"무슨 일인지 조용히 알아봐. 그 아이가 1년을 절치부심해서 여기까지 왔는데 갑자기 못 온다면 그만한 사정이 있을 게야."

남종규가 가벼운 목례와 함께 돌아서려는데 장태준이 말을 이었다.

"손잡자고 해도 뿌리치는 친구 아들이 있는가 하면, 다른 친구 딸내미는 지 스스로 내 수족이 되겠다니. 대체 그 아이 속셈이 뭘까? 1년 동안 궁금했는데, 며칠 더 기다려야겠구먼."

재회

세진은 건우가 내뱉은 말에 심히 당황스러웠다.

"미술품으로 돈세탁이라니, 전 처음 듣는 얘기네요. 게다가 그렇게 큰돈일 줄은 전혀 몰랐어요."

"연기력이 좋아요. 갤러리 사업 접고 배우 하셔야겠네."

건우는 작심한 듯 심한 말을 쏟아내었다.

"결혼식장에서 넘어질 때도, 회사로 찾아온 것도 전부 쇼 한 거죠? 진짜 속셈이 뭔지 되게 궁금하네."

세진은 일방적으로 당하는 게 억울하지만 달리 대꾸할 거리가 없었다. 사무실 문이 열리고 감사팀 직원이 뛰어 들어왔다.

"팀장님!"

건우는 직원의 말이 끝나기도 전에 뭔가 상황이 좋지 않다는 걸 느끼고 벌떡 일어나 뛰쳐나갔다. 세진도 그들을 따라 뛰어갔다. 어둠을 환하게 밝히는 불길이 그들을 기다리고 있었다. 은근 주위를 밝히며 일렁이는 파도에 운치를 더해주었지만 하필이면 불길은 컨테이너에서 뿜어져 나왔다. 모두 멈춰 섰지만 건우만이 몇 걸음 더 걸음을 옮기다 이내 포기하고 말았다. 탁이 천천히 건우 앞으로 다가왔다. 건우는 느닷없이 그에게 주먹을 날렸다. 그는 가장 효율적인 움직임으로 턱을 당겼지만 건우의 주먹이 볼에 살짝 얹어졌다. 탁은 약간 휘청거리다가 이내 중심을 잡았다. 어이없는 표정으로 건우를 보는 눈에 살기가 돌았다. 살벌한 미소를 띠며 건우에게 다가가는데 세진이 그의 팔을 잡았다.

"탁아!"

문 실장도 건우를 몸으로 막아섰다. 건우는 세진을 노려보았다.

"당신이 시켰어?"

세진은 입을 달싹거리다 꾹 다물었다.

또 다른 불빛이 그들을 비추었다. 승용차가 그들 앞으로 조용히 미끄러져 들어왔다. 차문이 열렸다. 모든 이의 시선이 쏠렸다. 이경이 천천히 차에서 내렸다. 이경은 곧장 건우 앞으로 다가갔다. 건우는 다가오는 그녀를 한눈에 알아보지 못했다. 이경은 조용히 숨을 고르며 또각또각 걸어갔다. 그녀가 가까워지면서 건우의 표정도 시시각각 변해갔다. 설마, 어떻게, 왜? 이경은 몇 걸음 남겨놓고 그 앞에 멈춰 섰다. 건우는 멍한 표정에서 벗어날 수 없었다.

"오랜만이야, 건우 씨."

건우와 이경 사이에 컨테이너에서 뿜어져 나오는 불길이 일렁거렸다.

"이경이?"

건우가 자기 뺨을 두 손으로 힘껏 치고 겨우 내뱉은 말이었다.

"유감이야. 이런 식으로 다시 보고 싶진 않았는데."

건우는 문득 스치는 생각에 세진을 바라보았다. 세진은 당황스러워 고개를 숙였다. 건우는 이경을 돌아보았다.

"이경아, 지금 뭐하는 거야?"

이경은 불타는 컨테이너에 시선을 주었다.

"일이 복잡하게 됐네."

"간단하게 설명해줄래?"

"잠깐, 급한 불부터 끄고 안으로 들어갈까."

건우는 충격이 가시지 않는지 무릎을 떨었다.

직원들은 타오르는 불길을 잡기 위해 소화액을 쏟아 부었다. 얼마 지나지 않아 불길은 사그라졌고 그을음과 잔해만 남았다.

세진은 걱정스러운 눈빛으로 이경과 건우 둘만 들어간 사무실을 바라보았다.

"신경 꺼. 대표님 사적인 일이야."

세진은 탁을 돌아보았다. 그의 왼 볼에 생채기가 나 있었다.

"괜찮아?"

"담부터는 나서지 마라."

탁은 세진을 무심히 지나쳐 갔다.

이경은 사무실 낡은 소파에 조용히 앉아 있었다. 창가에 서 있는 건우의 표정은 쓰라렸다.

"1년, 1년이라……."

건우는 너털웃음을 터트리며 운을 떼었다.

"너무하네, 서이경. 한국에 들어와서 그동안 연락 한 번 안 하고."

건우는 물꼬를 튼 김에 그녀에게 다가가 건너편에 자리 잡았다.

"좋아 보인다. 더 근사해졌어."

"너도 청바지보다 슈트가 낫네."

"그 말투! 예전 생각나게 하네. 벌써 12년 전이야."

"이래서 연락하지 않은 거야. 고리타분한 추억 까먹기, 취미 없거든."

건우는 잠시 멈칫했지만 아련한 미소를 흘렸다.

"그래, 내가 아는 서이경 맞네. 혹시 그날, 예식장에서도 너였어?"

이경은 건우를 가만히 바라보았다.

"너 맞지?"

"네 추억 재활용해봤어. 전에 부산에서도 날 따라왔었잖아."

건우도 뭘 얘기하는지 금세 알아듣고 추억의 길로 들어서려 했다.

"지나간 얘긴 일절만 하자. 할 일이 많아. 작품이 다 타버려서 손해가 크거든."

이경은 자리에서 일어섰다. 건우도 따라 일어났다.

"너 한국에 왜 들어왔는지 알겠어."

이경은 정말 궁금한 얼굴로 고개를 한쪽으로 기울였다.

"너희 아버지 명령이겠지. 후계자 수업 같은 거. 그런데 우리 작은아버지하고 손잡은 이유는 모르겠다."

"대기발령 난 직원이 그런 거까지 알 필요 없는데."

"이경아! 언제가 어떤 식으로든 다시 만날 거라고 생각했어. 그렇지만 지금 이건 아냐. 대체 어떻게 된 거야, 너."

"넌 하나도 달라진 게 없구나. 옳은 척, 착한 척하는 버릇까지."

건우는 굳은 표정으로 먼저 자리를 옮겼다.

세진은 사무실에서 나오는 건우를 보고는 그에게 뛰어갔다.

"저기요!"

돌아보는 건우의 얼굴은 화났다기보다는 서글픈 표정이었다.

"회사 갔을 때 이름 속인 거 제 맘대로 그런 거예요. 혹시나 대표님이 시켰다고 오해하실까봐……."

건우의 귀에는 지금 아무것도 들리지 않았다. 그는 세진을 무시하고 묵묵히 걸음을 옮겼다. 따라가려는데 이경이 나왔다. 세진은 그녀에게 다가갔지만 섣불리 말을 붙이지는 못했다. 세진이 이경의 시선을 따라 가보니 건우가 차에 오르고 있었다. 둘이 잠시 시선을 나누다, 거두었다. 세진은 둘의 마음이 어떨지 생각하기가 두려웠다.

이경은 욕조에 물을 받고는 곧장 들어가지 않았다. 와인 한 잔만 마신다는 게 벌써 반병을 비웠다. 그 남자가 그리워서가 아니었다. 그냥, 그냥…….

"대표님?"

"들어와."

세진이 슬며시 문을 열고 들어왔다.

"이제 들어가 보겠습니다."

굳이 인사할 것까지는 없는데. 이경은 와인 잔을 비웠다.

"심란하다고 혼술 하지 마세요. 술상무로 승진시켜 주시면 담엔 제가 모실게요."

세진은 이경이 반응을 안 하자 맥이 빠졌다. 꾸벅 인사하고 돌아서는데 그녀의 낮은 음성이 들렸다.

"거기 테이블 위에 있는 CD나 틀고 퇴근해."

세진은 얼른 테이블을 훑었다. 하얀색 커버 CD밖에 보이지 않았다. 앨범명은 'The Beatles'인데 표지 때문에 화이트 앨범이라 불리는 명반. 고등학생일 때, 유나와 참으로 많이 들었었다. '지금 어울리는 노래는 이것밖에 없다.' 세진은 그렇게 확신하며 CD를 돌리고 조용히 빠져나왔다.

'I'm so tired.'

세진이 나가고 문 닫히는 소리가 들렸다. 이경은 세진의 곡 선정 센스에 잠시 미소를 지었다. 그래 지금 무지 피곤해. 그녀는 눈을 감고 존 레넌의 노래에 빠져들었다.

처음엔 최북단 홋카이도로 가려 했다. 아니 숨으려 했다. 몇 달이나 눈 속에서 겨울잠이라도 자고 싶었다. 광적으로 자신을 밀어붙이는 아버지의 후계자 수업에 진절머리가 났다. 하지만 생각을 달리 먹어야 했다. 아버지 오른팔인 조 이사의 코는 예민했다. 그는 목표가 정해지면 어떤 방법으로도 거기에 도달했다. 아버지에게 돈을 빌리고 잠적한 이들은 모조리 조 이사에게 꼬리를 잡혔었다. 그래 일본을 벗어나자.

배편을 이용해 부산에 도착했다. 무작정 걸었다. 번화가가 나오고 사람들이 북적댔다. 사람들 사이에 끼어 한참이나 돌아다녔다. 낯설었지만 무척이나 편안했다. 한결 여유가 생기니 시장기가 돌았다. 요기가 될 만한 걸 찾아보았다.

번화가 중 조금은 애매한 위치에 자리 잡은 라멘 가게가 보였다. 아직은 일본 음식이 편하기도 했지만 비틀스 노래가 들려왔었다. 잘 열리지 않는 문을 힘으로 밀어붙이고 들어갔다. 머리에 두건을 두른 이가 환한 얼굴로 맞이했다. 그 역시 애매한 타입이었다. 한국어는 자신 있었지만 대답치 않았다. 그는 제법 능숙한 일본어로 다시 인사를 걸어왔다. 무시하고 메뉴판을 살피는데 그는 다시 태국어로 재차 인사를 했다. 저 남자 도대체 뭐야? 이 뽀얀 피부를 보고 태국 사람으로 여기다니. 그냥 헛웃음이 나왔다. 그 남자도 따라 웃었다.

라멘이 나왔다. 그럭저럭 먹을 만했다. 금세 한 그릇을 다 비웠다. 멍하니 있는데 그가 물을 건네며 웃었다.

"고마워요."

"고맙습니다. 제가 처음으로 올린 라멘을 맛있게 드셔주셔서."

첫 대화치곤 나쁘지 않았다.

어느새 음악은 'Black bird'로 넘어갔다. 욕조의 물도 미지근해졌을 거란 생각에 추억은 다시 제자리로 돌려보냈다. 그 장소가 어디에 숨어 있는지 알 수는 없지만 불러내기만 하면 금세 뛰쳐나오니 전두엽 맨 앞에 있으려나. 아니다. 심장에 있을 거란 막연한 생각이 들었다. 그녀는 남은 와인을 한입에 털어 넣고 욕실로 향했다.

건우는 작은아버지 사무실 문을 벌컥 열고 들어섰다. 이 기분, 알 수 없는 이 기분을 풀어야 간밤에 못 잔 잠을 잘 수 있을 것 같았다. 박무삼이 놀란 눈으로 그를 바라보았다. 그런 박무삼의 반응에 건우는 은근 기분이 좋아졌다.

"인마! 용건이 있으면 비서실 통해서……."

건우는 들고 온 서류 뭉치를 차마 박무삼의 얼굴에는 던지지 못하고 책상 위에 패대기쳤다.

"이거 뭔지 아시죠?"

박무삼이 흘끔 보니 각 표지에 '무진물산 해외 법인 현황', '갤러리S 판매 작품 일람' 등의 제목이 적혀 있었다. 그는 태연히 반응했다.

"알아야 하는 거냐?"

"그럼 제가 감사팀 달고 어디 갔다 왔는지 모르시겠네요?"

건우가 빈정거렸지만 박무삼은 여전히 태연했다.

"오다 떨어질 때까지 기다리는 신세가 대기발령이야. 감사팀하고 소꿉놀이할 시간에 사무실 짐이나 빼."

"갤러리 S는 어떻게 거래 트셨어요? 작은아버지가 고른 거예요, 아님 서이경이 먼저 접근했어요?"

"서이경? 그게 누군데?"

"서류 보세요. 이름, 날자, 거래내역 다 나와 있습니다."

"해외 법인 업무까지 시시콜콜 어떻게 다 챙기나?"

"아무튼, 그쪽 루트 막혔으니까 앞으로 몸 사리세요. 서이경도 손 떼라고 전하시고요."

"아니, 저 새끼가 돌아뻤나? 어디 아침부터 찾아와 지랄이고."

건우가 못 들은 척 돌아섰다.

"어이, 박건우. 이거 가져가라."

박무삼이 서류를 바닥에 내던졌다. 건우는 여유 있는 미소를 보냈다.

"사본 아주 많습니다. 감사팀에도 한 부 넘겼습니다."

박무삼은 내심 뜨끔했지만 억지웃음을 지었다.

사무실에서 나온 건우의 얼굴에는 웃음기라곤 찾아볼 수

없었다. 그가 잠시 숨을 고르는데 문 실장이 다가왔다.

"감사팀에 다녀오는 길입니다. 이전 거래내역들, 서류상으로는 하자가 없습니다."

"그럴 거라고 했잖아요. 숫자에 절대 빈틈없는 여자예요."

건우는 실망했지만 예상한 일이라 담담히 말했다.

"어떻게 아시는 분입니까?"

건우는 선뜻 입을 열지 못했다. 눈동자가 흔들리는 것이 머릿속에 많은 생각이 오가는 듯 했다.

"허락하시면 서이경 대표 한번 파보겠습니다."

"됐어요. 그쪽은 내가 알아서 합니다."

건우는 논스톱으로 대답했다. 문 실장은 더 이상 말을 꺼내지 않았다.

"박건우가 할 수 있는 건 아무 것도 없어요."

이경이 자신의 자리에 앉아 확신에 찬 말을 건네도 박무삼은 초조한지 소파에 앉지 못하고 주위를 서성거렸다.

"증거 없앴고, 거래내역 깨끗합니다. 당분간 특별 거래만 조심하면 뒤탈은 없을 거예요."

"서 대표가 건우 그 녀석을 몰라서 그래. 한번 삐딱하게 나서면 어디로 튈지 모르는 놈이라니까."

"제가 알아서 잘 대처하겠습니다."

노크 소리와 함께 갤러리 식구들이 들어왔다.

"작가님, 자료 보내줘요."

김 작가는 노트북을 잠시 만졌다. 자판을 누르는 김 작가나 그녀를 지켜보는 조 이사 모두 얼굴이 좋지 않았다.

"어제 일, 갤러리 피해가 큽니다. 사장님, 손해 금액은 조 이사 통해서 정산 받도록 하죠."

"불 지른 사람은 서 대표 아니오. 근데 나보고 꺼라?"

"그 불 아니었으면 지금쯤 감사팀에서 조사받고 계실 겁니다. 같은 편일수록 계산은 확실해야죠."

박무삼은 할 말이 없었다. 대신 이 틈에 함 찔러나 보자는 생각이 들었다.

"근데 말이야, 서 대표, 건우 그 녀석하고 뭐 엮인 거 있나? 이것저것 묻는 게 많더라고."

세진은 놀라 고개를 돌렸지만 이경은 표정 하나 바뀌지 않았다.

"어쨌든 타깃은 사장님이겠죠. 앞으로는 이렇게 불쑥 찾아오는 일, 삼가주시면 좋겠네요. 보는 눈이 많습니다. 살펴 가세요."

박무삼은 헛기침을 하며 급한 걸음으로 나갔다. 문을 힘차게 닫는 건 잊지 않았다. 조 이사가 앞으로 나섰다.

"손 회장이 협회 측근들까지 부른 걸로 봐선 단순한 으름장은 아닌 거 같습니다."

"박 사장 어리광 받아줬더니 이번엔 손 회장 투정이네요."

"재무이사 임명을 철회할 수도 있습니다, 대표님."

"성북동이 코앞이에요. 한가하게 어르고 달래줄 때는 지났죠. 백송재단 남 이사장에게 직접 연락하세요. 이제부터는 지름길로 갑니다."

이경은 일어서며 세진을 눈짓으로 불렀다. 세진은 마른침을 삼켰다.

이경이 자신의 룸 옷장 앞에서 멈추자 세진 역시 따라 멈췄다.

"이쪽이 한 번도 안 입은 옷들이야."

"정말 제가 가도 돼요? 어려운 자리잖아요."

"이제부터 네가 하는 모든 게 내 대신이야. 네가 겁내면 내가 얕보이는 거야. 이름만 속이던 가짜가 아니라, 진짜 이세진으로 부딪혀봐. 할 수 있겠어?"

이경이 세진에게 동기를 불어넣었다. 세진은 받아서 꾹꾹 눌러 넣었다.

"이왕이면 새 옷 말고 대표님이 입던 거 중에서 골라도 돼요?"

"어르신께 그런 결례를 하고 회장님께는 사죄 한마디 없고, 이게 말이 됩니까? 이번 기회에 단단히 버르장머리를 고쳐놔야 해요."

회의실은 마치 분노를 토해내는 자리 같았다. 협회 회원들이 최 회장의 말에 동의하며 고개를 끄덕였다. 손 회장은 분위기를 즐기며 느긋하게 이경이 곧 앉을 빈자리를 바라보았다. 그동안 계략도 먹히지 않고, 끌려 다니기만 해 자존심이 바닥을 쳤었다. 모처럼 온 기회를 어떻게 누릴지 행복한 고민을 시작해야 했다. 노크 소리가 울리자 그는 잠시 눈을 감고 짧은 호흡을 내뱉었다. 웅성거리는 소리에 눈을 떴고 이내 입마저 벌렸다. 이경이 아닌 낯선 여자가 들어섰다.

"죄송합니다. 대표님이 중요한 미팅이 있어서 제가 대신 왔습니다. 갤러리 S, 이세진입니다."

세진은 가볍게 웃으며 정중하게 인사를 올렸다. 손 회장의 손이 떨리며 험악한 눈길로 세진을 바라보았다. 세진은 아랑곳하지 않고 미소를 유지한 채 꼿꼿이 서 있었다.

"서 대표한테 가서 그대로 전하게. 오늘부로 재무이사직에서 해임됐다고."

세진은 이미 예상한 듯 과한 반응을 보이지 않고 차분히 입을 열었다.

"잠깐 한 말씀 드리겠습니다. 협회 정관을 봤는데요. 이사직 해임은 총회 의결로만 가능하다고 나왔더라고요. 그러니까 저희 대표님 자르시려면 임시 총회부터 소집하셔야 해요."

"뭐가 어째?"

손 회장이 테이블을 힘껏 내려쳤다.

"예외도 있긴 한데, 가령 협회 돈을 횡령했거나 그럼 바로 자를 수 있대요. 저번 이사님이 그래서 쫓겨났다면서요?"

주위 분위기는 손 회장의 얼굴이 실룩대는 소리가 들릴 정도로 고요했다. 세진은 능청스럽게 말을 이었다.

"아참, 까먹을 뻔했네. 대표님 말씀이 내일 4시에 성북동 약속 잡혔다고, 어르신 뵙고 싶으면 그때 오시래요. 그럼 전 이만 물러나겠습니다."

세진은 들어올 때와 똑같은 동작을 역순으로 취하며 물러났다. 협회 회원들은 손 회장을 바라보았지만 그는 어떤 반응을 보여야 할지 당황스러웠다. 호랑이라 불리던 그였다. 아무렇지도 않게 그 앞을 지나가는 토끼를 보는 당혹감이라고 할까. 그는 다시 눈을 감고 숨을 길게 내쉬었다.

복도로 들어선 세진 역시 긴 호흡을 내뿜었다. 쿵쾅거리는 가슴을 살포시 누르며 그 진동을 느꼈다. 이내 솟아오르는 자부심과 뿌듯함에 가슴은 더 빨리 뛰었다.

"헐, 대박! 완전 너네 대표님 같다."

세진이 돌아보니 마리다. 자기 조부의 회사니 얼마든지 왔
다 갔다 할 수 있지만 이 감동의 시간을 방해하는 그녀를 지
금 당장은 보고 싶지 않았다.

"서이경은? 설마 네가 대신 왔냐? 골 때리네."

손기태가 두리번거리며 세진을 비아냥거렸다. 세진도 한 마
디 하지 않고는 견딜 수 없었다.

"아빠한테 잘해드려. 요새 힘드실 거야."

세진은 힘차게 돌아서서 복도를 걸었다. 뒤에서 들리는 투덜
거리는 소리를 즐기며.

성북동의 육중한 철문이 열렸다. 드디어 호랑이 굴로 들어
간다. 지금은 몰라도 예전에는 확실히 호랑이였다. 이경이 내
리자 경호원이 휴대용 스캐너를 들고 다가왔다. 몸을 훑는 느
낌에 잠시 불쾌했지만 아버지 원수의 낯짝을 본다는 생각에
얼마든지 참을 수 있었다. 차 한 대가 또 들어왔다. 손 회장이
었다. 그는 이경을 보자 대놓고 언짢은 눈빛을 보냈다. 이경 역
시 냉랭한 눈빛으로 맞받아쳤다. 이제 그는 관심 밖이다. 이경
은 장태준이 몸을 웅크리고 있는 사저를 올려다보았다.

그녀는 곧장 장태준을 만나지 못하고 응접실에서 대기했다. 부러 기다리게 하는 눈치였다. 이경은 앉은 김에 응접실 주위를 둘러보았다. 자신이 돌린 그림 몇 점도 보였다. 분명 장태준에게 직접적으로 그림 로비를 한 적이 없었다. 누가 갖다 바쳤거나 모종의 인물이 움직였으리라. 이경 입에서 쓴웃음이 비집고 나왔다.

"드디어 여기까지 오셨습니다."

이경은 누가 자신의 속마음을 읽는지 돌아보았다. 백송재단 남종규 이사장이었다. 그의 은테 안경이 번쩍거렸다. 그는 타고날 때부터 장태준의 오른팔이었다는 평을 받는 사내다. 이경은 어디서 본 듯도 싶은데 기억나지 않았다. 그녀는 적당한 미소로 답했다. 남종규 이사장이 이경과 손 회장을 서재로 안내했다. 잠시 후, 기척이 들리고 장태준이 후덕한 인상으로 나타났다.

"오랜만이오, 손 회장."

"그간 무탈하셨습니까?"

손 회장이 황송해했다. 이경이 천천히 고개를 숙였다.

"갤러리 S, 서이경입니다. 지난번에 결례를 범했습니다."

장태준은 곧장 대답치 않고 소파 상석에 자리 잡았다.

"손 회장은 언제 봐도 정정하시구먼."

"어르신만 하겠습니까?"

손 회장이 웃으며 자리에 따라 앉으려 했지만 장태준이 손을 내저었다.

"앉을 거 없어요."

손 회장은 멈칫거리며 놀란 눈을 치켜떴다.

"협회 일, 오래 고생하셨죠. 이제 그만 쉬시라고, 그 얘기 하려고 불렀소."

"어, 어르신?"

"소홀했던 회사 일도 보시고, 시간 되면 자제분도 건사하시고. 하실 일이 아주 많아요."

손 회장은 즉각 말을 알아들었다.

"제 아들놈 실수는 어르신 자금하고 무관합니다. 어떻게든 손실액을 메우려고……."

"접견 시간 끝났습니다."

남종규가 냉혹하게 자르고 들어왔다. 하얗게 질린 얼굴의 손 회장은 더 이상 돌이킬 수 없음을 깨닫고 고개를 숙였다. 남종규가 손짓으로 바깥으로 같이 나갈 것을 종용했다. 둘은 말없이 사라졌다. 우리 아버지도 저렇게 쳐냈겠지! 이경은 슬쩍 장태준을 노려보았다.

"1년 남짓 걸렸구나."

"오래 기다리셨네요. 죄송합니다."

"그래, 내게서 뭘 뺏어갈 생각이냐?"

장태준이 쑥 들어왔다. 이경은 주춤거렸다.

"네 아버지가 뺏긴 걸 되찾으려면, 어지간한 노력으론 어려울 게야."

"다시 한 번 이 나라를 좌우하는 상왕의 자리에 오르고 싶으시죠. 그 기회, 제가 드리겠습니다."

이경은 준비해온 대답을 침착히 말했다. 다만 예상보다 빨리 나왔을 뿐이다.

"복수가 아니라 기회라?"

"바닥나는 금고, 다시 채워드릴 겁니다."

"듣기 좋은 말이라 믿고 싶구나."

"단 조건도 하나 있습니다. 박건우 카드는 버리세요."

장태준은 더 이상 보기 좋은 미소를 지을 수 없었다.

"제가 어르신의 마지막 기회입니다."

"가장 중요한 하나가 빠진 듯하네. 신뢰! 내가 서봉수의 딸을 믿어야 할 이유가 없지 않니?"

"옳으신 말씀이네요. 제 아버님은 그래서 실패했습니다. 믿었던 친구들한테 배신당했죠. 전 실패할 자신이 없습니다. 아무도 믿지 않으니까요."

박무일은 오전에 온 우편물을 내려다보고 있었다. 발신인이 장태준이었다. 그 나이에 두려울 게 뭐가 있을까 싶지만 박무일은 왠지 우편 봉투를 뜯고 싶지 않았다. 박무일은 한동안 봉투를 만지작거렸다. 호기심은 잠 못지않게 강력한 놈이다. 그는 떨리는 손으로 봉투를 뜯었다. 귀퉁이에 살짝 걸친 사진이 보였다. 박무일은 화끈하게 사진을 꺼내 눈앞으로 가져갔다. 처음엔 뭔가 했다. 사진 속 인물들이 뇌에 인식되자 충격이 서서히 다가왔다. 88올림픽 때 친구와 찍은 사진. 자신을 포함한 그들은 여전히 환한 미소를 머금고 있었다. 박무일은 추억을 봉인하고 사진 뒷면을 살폈다.

'서봉수의 딸이 한국에 들어와 있네.'

박무일은 긴 탄식을 내뱉었다. 착하고 의리 많은 봉수를 내칠 때의 서늘함이 주위를 맴돌았다. 호흡이 거칠어졌다. 손바닥으로 입과 코를 가리고 숨을 재빠르게 들이마시고 내쉬었다. 다행히 문이 열리고, 건우가 들어섰다. 건우는 박무일의 모습을 보고는 다급히 뛰어왔다. 쓰러지려는 아버지를 안고 간호사를 소리쳐 불렀다. 곧 의사와 간호사가 달려와 호흡기를 대고 작동시켰다. 다행히 심장이 제자리로 돌아갔다. 의사는 괜찮다는 수신호를 보내며 건우를 안심시켰다.

건우는 안정을 되찾은 박무일을 보고 안도의 숨을 쉬었다. 순간 침상 끝에 걸린 사진을 무심코 집어 들었다. 이경의 아버지? 장태준과 아버지도 있다.

"개안타. 가서 일봐라."

"괜찮으세요? 아버지, 혹시 이분 친구분이셨어요?"

박무일은 달리 대답할 말이 없었다. 그저 고개를 옆으로 돌리고 짧은 신음 소리만 흘렸다.

"박건우 씨 오셨어요."

이경이 자신의 귀를 의심했다. 그녀는 키폰에 귀 기울였다. 김 작가는 여지없이 좀 전과 똑같은 문장을 반복했다.

"네, 알았어요."

이경은 애써 담담한 말투로 응답했다. 목소리 톤이 너무 높았나? 이경은 소파로 자리를 옮기고 하릴없이 주위를 둘러보았다. 시간이 참 더디게 갔다. 바깥에서 말소리가 들렸다.

"오랜만입니다. 박건우 씨."

"네, 그때 부산에서 뵙고, 벌써 10년이 넘었네요."

"네. 들어가 보시죠."

조 이사의 목소리와 함께 노크 소리가 들리고, 그가 들어왔다.

"안심해. 추억 까먹기 하려고 온 거 아니니까."

이경은 그의 차가운 말에 빈틈없는 철옹성을 구축하며 덤덤한 시선으로 그를 맞았다.

"일본으로 돌아가. 네가 무슨 계획을 세웠든, 네 뜻대로 안 될 거야. 여기서 벌어놓은 사업, 최대한 빨리 정리해서 돌아 가."

"기억하기 싫어도 기억난다. 넌 예전에도 농담엔 소질 없었 어."

"우리 작은아버지, 꿈속에선 벌써 회장님이야. 내가 그 꿈을 악몽으로 만들 건데, 너까지 가위 눌리게 하고 싶진 않아. 12 년 전, 서이경을 위해서 하는 충고야."

"그럴 만한 힘은 있고?"

"장태준. 네가 잡고 싶어 하는 그 손, 난 언제든 잡을 수 있 어."

"해봐. 한번 해보자고, 누가 이길지."

"좀 전에 아버지한테 들었어. 너희 아버지 얘기. 88 올림픽 을 성공시킨 무대 뒤에 삼총사. 영광은 짧았지. 너희 아버님은 어르신한테는 정치적 부담이 됐고, 우리 아버진 남겨질 자산 을 탐냈고. 미안하다."

"너한테 받을 사과 아니야."

"아니, 내가 미안하다고. 널 멈추게 할 거라서."

이경은 그의 말에 인상을 찌푸렸다.

"그러니까 더 힘들어지기 전에 돌아가라, 이경아."

"날 멈추게 한다고? 내가 뭘 할지는 아니?"

"아버지에 대한 복수!"

이경은 눈을 동그랗게 뜨고 믿을 수 없다는 표정을 지었다.

"복수? 관심 없는 건 아닌데, 난 그 단어 잘 몰라. 그리고 설사 내가 뭘 할지 네가 안다 해도 너한테 꺾일 거면 여기까지 오지도 못했어."

건우는 답답했다. 자신의 마음을 속 시원히 보여줄 말이 퍼뜩 떠오르지 않았다.

"건우야, 날 멈출 생각, 아니 다가올 생각도 하지 마. 넌 이 싸움 못 이겨. 난 괴물이 되려고 결심한 사람이야. 괴물은 인간한테 질 수가 없거든."

건우는 자리를 박차고 일어섰다. 변해버린, 너무나 변해버린 이경의 모습에 화가 나 미칠 지경이었다. 그토록 찾아 헤매었는데. 이런 식으로 나타나다니. 저런 서늘한 말을 건네다니. 인사를 주고받을 여유도 생기지 않았다. 그가 돌아서려는데 저 멀리 테이블 위에 화이트 앨범이 보였다. 비틀스 앨범으로 믿고 싶었다. 그는 최대한 감정을 억제하고 문을 닫았다. 이경은 그가 떠나기 전 잠시 시선을 두었던 곳을 바라보았다. 아차! 비틀스를 치우지 않았구나. 뭐 어때? 시간이 많이 지났는데. 그녀는 쓴웃음을 지었다.

세진이 들어왔다. 이경은 헛웃음이 나왔다. 항상 자기를 내버려두지 않고 찰싹 붙어 다니려는 학교 친구가 생각났다. 일본인이었지만 참으로 정이 많고 오지랖 넓은 친구였다. 세진을 보면 문득 그 친구가 불쑥불쑥 생각났다.

"박건우 씨, 방금 떠났어요. 시키실 일 없으세요?"

뭐든 대답을 듣지 않고는 나가지 않을 기세였다.

"승진시켜 줄까?"

세진은 영문을 몰라 눈알을 세차게 굴렸다.

"오늘 저녁만 술상무로……."

세진이 바로 알아듣고는 환하게 웃었다.

글라스에 와인이 채워졌다. 이미 두 병을 거의 비웠다. 세진은 잔을 따르며 이경을 슬쩍 훔쳐보았다. 그녀는 한 마디도 내뱉지 않고 와인만 마셨다. 세진도 슬슬 지쳐가기 시작했다.

"수고했어. 퇴근해."

이경은 아무렇지도 않게 내뱉었다. 세진은 황당했다. 별수 없이 얼른 인사를 하고 밖으로 나갔다. 탁이 기다리고 있었다. 세진은 취기도 오르고 해 그냥 무작정 차에 올라탔다.

탁도 말이 없었다. 오늘 갤러리 S 묵언 이벤트 하나? 세진이 차창 밖을 보며 묵언수행을 깨뜨렸다.

"저 불빛, 다른 거보다 훨씬 밝아. 꼭 우리 대표님 같다."

탁의 대답은 기대하지도 않았다. 세진은 불빛을 잡으려는 듯 차창에 손을 올렸다.

이른 아침은 아니지만 오랜만에 이 시간에 차를 모는 이경은 창문을 열어 차가운 바람을 즐겼다. 1시간 전, 남종규에게서 어르신의 호출이 있다는 전화를 받았다. 장태준의 욕심이 자신의 의심을 이긴 경우였다. 저 멀리 철문이 보였다.

이경은 남종규의 안내를 받아 응접실로 들어섰다. 누군가 뒤통수를 보이며 긴 의자에 앉아 있다. 그가 몸을 돌리는데 건우다! 이경은 전혀 예상치 못했다. 건우의 표정으로 보아 그 역시 마찬가지인 것 같았다. 남종규는 안경을 짐짓 치켜 올리며 둘 사이에서 이 상황을 즐겼다.

"어르신께서 기다리고 계십니다."

"따로 조용히 뵙는 줄 알았는데요?"

건우의 딱딱한 말에 남종규는 누가 더 있느냐는 듯 둘러보았다.

"조용하지 않습니까?"

이경이 남종규를 노려보았다.

장태준은 이미 상석에 자리 잡고 있었다. 이경과 건우는 자연 그 양쪽으로 앉았다.

"돈이면 돈, 사람이면 사람. 88 올림픽은 우리 삼총사 아니었으면 성공하지 못했을 게야."

이경은 장태준의 뻔뻔함에 침을 뱉고 싶었지만 얼굴에 감정을 드러내지는 않았다.

"오늘 이렇게 너희를 보니, 참 감개무량하구나. 박무일, 서봉수랑 의기투합했던 시절이 엊그제 같은데 어느새 2세들의 시대가 됐어. 이제부터는 너희들이 내 좌청룡, 우백호가 되어다오."

남종규가 서둘러 말을 받았다. 이경과 건우에게는 반응할 시간마저 주어지지 않았다.

"어르신께서는 무진그룹에 남다른 애정을 갖고 계십니다. 서 대표가 어르신께 보탬이 되고 싶다면, 우선 박건우 씨가 그룹을 이끌 수 있도록 도우셔야겠습니다."

이경이 답했다.

"글쎄요. 무진을 위해서 어떤 분을 선택할까요? 저는 이미 말씀드린 걸로 압니다만."

"저, 어르신 썰매 끌러 왔습니다. 다른 썰매 개랑 같이 달릴 생각 없습니다."

건우가 단호하게 말했다. 이경은 그의 박력이 의외였다.

"양보는 저도 어렵겠네요. 저한테 큰일을 맡기시려면, 제 선택을 믿어주시죠."

이경이 일어서며 장태준에게 자신의 의지를 비쳤다. 건우도 지지 않고 일어섰다.

"제가 어떤 결심으로 여기 왔는지 아실 겁니다. 결정은 어르신이 하세요."

장태준은 너털웃음을 터트렸다.

건우는 성큼성큼 걷다 멈추고 뒤돌아서 이경이 걸어오기를 기다렸다.

"작은아버지 끊고 어르신한테 붙지 그래? 첨부터 그게 네 목표 아냐?"

"무진그룹 차기 회장이야. 그런 카드는 함부로 버리는 게 아니지."

"그래, 겨우 미술품 뒷거래나 거들 서이경이 아니지. 작은아버지를 회장 만들어서 판 키우고, 어르신까지 등에 업어서 판 돈 올리고. 네가 말 안 한 계획이 이거였어?"

"어떡하지? 그 계획에 네 이름은 없는데."

건우는 날 선 이경의 목소리를 더 이상 듣고 있을 수 없었다. 마음과 다르게 대화를 하면 할수록 깊은 수렁에 빠지는 느낌이었다. 그녀가 자신의 말대로 점점 괴물이 되어간다는 느낌도 들었다. 아버지에 대한 복수도 막고 싶고 그녀가 행복하게 아니, 평범하게라도 살았으면……. 그는 빠른 걸음으로 주차장으로 향했다.

이경은 손으로 자신의 얼굴을 쓰다듬었다. 옛 연인을 만난

게 아니라 원수를 만난 느낌이 들었다. 그의 성격상 어떻게든 자신이 내뱉은 말은 지키려고 할 것이 분명했다. 흔들리면 안 된다. 남종규가 다가오기에 이경은 생각을 서둘러 마무리했다.

"재작년 이맘때, 검찰이 무진물산에 내사 들어갔었죠. 계열사 간 내부 거래, 하청업체 리베이트, 외환관리법 위반. 서 대표도 아실 텐데요. 박무삼 사장이 어떤 위인인지."

"그래서 더 쓸모 있는 상대죠. 난 욕심 없는 사람하고는 일하지 않아요."

"형을 팔아먹는 동생은 어떤가요?"

이경은 다소 놀라며 포커페이스를 유지하지 못했다.

"내사 정보를 포착한 박 사장은 검찰과 거래를 시도했습니다. 자기는 빠져나가는 대신, 박 회장이란 대어를 낚게 해준 거죠. 이제 아시겠습니까? 어르신께서 박 사장을 못 미더워하는 이유를."

"그 일, 박건우 씨는 모르고 있군요."

"알았다면 무진그룹은 벌써 풍비박산 났을 겁니다. 그건 어르신께서 바라는 그림이 아니지요. 서 대표를 위해서라도 박건우 씨랑 손잡으세요."

"이사장님이 어르신을 설득해보시죠. 그분이 꿈꾸는 상왕의 자리, 그걸 현실로 만들어드릴 사람은 바로 접니다."

이경을 배웅한 뒤 남종규는 장태준의 서재로 들어갔다. 장태준은 돋보기로 고서적을 들여다보고 있었다.

"한 자 밖에 안 되는 나무라도 산 위에 세워놓으면 천길 골짜기를 내려다보게 할 수 있다. 음……."

"한비자에 그런 글이 나옵니까?"

장태준은 끄덕이며 돋보기를 내려놓았다.

"양자택일이라. 내 산 위에는 어느 나무를 세우는 게 좋을까? 건우? 아니면 그 아이?"

"야심이나 능력만 보면 서 대표가 낫지 않겠습니까?"

"지나치게 날이 선 칼은 주인을 벨 수도 있지. 오늘따라 옛 친구들하고 소주나 한잔 하고 싶구먼."

장태준은 창가로 가 뒷짐을 졌다. 남종규는 그의 생각을 방해하지 않으려 조용히 물러났다.

회의실에 앉은 갤러리 S 식구들 표정이 심상찮았다. 이경은 회의 초반 성북동 이야기를 잠시 언급하고는 팔짱을 낀 채 말이 없었다. 김 작가가 어색하게 웃으며 운을 띄웠다.

"괜한 걱정 아닐까요? 다른 사람도 아니고 박건우 씨가 그럴 리 없잖아요."

"안심할 일은 아니에요. 타깃은 박무삼 사장이라도 불똥은 우리까지 튈 수 있으니까."

조 이사가 일침을 가했다. 이경이 생각을 마쳤는지 팔짱을
풀었다.

"다들 주목하세요. 일단 작가님은 무진그룹 데이터 확보합
니다. 네트워크로 수집 가능한 모든 정보가 필요해요."

"네."

"탁이는 박건우 따라 붙어. 어딜 가는지, 누굴 만나는지 24
시간 체크해."

"문제없습니다."

"조 이사님, 성북동에서 힘을 쓰면 검찰 금조부나 금감원이
움직일 수도 있어요."

"대비하겠습니다."

세진은 긴장한 채 자기 차례를 기다렸다. 이경은 용건을 마
쳤는지 자리에서 일어섰다. 세진이 얼른 따라 일어났다.

"저는 뭐 할까요?"

"사무실에서 대기해."

이경은 3층 집무실로 올라갔다. 세진은 이경의 말을 몇 번
이나 되짚어 봐도 임무라 하기에는 낯부끄러운 것 같았다.

이경은 마음이 바빴다. 자리에 앉아 서류철과 노트북을 번
갈아보며 손을 급히 놀렸다. 언뜻 세진이 조심스레 다가오는
게 보였다.

"부른 적 없는데."

"조 이사님한테 금융에 관해 기초적인 거 배우고 있어요. 김 작가님이 프로필 업데이트해주면 그거 새로 외우고, 컴퓨터 다루는 법도 배우고요. 탁이는 뭐, 그렇지만……."

이경이 서류를 넘기며 인상을 살짝 찌푸렸다. 세진이 멋쩍게 웃었다.

"대표님 보기엔 별거 아니지만, 나름대로 열심히 하고 있습니다. 박건우 씨 때문에 마음 쓰고, 많이 힘드신 거 알아요. 뭐든 시켜주세요. 대표님 대신해서 잘 해낼게요."

이경은 더 이상 참지 못하고 서류를 한쪽으로 던졌다.

"날 대신해? 난 그런 적 없는데."

"네?"

"지나간 사람한테 마음 쓴 적 없고, 누가 뭐든 지시해주길 기다리지도 않아. 근데 너는 뭘 대신하겠다는 거야?"

"전 대표님이 걱정돼서."

이경은 한숨을 쉬고 일어나 세진에게 다가갔다.

"이제부터 진짜 싸움이 시작될 거야. 상대는 장태준 그리고 박건우. 그 사람들이 가진 힘, 나도 아직 몰라."

"전, 제가 뭘 해야 할지 모르겠어요."

"초조해 하지 마. 불안할 것도 없어. 넌 내가 숨겨놓은 만능 키고, 날 비추는 거울이니까."

세진은 이경과 눈빛을 한참이나 맞추었다. 자신의 롤모델로부터 지금껏 살면서 최고의 말을 들었다. 벅찬 기쁨에 눈물이 찔끔 나올 지경이었다. 세진은 앞으로 초조해하지 않을 것이고, 만능키가 되기 위해 각고의 노력을 할 것이고, 심신을 수양해 대표님을 비추는 거울이 될 것이라 굳게 다짐했다.

무진그룹 저승사자, 감사팀 간부 몇이 박무삼 사장실로 들어갔다. 건우는 통로 모퉁이에서 팔짱을 낀 채 지켜보고 있었다.

"이게 다 뭐 하는 개수작이야!"

복도에 쩡쩡 울리는 작은아버지의 고함에 건우는 천천히 발걸음을 옮겼다.

감사팀원들은 노기등등한 박무삼을 앞에 두고 어찌할 바를 몰랐다. 박무삼은 분한 마음에 명패를 치켜들었다.

"리베이트라니! 어떤 놈이 그딴 중상모략을……."

"2010년 자료부터 살피죠. 실무자들 장부랑 PC부터 확보하세요. 한눈팔면 실적 날아갑니다."

건우가 들어서며 감사팀원들을 독려했다. 그들은 양쪽 눈치를 보며 빈 박스를 천천히 조립했다.

"너 이놈의 새끼! 이런 말도 안 되는, 절차도 없이 이런 경우가 어디 있노?"

박무삼이 침까지 튕겨가며 울분을 토했다.

"아버지께는 선조치 후보고 하렵니다. 저번에 회사 명예를 위해 제 허물도 덮어주셨는데 저도 은혜 갚아야 하지 않겠습니까? 검찰에 따로 연락하지는 않았습니다. 조용히 사내에서 처리하죠."

"설마, 성북동 어르신이 찔러줬냐?"

"안됐지만 작은아버지 회장 만들겠다는 그 여자분, 예선 탈락했어요."

박무삼의 심장이 쿵 내려앉았다.

"참, 인사위원회에서 제 대기발령, 재고할 모양이에요. 여기 인테리어 좀 바꿔야겠죠?"

"성북동에서 널 자객으로 나에게 보냈구나. 서 대표에게는 나랏일 하시는 분들 보내고."

"무, 무슨 말씀이세요?"

건우는 성난 발걸음으로 나가는 박무삼을 쳐다보며 머리를 굴렸다. 설마?

이경은 서류에서 시선을 떼며 침침한 눈을 천천히 문질렀다. 폰이 울리자 스피커폰을 눌렀다.

"내 살다 살다 이런 개망신은 처음이요!"

이경은 박무삼의 역정이 성가셨다.

"건우, 그놈이 감사팀 앞세워서 비서실에다 내 방까지 모조리 털어갔어. 모조리!"

이경은 노트북에 시선을 돌리며 대수롭지 않게 대응했다.

"불행 중 다행이네요. 검찰이 나섰으면 이렇게 전화할 여유도 없으셨을 텐데. 박건우 씨, 작은아버지를 걱정하는 마음이 각별하네요."

"이거 봐, 서 대표! 이 사태는 서 대표 책임도 있어. 성북동만 가면 탄탄대로 열릴 거라고 장담한 사람이 누군데?"

"그건 사장님을 다 알지 못했을 때 얘기고요."

"뭐? 그게 무슨 뜻이요?"

"그쪽 집안일은 일단 사장님이 해결하시죠. 저도 제 회사 챙기기 바빠서요."

이경은 통화를 야무지게 끝냈다. 한숨 돌리고 노트북을 보는데 속보 기사가 떴다. 클릭해보니 박무일 회장 구속 관련 기사다. 성북동이 벌써 움직이나? 그럼 건우를 선택했다는 이야기!

"역삼동 사옥에 가보셔야겠습니다!"

조 이사가 빠른 걸음으로 들어오며 다급히 보고했다.

"금융감독원에서 특별 현장 검사를 나왔답니다."

이경은 장태준의 신속함에 다소 놀랐다.

"제가 움직일 필요까지 있나요. 요청하는 자료는 전부 제공하세요. 간단히 끝날 거 같지 않네요."

"성북동에서 움직인 거 아닐까요? 아님, 박건우 씨가……."

"어느 쪽이든 상관없어요. 금감원 허 국장한테 연락하세요. 처리 못 한 천하금융과의 거래내역 말곤 별 탈 없을 거예요."

"네. 상황부터 알아보겠습니다."

조 이사는 부리나케 나가고, 이경의 눈빛에 적의가 불타올랐다. 돌파구를 찾아야만 했다. 그녀는 노트북을 닫고 천천히 일어섰다.

건우가 장태준의 대기응접실에서 서성거렸다. 남종규가 걸어 나오자 건우는 못마땅한 표정으로 그를 맞았다.

"인터뷰가 길어질 거 같습니다. 인사는 다른 날 오시죠."

"네, 인사는 다른 날 드리죠. 근데 이사장님이 갤러리 S 치라고 했습니까?"

남종규가 번들거리는 미소를 지으며 말했다.

"아, 금감원에 제 고향 친한 선배님이 계십니다."

"저하고 상의 한마디 없이 그러시면 안 되죠. 우선 작은아버지부터 묶어놓는 게 순서라고 했을 텐데요?"

"박건우 씨, 우린 올림픽에 출전한 게 아닙니다. 휘슬 울리는 거 기다렸다가 규칙대로 정정당당하게 싸운다? 세상에 아름다운 패배, 값진 패배는 없습니다. 싸움이 시작된 이상 무조건 이겨야 하는 겁니다."

건우는 숨을 들이쉬며 올라오는 열기를 식혔다.

"그건 이사장님 스타일이겠죠. 이제는 제 페이스대로 갑니다. 앞으로는 서이경, 내 허락 없이 겨누지 마세요."

건우는 할 말만 으르렁거리고 돌아섰다. 남종규 역시 콧방귀를 뀌며 뒤돌아섰다.

건우는 주차장에서 차를 찾다 담배가 무척이나 생각났다. 가는 길에 편의점에 한 번 들를까 생각하는데 폰이 울렸다. 저장이 안 된 번호였다. 폰을 받고 몇 마디 섞자 상대방이 누군지 알았다. 손기태. 일면식은 없지만 업계에 좋지 않은 소문이 도는 자였다. 한번 만나자는 말을 일언지하에 거절했다. 그는 매달리다시피 자기 말만 잠시 들어달라고 했다. 잠시만 들어본다는 게 통화를 끝내니 10분이 훌쩍 지나 있었다. 건우는 필히 편의점에 방문해야겠다는 결심을 하고 차에 올랐다.

건우는 사무실에 들어오자마자 소파에 몸을 던졌다. 다행히 편의점 알바생이 화장실 가느라 문이 잠시 닫혀 있어 담배를 사지 못했다.

'박무삼 사장, 괴한한테 피습당했다며? 그거 그대로 팀장님이 뒤집어쓰셨고. 이러면 견적이 딱 나오잖아? 서이경, 살벌한 여자예요. 함정인 거 뻔히 알면서 대역까지 보냈다니깐?'

대역이라면 그 여자, 제2의 서이경? 손기태의 말 같잖은 말이 머릿속을 떠나지 않았다. 그녀가 자신에게 그렇게까지 할까라는 자문을 했다. 그러다 곧 그녀라면 그럴 수도 있을 거란 생각이 들었다. 씁쓸했다. 블라인더 틈새로 환한 햇살이 들어왔다. 그날도 그랬다. 그녀를 처음 본 그날.

초등학교 들어갈 때부터 그룹의 후계자란 짐이 따라다녔다. 친구들이나 선생님들까지 어려워하고 조심스러워했다. 부담스러웠고 뭔가에 얽매어 있는 느낌이었다. 그래도 좋은 환경과 그리 나쁘지 않은 머리로 일류 대학에 들어갔다. 자유를 기대했던 대학생이 되어서도 마찬가지였다. 최대한 정체를 숨기고 생활해도 주위 사람들은 어떻게 알았는지 쉽게 눈치 챘다. 그들의 태도가 바뀐 것은 당연했다.

힘들었지만 유일한 낙은 첫째 삼촌과의 만남이었다. 무이 삼촌은 막내 삼촌과 달랐다. 초등학교 때, 모친이 돌아가신 뒤부터 그는 허물없이 대해주고 이것저것 고민을 잘 들어주었다. 운동과 음악 뭐든 공유할 수 있는 거라면 무엇이든 함께했다. 그러다 사업으로 그가 중동으로 떠나고, 다시 고독이 밀려왔다. 대학 방학을 핑계로 무작정 떠나버렸다.

이곳저곳 돌아다니며 카드는 위치가 발각될 것 같아 쓰지 못하고, 갖고 간 현금으로 버틸 때까지 버텼다. 부산 남포동에 도착할 즈음 결국 돈이 떨어졌다. 무작정 일자리를 구했고, 근사하게 구사할 수 있는 일본어를 무기로 작은 라멘 가게에 취직했다. 간단한 인사 외에 일본어가 쓰일 데는 없었고, 자잘한 근육과 눈썰미가 필요한 일이었다. 무엇보다 제법 생긴 얼굴이 가장 유용하게 쓰였다. 몇 명 여자들의 접근이 있었다. 외로움에 잠시 흔들리기도 했지만 자신도 모르게 몸에 밴 눈높이가 문제였다. 그렇게 외로움은 겹겹이 쌓여갔다.

한 달이 지나 사장이 라멘을 한 번 말아보라 했다. 살면서 그토록 긴장된 경우는 처음이었다. 가게 문이 열리고 환한 햇살과 함께 첫 손님이 들어왔다. 물리적으로나 정신적으로도 참으로 눈부신 여자였다. 일본인인 줄 알았는데 한국인이었다. 정성을 다해 라멘을 올렸고 그녀는 별말 없이 한 그릇을 비워냈다. 너무나 고마웠다. 그렇게 그녀가 가버렸다. 다음 손님 때, 똑같이 라멘을 올렸건만 반응은 전혀 달랐다. 너무 짠지 뜨거운 물을 국물에 들이붓기까지 했다. 사장에게 혼났다. 그럴수록 첫 손님이 고마웠고 그리웠다.

그녀는 다음 날도 찾아왔다. 그다음 날도. 일주일째 되던 날 영화를 보자는 데이트 신청을 했다. 그렇게 영화를 보고 밥을

먹고, 영화를 보고 포옹을 하고, 영화를 보고……. 그렇게 연인이 되었다. 그녀는 비틀스 화이트 앨범 CD를 갖고 있어 항상이어폰을 나눠 끼며 즐겼다. 행복한 시간은 참으로 빨리 가고, 참으로 빨리 끝났다. 그 남자, 지금은 조 이사라 불리는 그가 나타나면서부터 금이 가기 시작했다.

"팀장님, 팀장님."

건우는 잠시 잠이 들었는지 쉽게 눈을 뜨지 못했다. 문 실장은 안쓰러운 얼굴로 조용히 밖으로 나갔다. 건우는 천천히 눈을 뜨고 길게 호흡을 내뱉었다. 그는 창가로 다가가 블라인더를 걷어 올리고는 바깥을 향해 크게 소리 질렀다.

"실장님, 들어오세요."

문이 열리고 문 실장이 들어왔다. 그녀 뒤로 한 형체가 보였다. 이경이다! 이번에도 환한 햇살이 그녀를 비추었다. 문 실장이 어떻게 할지 눈빛으로 물었다.

"차는 됐습니다."

문 실장은 즉시 자리를 피했다.

"이거 반갑다고 해야 하나, 놀랐다고 해야 하나. 일단 앉아."

이경은 그대로 선 채 차분하게 말문을 열었다.

"좋은 소식, 나쁜 소식. 뭐부터 듣고 싶어?"

"너무 클래식한 전개 아냐? 매는 먼저 맞는 게 낫다고 하지만 난 미뤘다 맞을게."

"이제부터 널 제대로 상대해줘야겠다. 뭐 그런 결심을 했어."

건우는 팔짱을 끼며 여유로운 표정을 지었다.

"나쁜 소식은?"

"내가 그 일을 아주 열심히 할 거라는 사실."

"금감원 조사 때문에 기분 상했나보다? 다행히 영업정지는 피할 것 같다며? 과징금만 떨어지면 선방한 거야."

이경은 대꾸 없이 그를 노려보았다.

"너 내가 시켰다고 생각하는 거야?"

"조만간 너한테 큰 선물을 할 거야. 네 맘에 들었으면 좋겠다."

이경은 휙 돌아섰다.

"이경아."

따뜻한 음성이었다.

"네가 원하는 게 복수인지, 사업인지 몰라도 수단, 방법 가려가면서 해. 아무리 스스로를 괴물이라고 속여 봤자, 넌 아직 사람이니까."

"선물이나 기대해."

이경과 건우는 잠시 시선을 나누었다. 햇살이 그들을 비껴가기 시작했다.

침대에 기대앉은 박무일은 식사를 뜨다가 수저를 내려놓았다. 입맛이 없었다. 물로 입을 헹구자 간호사가 다가왔다.

"면회 손님이 오셨습니다."

"누구? 오늘 올 사람이…… 알았네. 곧 가지."

교도관과 함께 들어온 박무일이 면회실을 둘러보았다. 이경이 정물처럼 조용히 앉아 있었다. 그녀는 박무일을 발견하고는 일어섰다. 둘은 잠시 눈을 마주쳤다. 교도관은 자리를 비켜주었다.

"니, 설마 봉수 딸이가?"

이경이 담담하게 목례했다. 박무일은 기뻐해야 할지, 놀라야 할지, 두려워해야 할지 종잡을 수 없었다.

"니 와 있다는 말은 들었는데 이리 보게 될 줄은 몰랐다. 거 앉거라."

이경이 앉고, 맞은편에 박무일이 힘겹게 몸을 의자에 실었다.

"눈이며 입매가 영락없이 봉수 판박이구마. 봉수는 아직 일본에 있제? 우찌 지내노?"

"어떻게 지낼 거 같으세요?"

박무일은 주춤거렸고, 마음은 착잡해졌다.

"봉수가 아직도 내 원망 마이 하제? 내 참말로 봉수한테 못할 짓 했다."

박무일은 수의 번호표를 만지작거렸다.

"인과응보라 카드만, 나도 배신당하고. 그래가 내 지금 벌 받는가 싶다."

"쾌적한 독방, 24시간 의료진 대기, 일반 수감자는 꿈도 못 꾸는 특별면회 혜택. 이건 휴가죠! 벌 받는 게 아니라."

박무일의 표정이 어두워졌다.

"진심으로 속죄하고 싶으면 밖에서 하셔야죠."

"그기 뭔 소리고?"

박무일은 언뜻 못 알아들었다. 이경은 잠시 뜸을 들였다.

"박건우 씨가 성북동 어르신 밑에 들어갔습니다."

"장태준이 밑으로? 말도 안 된다. 내 그것만큼은 무슨 일이 있어도 하지 말랬다."

"이대로 두면 무진그룹은 둘로 쪼개집니다. 박건우 씨가 성북동의 지원을 받는 한, 박무삼 사장도 가만있지 않을 테니까요."

박무일의 눈가가 파르르 떨렸다.

"건우, 그놈이 우찌 그런……. 근데 니는 우이 그리 소상히 아노? 이기 다 그룹 내부 사정인데."

"저도 구멍가게를 하나 운영하고 있습니다. 전부터 박무삼 사장하고 인연이 있고요. 이 상황을 수습할 사람은 회장님 밖에 없습니다. 고집 꺾으세요. 두바이 사업 포기한다고 항복 하세요. 그래야 병보석 받아낼 수 있습니다."

박무일은 자신도 모르게 신음 소리를 냈다. 이경이 일어섰다. 심판자처럼 그를 내려다보았다.

"친구까지 배신하면서 다져놓은 무진그룹, 이대로 무너지게 하시면 안 되죠."

이경을 올려다보는 박무일의 눈빛이 흔들렸다. 이경은 서늘한 눈빛으로 쐐기를 박았다.

"여기서 나오세요. 그게 저희 아버님에 대한 속죄의 시작입니다."

이경은 목례를 하며 자리에서 일어났다. 박무일은 머리를 소파에 기댔다. 옷 속에서 사진을 꺼냈다. 같이 있기만 해도 좋고 웃음이 끊이지 않았던 사이였는데. 사진 속에서처럼 웃을 수 없는 현실이 안타까웠다. 박무일은 문득 사진 뒷면을 봤다. 장태준이 붓으로 적은 글이 보였다. 분노가 서서히 끓어올랐다. 자기 돈이 그의 권력에 잠시 패배한 건 인정하고, 그 대가를 감수하겠지만 아들에게까지 손을 뻗치는 것은 용서할 수 없었다. 울컥했다. 그의 분노와 의지가 잠시 병마를 이겨냈다. 그는 사진을 힘껏 구겨버렸다.

노크도 없이 문이 벌컥 열렸다. 건우는 문 실장의 얼굴에서 다급함을 읽었다.

　"팀장님!"

　그녀는 외마디와 함께 난데없이 TV를 켰다. 뉴스 앵커의 또랑또랑한 말이 흘러나왔다.

　'천억 원대 회사 자금 횡령 및 배임 혐의를 받고 구속 수사 중이던 박무일 무진그룹 회장이 오늘 구치소를 나와 서울에 있는 한 병원에 긴급 입원했습니다. 현장에 나가 있는 중계차 연결하겠습니다.'

　건우는 자리에서 벌떡 일어섰다. 화면 상단 '무진그룹 박무일 회장 병보석 석방'이라 적힌 자막이 그의 눈에 꽂혔다.

　화면에는 구급차에서 내려지는 휠체어와 링거 꽂은 채 담요로 덮인 박무일이 모습이 연속적으로 나타났다. 취재진들이 몰려들었다. 플래시가 여기저기서 터졌다. 앵커의 말을 받은 기자가 마이크를 높게 쳐들었다.

　'법무부는 박 회장이 고혈압과 폐렴, 우울증 및 심근경색 등으로 인한 건강 상태가 악화되어 구속 집행 정지가 불가피하다고 보고……'

　붓글씨를 쓰던 장태준은 TV에서 눈을 떼지 못했다. 붓 끝에 묻은 먹물이 종이 위로 뚝뚝 떨어졌다. 옆에 서 있던 남종규가 얼른 볼륨을 키웠다.

'이와 관련해 박 회장의 병세에 대한 병원의 판정에 따라 병보석 여부가 결정될 것으로 보입니다. 법원 관계자에 따르면……'

장태준의 눈썹이 꿈틀거렸다. 그는 먹물이 튀는 걸 전혀 개의치 않고 힘차게 붓을 내던졌다.

건우가 병원 복도를 뛰듯이 걸었다. 한쪽에 유독 사람이 몰려 있었다. 건우가 다가가자 병실 앞에 진을 치던 임원과 수행원이 길을 내주었다.

건우가 들어서자 박무일은 제왕 같은 위엄으로 침대에 떡하니 앉아 있었다. 건우는 안심을 하며 천천히 다가갔다.

"아버지……"

물 컵이 날아들었다. 건우가 피할 정도로 위협적이지 않았지만 벽에 부딪히며 굉음을 내며 산산조각이 났다. 아들을 노려보는 박무일의 표정은 진심이었다. 건우는 그 분노를 알기에 선불리 말을 앞세울 수 없었다.

"니 장가 놈하고 손잡았나?"

건우는 입이 떨어지지 않았다.

"장태준, 그 새끼는 인두겁을 쓴 짐승이다, 짐승! 딴 사람도 아이고 내 자식이 그놈 장단에 놀아나는 꼴, 내는 못 본다!"

건우는 여전히 입을 다물고 있었다.

"입이 붙었나? 장가 놈하고 얼른 손 뗀다고 말 안 하나?"

"밖에서 혼나니까 좋네요. 구치소 계실 때보다 기운도 넘치시고."

건우는 그제야 넉넉한 미소를 보였다.

"작은아버지 폭주, 겨우 브레이크 걸었습니다. 제 편도 늘었어요. 아쉬울 때 어르신 덕 봤는데, 상황 바뀌었다고 입 닦을 순 없죠."

"그기 다 니 앞에 세우고 그룹 빨아물라꼬 하는 수작이다!"

"잘 압니다. 아버지도 평생 그렇게 이용당하셨는데 모를 리 있겠어요."

박무일이 한풀 누그러졌다.

"건우야, 니, 무삼이 때문에 그라는 거 내 다 안다. 지금부터 요서 보고 받고 결재도 하고, 내 다 할끼다. 무삼이 회장 되게 안 하고, 회사 쪼개지는 일도 막을 끼다. 그러니……."

"아버지, 곧 돌아오겠습니다. 작은아버지 때문에 어르신한테 진 빚부터 갚고요."

박무일이 다른 물 컵을 집어 들자 건우는 얼른 자리를 피했다.

픽! 하는 소리와 함께 건우가 병실을 나왔다. 임원들이 미심쩍은 시선으로 쏘아보았다. 복도 끝에 문 실장이 보였다.

"확인하셨어요?"

"네. 서이경 대표가 회장님 면회 간 걸 확인했습니다."

"큰 선물이 뭔가 싶었는데 대단하네요, 서이경. 아버지 고집을 다 꺾고."

"순수한 호의는 아닐 겁니다. 다른 속셈이 있겠죠."

"그래도 다행이네요. 수의 대신 환자복 입고 계시니까 마음이 놓이네."

건우가 쓴 웃음을 내비쳤고, 문 실장은 그 마음을 알기에 위로의 말을 건네고 싶었지만 딱히 떠오르는 말이 없었다. 그리고 아까부터 자기를 힐끔대는 사내가 계속 신경 쓰였다.

가능할지도 모를 임무

"늙은 사자를 우리에서 끌어냈으니 피 흘리는 싸움은 이제
부터겠죠?"

이경은 열이 잔뜩 올라 있는 박무삼을 다독거리는 시늉을
했다. 소파에 예의 없이 앉아 있는 박무삼의 뒤로 갤러리 식
구들이 못마땅하게 그의 뒤통수를 노려보았다.

"행님 병보석, 서 대표 농간이지? 내가 다 확인하고 오는 길
이야! 대체 무슨 속셈이요?"

박무삼이 테이블을 힘차게 내려쳤다. 그의 등 뒤로 탁이가
주먹을 쥐고 다가서려 하자 세진이 손으로 막았다. 박무삼은
아무것도 모른 채 이경을 다그쳤다.

"계속 이런 식으로 안하무인이면 나, 서 대표랑 큰일 못 해!"

"그럼 어쩌시게요? 이번에도 검찰에 달려가 거래하시려고 요? 이젠 팔아먹을 형님 비리도 없으실 텐데."

박무삼은 입을 쩍 벌리고 다물지 못했다.

"자네가 어떻게 그걸!"

"절 믿고 따라오세요. 험한 길, 자꾸 의심하면 넘어집니다."

박무삼은 저자세로 목소리도 한껏 낮춰 대꾸했다.

"이러다 닭 쫓던 개 꼴 날까 봐 그러는 거 아뇨?"

"아뇨. 박무일 회장은 그 자리, 못 지킬 겁니다. 그렇다고 박 건우 씨가 앉는 일도 없을 테고요. 세진이 이리 와."

세진은 갑작스러운 호출에 탁을 보며 손가락으로 자신을 가리켰다. 탁이 고개를 끄덕이자 그녀는 이경에게 다가갔다.

"인사드려."

"이세진입니다."

세진은 일단 인사를 꾸벅했다. 박무삼은 황당하게 그녀를 쳐다보았다.

"제가 사정이 있을 땐, 이 친구가 제 역할을 할 겁니다. 새로 운 히든카드가 될 거예요."

박무삼이 놀라며 새삼 세진을 훑어보았다. 세진이 오히려 더 놀라며 눈을 동그랗게 떴다. 평민에서 갑자기 귀족으로 승

격되는 기분이 이러려나. 세진은 구름 위에 떠 있는 기분이었다. 그래도 박무삼의 의심스러운 눈초리에 당찬 웃음으로 맞받아쳤다.

박무삼을 배웅한 세진이 이경의 집무실로 들어갔다. 이경은 창가에 서 있었다. 세진이 그녀의 뒤편에 다가섰다.

"방금 가셨어요."

"박무삼 사장, 언젠가 날 배신할 거야. 당연히 그쪽도 경계하고 있겠지. 언제 등에 칼이 꽂힐까, 전전긍긍하면서."

"서로 필요할 때까지만 같은 편, 뭐 그런 건가요?"

"맞아. 그러니까 사람들이 계속 널 원하게 만들어야 해. 그렇게 못 하면 버려지는 건 순식간이야."

"안심하세요. 전 대표님 안 버릴게요. 저한테 늘 중요한 분이니까."

이경이 미묘한 웃음을 보였다.

"아까도 말했지만 늙은 사자를 우리에서 끌어냈으니 피 흘리는 싸움이 될 거야. 그 싸움을 위해선 어떤 사람한테 네가 꼭 필요해져야 해."

"네? 누구요?"

이경이 돌아섰다. 말없이 세진을 한참이나 바라보았다. 세진은 의아했지만 그녀가 말할 때까지 꿋꿋이 기다렸다.

"박건우. 그 남자를 훔쳐봐!"

세진의 눈빛이 흔들렸다. 이경은 그녀를 흥미롭게 지켜보았다. 세진은 어떻게 반응해야 할 지 몰랐다. 어색하게 웃으며 말문을 열었다.

"농담하신 거죠? 웃어야 하는데 놀라서 까먹어 버렸네."

이경은 전혀 웃지 않았다. 세진의 얼굴에도 웃음이 사라졌다.

"대표님?"

"아버지가 돌아왔다고 해도 박건우 그 사람, 그렇게 쉽게 성북동하고 끊지 못할 거야. 그런 사람이거든. 한번 결정하면 뒤를 안 보는 성격. 당분간, 어쩌면 더 오래 내 앞을 가로막겠지."

세진의 귀는 열렸지만 뇌는 돌아가지 않았다. 얼떨떨하기만 했다.

"그 사람, 떨쳐내고 가야 해. 안 그럼 지금까지 내 사업, 내계획 모두 물거품이 될 거야."

"그러니까 훔치라는 말씀이, 정확하게 무슨 뜻인지……."

"네 걸로 만들어. 네 손에 넣으라고. 박건우, 그 남자를."

"잠, 잠깐만요."

세진은 테이블 위에 놓인 물 잔을 들어 한입에 털어 넣었다. 이경은 이미 마음을 정한 듯 세진의 행동을 유심히, 심지어 재밌게 지켜보는 것 같았다. 세진은 속이 타는지 한 잔 더 마시려다 멈추었다.

"근데 그럴 수가 없잖아요. 한때지만 서로 좋아했고, 지금도 그 마음, 다 지워진 거 아닐 텐데. 그런 사람을 어떻게……."

"자신이 없는 거야, 하기 싫다는 거야?"

"모르겠어요. 어느 쪽인지. 둘 다인 거 같기도 하고."

"알았어."

이경의 말투가 냉랭해졌다.

"오해하지 마세요. 무조건 싫다는 건 아니에요. 박건우 씨, 제가 접근하면 의심할 거고, 설령 믿게 만든다고 해도 그런 식으로 사람 진심을 이용하는 건……. 대표님 계획이 중요한 거 알아요. 저 생각해볼게요. 하루만 주세요."

"그래. 알아서 해. 가봐."

이경은 자기 자리로 돌아가 서류를 펼쳤다. 세진은 몸 둘 바를 몰랐다.

"죄송합니다. 너무 갑작스러운 말씀이라……."

"알았다니까."

이경의 대답에는 다소 역정이 섞여 있었다. 세진은 일단 물러났다. 이경은 세진의 반응을 예상했다. 그녀의 갈등은 당연한 것이었다. 일단 주사위를 세진의 손에 쥐어주었다. 그녀가 던질지 말지에 따라 계획을 다시 세우기로 했다. 아침부터 이리저리 뛰어다닌 탓에 뒷목이 저려왔다. 비틀스 노래를 들어도 해결 못 할 만큼.

세진은 단숨에 생맥주 한 잔을 비웠다. 그리고 안주가 채 나오기도 전에 두 번째 잔을 주문했다. 가게 문이 딸랑거리는 소리와 함께 유나가 나타났다. 그녀는 세진을 발견하고는 새치름한 표정으로 건너편에 앉았다.

"아이고, 반갑수다. 어쩐 일이야. 돈 필요하니?"

세진은 유나의 반어적 표현이 너무나 그리웠다. 그냥 코끝이 아려왔다. 유나가 얼른 표정을 바꾸고 조심히 물었다.

"너 누구랑 사귀니?"

세진은 크게 웃음을 터트렸다.

"그냥 한번 보고 싶어서 연락했어. 잘 지냈어?"

"그래, 잘 지냈다. 하필이면 손님 많은 날에 연락하니? 근데 분명 뭔가 고민이 있는데 말이야."

유나가 테이블 앞으로 얼굴을 불쑥 들이밀었다. 그녀는 세진의 얼굴을 자세히 살폈다. 세진은 포커페이스를 유지하려 애썼다. 둘 사이 빈 공간에 알바생이 생맥주 잔을 내려놓았다.

"손님도 주문하시겠어요?"

당돌한 알바생이지만 그리 밉지 않았다. 유나도 같은 마음이었는지 생맥주를 한 모금 마시더니 새 주문을 넣었다.

"이건 됐고. 파울라너 두 잔 주세요. 생 말고 병으로."

알바생은 빌지를 체크하고 대답도 없이 사라졌다. 둘은 잠시 멍하게 서로를 바라보았다.

"우리 참 성질 많이 죽었다. 그치?"

세진은 고개를 끄덕이며 웃었다. 주문한 맥주가 나오고 얼른 서로의 잔을 채워 한 모금씩 들이켰다. 유나가 잔을 내려놓으며 운을 떼었다.

"자, 이제 말해보시오."

"유나 너 요즘 사귀는 사람 있니?"

유나는 고개를 저었다.

"잠시 여러모로 마음이 갈 뻔한 사람이 있었는데 어찌 알고 발길을 뚝 끊었더라고. 공무원같이 생겨가지고 하는 짓이 꼭 여우야. 근데 왜? 너 지금 누구랑 사귀는 거 맞지?"

"아냐, 음, 아는 사람이 둘 있는데 전에 사귀었나 봐. 그런데 지금은 서로 경쟁하고, 해코지하고, 서로 마음에 상처를 주고……."

"아하, 그러니깐 네가 좋아하는 사람 이야기구나. 됐어. 부정할 필욘 없어. 나의 풍부한 경험에 비춰볼 때, 그 둘은 원수 사이 아니면, 옛날에 진정 사랑한 사이였을 거야. 아님 둘 다 사랑에 서툰 사람이든지."

"사랑에 서툴다?"

"하겠습니다. 해볼게요."

세진은 출근하자마자 이경을 찾아가 당찬 모습을 보였다. 이경은 잠시 그녀를 바라보았다.

"됐어."

세진이 이경의 뜻밖의 대답에 당황스러웠다. 밤새 고민 끝에 각오하고 왔건만.

"하루 저녁 대역하는 게 아냐. 마음고생 심할 거고, 양심에도 찔릴 거야. 확신도 없이 등 떠밀려 시작했다간 결국 포기하게 돼. 그건 안 하느니만 못해."

"할 수 있어요!"

이경은 그녀를 가늠했다.

"대표님 계획 실패하면 저도 망하는 거잖아요. 저, 아직도 멀었는데 여기서 멈추기 싫어요. 무조건 지시대로 하겠습니다."

이경은 고개를 끄덕이다 서랍에서 뭔가를 꺼내 세진에게 내밀었다. 초대장 봉투였다. 세진이 열어보니 '리더 22 초대장'이라고 적혀 있었다.

"그 사람도 초대받았어. 가서 한번 잘해봐."

"궁, 궁금한 게 하나 있어요. 대표님은 정말 아무렇지도 않으세요?"

이경이 담담한 어투로 답했다.

"착한 사람이고, 좋은 기억들이야. 거기서 끝! 그 이상의 의미는 없어. 지금은 날 가로막는 장애물 중 하나일 뿐이야."

건우는 운전대를 문 실장에게 맡기고 뒷좌석에 몸을 기댔다. 따스한 햇볕에 기분이 좋아질 만도 하지만 마음은 편하지 않았다. 장태준의 조카가 주최하는 모임에 참석하라는 무언의 지시에 어쩔 수 없이 따르는 중이었다. 그것도 한낮의 파티라. 혼잣말로 욕이라도 퍼 부울 생각이었는데 마침 남종규에게서 전화가 왔다.

"어르신 바꿔드리겠습니다."

처음부터 자신이 걸지 왜 한 다리 건너는지 건우는 못마땅했으나 휴대폰을 받아 드는 기척이 느껴졌다.

"어디냐?"

"네, 지금 가고 있는 중입니다."

"그래, 가서 자리 좀 빛내주게나. 아버지도 절박했을 게야. 아들을 뺏긴다고 생각했겠지. 그러니까 두바이까지 포기하고 병보석을 받은 거 아니겠니?"

"아버지께 말씀드렸습니다. 신세 진 거 갚기 전에는 못 돌아간다고요."

"신세는 무슨, 난 해준 것도 없다. 원하면 지금이라도 가서 박무일이 수발이나 들려무나."

건우는 마음이 착잡했는지 대답을 바로 하지 못했다.

"내가 왜 봉수 딸 대신 너를 택한 줄 아니? 너야 어릴 때부터 지켜봤고, 품성을 알지만 그 아이는 속을 알 수가 없거든. 능력은 있어 보인다만."

"제가 못미더우십니까?"

"허허, 이만 전화 끊겠네."

수화기 너머 웃음소리가 여전히 들렸다. 남종규가 전화를 넘겨받았다.

"회장님 석방 소식에 심기가 어지러워지셨습니다."

"효심은 버리고 충성심을 보여라, 그 말씀을 어렵게 하시네요."

"오늘 모임 잘 다녀오세요. 그럼."

화려하게 차려입은 세진이 홀에 들어섰다. 화려한 옷과 어떻게 보면 어울리지 않는 그녀의 자태가 오히려 신선한 인상을 주기에 충분했다. 테이블에 앉아 있거나 바에 기대 있던 젊은 남성들의 시선이 일제히 그녀에게로 쏠렸다. 아예 몇몇은 대놓고 그녀를 훑어보았다. 개중 가장 연배인 자가 미소를 보이며 세진에게 다가왔다. 무척이나 자연스러운 동작이었다.

"이 모임을 주최한 장현일입니다. 실례지만……."

세진은 다소 도도한 얼굴로 초대장을 꺼냈다.

"갤러리 S, 이세진입니다. 대표님이 바쁘셔서 대신 왔어요."

"대표님이 바빠서 다행입니다. 하하. 반갑습니다. 이쪽으로."

세진은 주최자의 뒤를 따르며 주위를 두리번거렸다. 구석 테이블에 홀로 멍하게 앉아 있는 건우가 보였다. 마침 주최자가 건우 쪽으로 향했다. 가는 도중에 사내 둘이 더 붙었고 가볍게 통성명을 했다. 그중 한 명이 건우에게 말을 건넸다.

"어이, 언제 귀국했어? 몇 년 만이야?"

"아이고, 선배님. 여기서 뵙네요. 그 참."

건우는 벌떡 일어섰다. 아는 사람을 만나서 반가운지 무척이나 큰소리로 인사했다. 모임 주최자가 살짝 끼어들었다.

"회장님 병보석 받으셨다면서요? 다행입니다."

건우가 멋쩍게 웃다가 세진과 눈이 마주쳤다. 세진이 가볍게 미소로 응대했다. 선배가 서로를 인사시켰다.

"이쪽은 제 대학 후배, 무진그룹 박건우, 이분은 갤러리 S 이세진 씨."

"알아요. 전에 뵌 적 있거든요."

세진이 상큼한 미소를 날렸다. 건우가 심드렁하게 반응했다.

"이제는 본명으로 다니시네? 서이경 대역 안 하고."

"대표님이 절 믿으시거든요."

"그럼 오늘도 중요한 일 하러 오셨겠군요. 어르신 조카한테 정보 캐려고요? 아니면 돈이 될 만한 남자라도 유혹하러 오셨나?"

"맞혀보세요. 내가 누굴 꼬시러 왔는지."

세진은 교육받은 대로 미소만 남기고 다른 테이블로 걸음을 옮겼다. 건우는 어이가 없었지만 그녀에게서 눈을 떼진 않았다. 세진이 등 뒤의 시선을 느끼고는 속으로 첫 단추를 끼웠다고 자평했다. 이경에게 칭찬받을 생각을 하니 어깨가 으쓱해졌다.

이경은 호텔 커피숍 내실에서 손 회장, 손기태 부자를 마주 보고 있었다. 그녀의 뒤편에 조 이사가 여느 때처럼 위치해 있었다.

"소식 들으신 걸로 압니다. 성북동에서 최 회장님께 협회를 맡겼더군요."

"기껏 불러낸 이유가 불난 데 부채질하겠다는 거야?"

손기태가 욱하며 큰소리를 냈다.

"최 회장이면 성북동이 원하는 허수아비 자격 충분하죠. 죽으라면 죽는 시늉, 살라면 살았다고 만세 부를 위인이니까."

손 회장이 말을 마치고 차 한 모금 마시는 이경을 미심쩍게 쳐다보았다.

"그래서? 나보고 어르신 찾아가 죽는 시늉이라도 하라는 건가?"

"네? 만나주지도 않을 겁니다. 회장님은 이미 쓸모가……."

"야, 서이경!"

손기태가 벌떡 일어나며 삿대질을 했다. 조 이사가 앞으로 나섰다.

"말씀 삼가시죠."

평소와 달리 냉혹한 눈빛을 보내는 조 이사를 보고 손기태는 움찔했다.

"이사님, 나가 계세요."

조 이사는 말대답 없이 순순히 바깥으로 물러났다.

"너도 나가 있어."

"아버지, 이 여자 수작에 넘어가지 마세요!"

"나가 있으라니까!"

손기태는 의자를 거칠게 치고 나갔다.

"어르신 계좌들 아직 최 회장한테 인수인계 안 하셨죠?"

"그건……."

"암호 계좌가 들어 있는 하드, 저한테 넘기세요. 그걸로 회장님 퇴직금 만들어드리겠습니다."

손 회장은 제법 큰소리로 웃었다. 진심으로 우스운 모양이었다.

"서 대표, 잘못 알고 있구먼. 그 하드가 있다고 해서 계좌를 맘대로 열 수 있는 게 아냐."

"네, 알고 있습니다. 암호가 동기화된 하드는 두 개. 하나는 협회에, 다른 하나는 성북동에 있죠. 계좌를 열기 위해선 그 두 개가 동시에 연결돼야 하고요."

손 회장은 다소 놀란 표정으로 입을 잠시 벌렸다.

"그 계좌에서 빼내겠다는 게 아닙니다. 커다란 자금줄을 틀어막으면 다급해진 성북동에서 직접 토해낼 겁니다. 계좌 잔액의 10%! 그 정도면 토사구팽 당하신 퇴직금으로 충분하겠죠."

"10퍼센트? 어르신이 순순히 응할 거 같은가?"

"순순히 성사되는 거래는 없습니다. 그쪽에서 수락하게 만들어야죠. 명예도 잃었는데 이득이라도 챙기셔야죠. 회장님은 암호 하드만 넘기세요. 나머진 제가 알아서 합니다."

손 회장의 눈빛이 흔들렸다.

모임의 관심과 집중은 단연 세진의 것이었다. 그녀는 사내들에 둘러싸여 있었다. 세진은 사내들의 말에 웃으면서 맞장구치다가도 건우을 놓치지 않기 위해 교묘하게 주위를 둘러보았다. 여전히 처음 앉았던 구석 테이블에서 멍한 시선으로 엄한 곳을 쳐다보고 있었다.

세진은 슬슬 작업에 들어갈 요량으로 주위 사내들에게 눈인사를 하며 천천히 그들에게서 벗어났다. 그런데 건우가 벌떡 일어나 홀 밖으로 나가는 게 아닌가. 세진은 조심스레 그를 따라갔다. 그는 빈 방을 하나 찾더니 그 안으로 들어가 버렸다. 세진은 닫혀 있는 방문에 귀를 바짝 대고 작은 소리라도 들어보려 애썼다. 무슨 소리가 들리긴 했다. 세진은 궁금함에 조금 더 귀를 기울였다. 일정한 박자로 울리는 소리, 노래 소리였다. 분명 낯익은 멜로디 같은데. 그녀는 답답한지 노크도 하지 않고 불쑥 문을 열었다.

역시 잘 아는 노래였다. 'Honey pie' 비틀즈 화이트 앨범 수록곡으로 아주 경쾌하고 짧은 곡이다. 뭐야, 두 사람! 하마터면 세진은 입 밖으로 말을 내뱉을 뻔했다. 둘 다 같은 음반, 같은 노래를 부르면서 도대체 뭘 하는 건지 세진은 이해할 수 없었다.

"세진 씨?"

세진은 놀란 눈으로 자신을 바라보는 건우를 내버려두고 돌아섰다. 이건 미션 임파서블이야! 그녀는 절망적인 기분으로 벽을 한 번 차고는 밖으로 뛰쳐나갔다.

의기소침한 모습으로 돌아온 세진은 이경의 집무실을 찾았다.

"잘 갔다 왔니?"

서류를 보고 있던 이경은 잠깐 고개를 들어 세진을 바라보았다. 자신에 차 나갈 때완 사뭇 다른 얼굴이었다.

"대표님. 저 못 하겠어요. 박건우 씨는 아직도 대표님을, 그것도 아주 많이 마음속에 갖고 있는 것 같아요. 그런 사람 마음 비집고 들어가는 거. 그, 그러면 안 될 거 같아요. 죄송해요, 대표님."

세진은 고개를 숙였다.

"왜 그렇게 생각하는지 모르겠지만 사실 기대도 안 했어. 확인하려던 것뿐이야. 네 한계가 어디까지인지. 내려가 있어. 오늘 회식이니깐."

이경은 서류에 눈길을 돌리며 무심하게 말했다. 풀이 죽어 축 늘어진 세진은 그냥 뒤돌아 나올 수밖에 없었다. 출근해서 첫 회식이건만 그녀는 하나도 즐겁지 않았다.

"어서 와."

아래층에서 김 작가가 반갑게 세진을 맞았다. 세진은 우울하던 기분이 조금 풀리는 듯 했다.

"이게 다 뭐예요? 예쁘다!"

"연말은 아니지만 겨울이잖아. 우리도 기분 좀 내야지. 더구나 세진이 오고 첫 회식이니 있다가 와인 파티 해야지."

"뭐 도와드릴까요?"

세진이 선물용 박스를 옮기려 몸을 숙이는데 이경이 내려왔다. 세진은 눈을 마주치지 못하고 바쁜 척 박스를 날랐다. 김 작가가 다과 쟁반과 와인으로 근사한 분위기를 만들었다.

"자, 대표님도 오셨는데 자리에 앉으세요."

김 작가는 무척 신나 보였다. 조 이사는 이경의 의자를 앉기 쉽게 뒤로 빼고는 그 옆자리에 앉았다. 탁은 와인 코르크를 능숙하게 땄다. 세진은 침울한 기색을 지우지 못하고 자리에 앉았다.

어느새 각자 앞에 놓인 와인 잔이 가득 찼다. 모두 이경의 한 마디를 기다리는데 조 이사가 자리에서 일어섰다.

"오랜만에 회식을 하는군요. 아직 1년이 다 지나지 않았지만 지금껏 수고 많았어요. 남은 해와 다음 해를 위해서 대표님 모시고 열심히 합시다. 건배!"

나무랄 데 없는 건배사였다. 술이 몇 순배 돌자 화기애애한 분위기가 조성되었다. 이경의 얼굴에도 냉랭한 기운은 사라지고 없었다. 세진의 마음도 조금씩 풀렸다.

"아무리 조촐해도 대표님 말씀 한마디는 들어야지! 대표님?"

이경은 빼지 않고 와인 잔을 내려놓고 일어섰다. 일동 행동을 멈추고 그녀를 주목했다.

"오늘 특별히 인사하고 싶은 사람이 있어요. 함께 일한 지 얼마 안 됐지만 누구보다 열심히 해줬거든요. 세진이 일어나."

박수 소리가 쏟아지자 세진은 얼떨떨했다. 눈물이 핑 돌았다. 애써 감정을 추스르며 자리에서 일어났다.

"힘들었을 텐데 잘해줬어."

"아니에요! 많이 부족해서 별로 도움도……."

"지금까지 한 걸로 충분해. 이제 돌아가."

"네?"

갤러리 식구들은 흐뭇하게 세진을 보다가 일순 표정이 굳어졌다.

"할 일 끝났으니까 가도 된다고."

"대표님? 그, 그게 무슨 말씀이세요?"

"넌 해고야."

감정이 섞이지 않는 말투였다. 세진은 그저 멍해 더 이상 말을 할 수 없었다. 김 작가와 탁이 벌떡 일어섰다.

"뭐 해요? 좋은 걸로 한 병 더 따요."

이경은 곧장 계단으로 향했다. 그냥 집무실로 올라갈 모양이었다. 세진은 억울해도 이렇게 억울할 수 없었다. 이대로 말없이 사라지면 안 될 것 같았다. 그녀는 이경을 따라가며 말했다.

"왜요? 절 해고하시는 이유가 뭔데요!"

이경이 기다렸다는 듯 돌아섰다.

"더 이상 필요 없으니까. 내가 널 계속 원해야 하는데, 그럴 이유가 없어졌어. 난, 약해빠진 인간은 질색이거든."

세진은 파르르 떨리는 입술로 힘겹게 내뱉었다.

"박건우 씨 일 때문인가요?"

"물론 그것도 포함해서."

"날, 날 만들어준다면서요? 대표님처럼. 그래서 철저하게 써먹을 거라고 했잖아요?"

"물론 그럴 생각이었지. 안 된다는 거 알았고. 나도 실수할 때가 있으니까."

세진은 충격과 배신감에 몸이 떨렸다.

"내 진짜 모습을 비추겠다면서 넌 그럴 준비도, 각오도 안 돼 있어. 그저 말뿐이었지. 우리 거래는 여기까지야."

세진은 충격을 넘어 모멸감을 느꼈다. 분노도 솟구쳤다. 입술을 깨물며 걸음을 옮겼다.

바깥의 날이 추운 건지 모멸감에 몸이 떨리는 건지 알 수 없었다. 세진은 휘청거리며 걸음을 재촉했다. 눈물도 나오지 않았다.

"이세진, 야, 이세진!"

뜻밖에 탁이 쫓아왔다. 감정이라곤 내비치지 않는 그가 웬일인가 싶기도 했지만 말 섞을 자신이 없었다. 그저 휘청휘청 걸음을 옮길 뿐이었다. 탁이 이내 세진의 팔을 낚아챘다.

"이렇게 가면 어떡해? 돌아가자."

"돌아가? 어디로? 누구한테?"

"대표님한테 가자."

세진은 탁의 손을 뿌리치고 눈 가린 경주마처럼 곧장 걸어 갔다. 탁도 더 이상 따라가지 않았다. 탁이 돌아서는데 이경이 3층에서 내려다보고 있었다. 그 뒤로 조 이사의 그림자도 보였다.

"충격이 클 겁니다. 돌아올까요?"

"진짜 욕망을 깨닫지 못하면 돌아온다고 해도 의미 없어요. 그 아이한테는 마지막 테스트가 될 거예요."

건우는 날이 밝자마자 병원에 도착했다. 병실로 다가가는데 비서실 직원이 막아섰다.

"죄송합니다, 팀장님. 면회 사절하신답니다."

"저 아들이에요."

건우는 하도 어이가 없어 웃음이 나왔다.

"그러니까 안 된다는 거야."

아침부터 듣기 껄끄러운 목소리였다. 건우는 각오를 하고 돌아서 작은아버지를 맞았다. 각오해야 할 상대가 한 명 더 있었다. 이경이다!

"아들 얼굴만 봐도 울화가 치미실 텐데, 아버지 혈압 챙겨야지."

"작은아버진 든든하시겠어요. 이렇게 막강한 비선 실세 거느리고 다니셔서."

"나만 든든하겠냐? 형님도 천군만마를 얻은 셈이지."

"선물 고맙다. 우리 아버지, 어떻게 설득한 거야?"

건우의 얕은 비아냥거림도 이경은 담담히 받아넘겼다.

"뭐하냐? 얼른 성북동 가서 심부름하지 않고?"

박무삼은 보란 듯이 병실 문을 두드렸다.

"형님! 무삼이 왔습니다."

박무삼이 안으로 들어가자 건우는 이경을 걸고 넘어졌다.

"차곡차곡 잘하네. 어느새 여기까지 올라왔어."

"아버지 친구 분인데 병문안 정도는 와야지. 다른 친구 분은 잘 지내시지?"

"알면서 묻는 버릇 좀 고치지 그러냐? 어르신 동정 캐보려고 저번 모임 때 사람까지 보냈으면서. 이세진 맞나?"

"잘랐어."

"응?"

"욕심 많고 똑똑한 아인데, 중요할 때 양심적이야. 너도 알 잖아. 양심, 도덕, 정직 그렇게 현금가치 없는 단어들 내가 싫어하는 거. 그래서 해고했어."

이경은 넋을 잃은 건우를 살짝 밀어내며 병실로 들어갔다. 건우는 폰을 꺼내 단축번호를 눌렀다.

"실장님, 뭐 좀 알아봐주세요. 갤러리 S에서 일하던 이세진이라는 친구, 인적사항이나 뭐든 부탁해요. 되도록 빨리 부탁해요."

침대에 기대 앉아 있는 박무일 곁에 박무삼과 이경이 나란히 섰다.

"장태준이가 우찌 이리 서두르는지 아나? 차기 대선이 마빡에 닿았는데 돈줄이 말라가 그란다 아이가. 우리 무진그룹을 곶감처럼 빼물라꼬? 내 이제 바깥에 나온 이상 어림 반 푼어치도 없다!"

"맞심니더, 제가 건우 대신 형님 보필 열심히 하겠습니다."

박무일은 어이없다는 듯 동생을 쳐다보았다.

"해임시키라는 거 겨우 뜯어말렸다. 니 한 번 더 기회 준다. 똑똑히 해라."

"옳으신 결정입니다."

박무삼이 굽실거리며 대답할 사이도 없이 이경이 말했다.

"성북동에 맞서려면 진용부터 갖추셔야죠. 필요한 사람 모으고, 지금 루트 막고. 하실 일이 많습니다. 그러다 보면 박건우 씨도 돌아올 타이밍을 찾을 겁니다."

박무삼이 이경의 말에 삐딱한 낯짝을 보였다.

"무삼이 니 잠깐 나가 있거라. 뭐 하노, 안 나가고?"

"같은 편끼리 비밀 같은 거 만들지 맙시다."

박무삼은 나름 뼈 있는 말 하나 던지고 휑하니 나갔다.

"나야 내 자식 위해 이렇게 하지만 니는 무슨 속셈이고? 장태준이한테 복수할라 그라나?"

"그런 실속 없는 명분, 관심 없습니다. 저희 아버지 것을 빼앗아서 회장님과 어르신이 움켜쥔 부와 권력. 그게 어떤 건지 저도 손에 넣어보고 싶어서요."

"거 다 별거 아이다. 천하에 부질없는 기다."

"제 소감은 가져본 뒤에 말씀드리죠."

장태준은 정성스럽게 먹을 갈았다. 맞은편, 테이블 양편에 마주 앉은 남종규와 최 회장은 노트북을 쳐다보다 각자 케이스에서 하드를 꺼내 작동시켰다. 시간이 지나도 프로그램이 진행되지 않아 당황한 기색이 역력했다.

"아니 이게, 당최 이게 무슨 일인지."

"최 회장님, 인수인계 확실히 받으셨습니까?"

"여부가 있겠나? 허어, 이것 참."

최 회장이 쩔쩔매며 신음을 흘리고, 남종규는 심각한 표정으로 하드를 코앞으로 가져갔다. 장태준은 먹 갈던 손을 멈추었다.

"아무래도 그 아이가 장난친 것 같군."

이경은 테이블 위에 놓인 하드 케이스를 만지작거리며 연신 휴대폰을 살폈다. 폰이 울렸다.

"서이경입니다."

"어르신께서 많이 웃으시고 재미있어 하셨습니다. 이제 갖고 계신 물건, 주인에게 돌려주라 하시는데요."

남종규의 날카로운 음성에서 분노가 전해져왔다.

"손 회장 퇴직금으로 계좌 잔액의 10프로. 제 몫으론 과징금의 300프로가 적당하겠네요. 감원 조사 받느라 피해 입은 영업 손실은 제외했습니다."

"어르신께서 언짢아하실 겁니다."

"앞으로 더 언짢아지시겠네요. 차기 대선이 다가오는데 커다란 돈줄이 막혔으니. 그럼, 이만."

이경이 대답을 듣지 않고 전화를 끊었다.

"협상의 여지가 있을까요?"

조 이사가 걱정스러워했다.

"협상이 아니라 협박이에요. 어차피 돈이 목적도 아닌걸요."

장태준은 문방사우를 집어 던지려다, 지난번에 치운다고 한번 혼쭐이 났기에 종이만 갈기갈기 찢어버렸다. 남종규는 주군의 심기를 살피기 바빴고, 건우는 소파에 묵묵히 앉아 있었다.

"맹랑한 녀석 같으니라고. 이사장, 공원에 비둘기 한 놈한테 빵가루를 뿌려보게. 그럼 순식간에 몰려든 비둘기들에 휩싸여 오도 가도 못 하게 되지. 깃털 날리고, 부리로 쪼아대고. 애당초 빵가루를 흘려주면 안 되는 게야."

"국세청이나 검찰, 다른 식으로 압박하겠습니다."

"역효과만 날 겁니다."

건우가 끼어들었다.

"서이경 대표, 제가 조금 알거든요. 상대가 칼로 찌르면 총으로 받아치는 성격입니다. 저한테 맡겨주세요. 어르신께 신세진 거 이번 기회에 갚겠습니다."

문 실장이 룸미러로 건우를 훔쳐보았다. 그는 눈을 감고 미간을 찌푸리고 있었다. 요즘 운전대를 자신에게 맡기는 일이 잦은 걸 봐서는 아무래도 생각할 일이 많은 듯 했다.

"옆 좌석에 이세진 씨 인적사항 준비해두었습니다."

순간 건우는 번쩍 묘수가 떠올랐다. 그는 서둘러 보고서를 훑고는 폰을 꺼냈다. 세진이 힘없는 목소리로 전화를 받았다.

"갤러리 S, 해고당했다면서요?"

"할 말 없네요."

"갤러리 S, 복직 안 할래요?"

세진은 침묵했다. 건우가 계속 말을 이어갔다.

"세진 씨가 도와줬으면 하는 일이 있어요."

여전히 반응이 없자 건우는 결정타를 날렸다.

"서이경한테 이용만 당하고 끝낼 거예요?"

건우는 카푸치노 한 모금을 음미했다. 세진은 앞에 놓인 카푸치노에 일절 손대지 않았다.

"다른 걸 시킬 걸 그랬나 봐요?"

건우는 아무 반응이 없는 세진에게 곧바로 본론을 꺼내 놓았다.

"이경이는 다른 사람한테 관심 없어요. 관심 받는 것도 싫어하고. 근데 세진 씨는 달라요."

"그런데도 보기 좋게 해고당했죠."

세진이 드디어 반응을 보이며 카푸치노에 손을 가져갔다.

"한 번 더 기회를 달라고 하면 받아줄 겁니다. 분명히."

"그러니깐 그다음엔 박건우 씨 스파이하면 되고요?"

"보수는 넉넉하게 드릴게요."

"이런 거래, 안 하는 분인 줄 알았어요. 제가 생각한 느낌하곤 좀 다르네요."

"저도 저한테 놀라는 중입니다."

건우가 자조적인 쓴 웃음을 보였다.

"좋아했던 마음 따로, 이기고 싶은 욕심 따로, 뭐 그런 건가요?"

건우는 흠칫하며 턱까지 올렸던 카푸치노를 내려놓았다.

"이경이…… 멈추게 하려고요. 이대로 계속 달리면 결국 넘어질 겁니다."

"위선 아니에요? 대표님 배신하라고 부하였던 절 매수하고 계신 분이."

"하하, 이제 이경이가 특별히 여기는 이유를 알겠네요. 닮은 데가 많아요, 두 사람."

그 말이 묘하게도 세진의 심장을 다시 뛰게 만들었다.

"예전에 이경이도 그랬거든요. 가시 같은 말 아프게 잘 쏘고 상대가 누구든 기죽지 않죠. 그리고 무엇보다도 지금 세진 씨 눈빛이랑 비슷했어요."

"휴우, 대표님한테 충분히 이용당했어요. 다른 사람한테 또 당하고 싶지 않네요."

건우는 일어서는 그녀에게 명함을 쥐어주었다.

"상황은 바뀌고, 생각도 변합니다. 마음 바뀌면 언제든 연락 주세요."

세진은 명함을 테이블 위에 올려두고 돌아섰다. 건우는 한숨을 쉬고, 남은 카푸치노를 비웠다.

모두 퇴근하고 부분 조명만 켜진 2층. 이경이 계단을 내려와 잠시 둘러보다 소파에 앉아 세진의 빈자리를 한동안 바라보았다. 상념에 빠지려는 순간, 여지없이 전화가 울렸다. 발신인이 박무삼이었다. 그녀는 성가셨지만 전화를 받았다.

"서 대표, 뭐 사고 친 거 있나?"

"무슨 말씀이세요?"

"서울지검에 내 빨대가 연락했어. 검찰이 갤러리 S에 압수수색 들어간다고! 위작 거래 혐의라는데, 우리 회사 이름도 나온 모양이야. 뒤처리가 덜 된 거 아뇨?"

"짚이는 데가 있으니 염려 마세요. 영장 받을 명분이 필요해서 갖다 붙인 혐의에요. 이만 끊습니다."

이경이 긴 한숨에 몸을 뒤로 뉘었다. 눈을 감고 앞으로 벌어질 수순을 짚어봤다. 어떤 식으로든 수가 나긴 나겠지만 결코 만만치 않을 싸움이었다. 이경은 그만 잠자리에 들려는 생각에 눈을 떴다. 그러자 세진의 빈자리가 다시 시야에 들어왔다. 그녀는 다시 눈을 살포시 감았다. 소파에서 자는 것도 나쁘지 않을 것 같다는 생각이 들었다.

건우는 넉넉한 햇살을 받으며 필사하는 장태준에게 매서운 시선을 날렸다.

"서이경 대표, 저한테 맡겨 달라고 말씀드렸습니다. 암호 계좌, 제가 찾을 수 있다고 약속 드렸고요."

"그거 찾으라고 보낸 압수 수색입니다. 박건우 씨보다 빨리 찾으면 수고가 덜지 않겠습니까?"

남종규가 장태준을 대신해 막아섰다. 이어 장태준이 붓을 내려놓았다.

"건우야, 그 아이가 왜 이런 장난을 치는 줄 아니? 돈? 처음엔 그런 줄 알았는데 액수가 애매해. 그렇다고 그 키 하나만 갖고선 내 계좌를 열 수도 없지. 내게 봐달라고 말하는 게다.

자기가 이렇게 거치적거리는 존재라는 거. 그 녀석 볼수록 맹랑하단 말이야."

장태준은 가소롭다는 듯 너털웃음을 터뜨리고는 다시 붓을 들었다. 건우는 테이블 아래에서 주먹을 불끈 쥐었다.

검찰 수사관들은 갤러리 S를 온통 헤집어 놓았다. 이경의 책상이며 책장도 예외는 아니었다. 이경은 팔짱을 낀 채 눈을 감았다. 수사관들이 압수물이 담긴 박스를 안고 부지런히 왔다 갔다 했다. 조 이사가 마지막 박스를 들고 나서는 수사관과 엇갈리며 들어왔다. 이경에게 나지막이 보고했다.

"하드는 무사합니다."

"지난번엔 금감원, 이번에는 검찰. 이빨 빠진 호랑이라도 발톱은 날카롭네요."

응접실 한쪽에서 통화를 끝낸 남종규의 표정이 좋지 않았다. 건우가 냉소를 흘렸다.

"헛물 켠 모양이죠? 어르신께 한소리 들으시겠어요."

남종규는 입술을 깨물며 건우를 지나치려는데 그가 다가섰다.

"한 방에 명중시킬 자신 없으면 서이경, 함부로 겨누지 마세요. 전에도 경고했는데."

남종규는 지극히 사무적인 태도로 급변했다.

"이제 믿을 건 박건우 씨뿐입니다. 어르신께 좋은 소식 기대해도 되겠습니까?"

건우는 남종규의 언행에 혀를 내둘렀다.

"너무 기대하진 마십쇼. 뚜껑은 열어봐야 알죠. 아무튼 내 식대로 합니다. 이번엔 좀 변칙이지만."

이경이 흐트러진 모습으로 소파에서 일어섰다. 노크 소리에 대답하진 않았지만 문이 열리는 소리에 고개를 돌려 입구 쪽을 바라보았다. 세진이었다.

"피곤해 보이네."

"대표님도요."

"남은 용건이 있었나? 간단히 해. 쉬려던 참이야."

"박건우 씨, 제가 훔칠게요."

"이제 와서 무리할 필요 없어."

"지시 때문에 하겠다는 게 아니에요. 대표님이 그러셨잖아요. 위를 봐야 답이 나온다고. 재벌 2세를 내 남자로 만들면 그 인생, 확실하게 금테 두르는 거죠."

이경의 입가에 미소가 살짝 번졌다.

"자신만만하네. 방법은?"

"박건우 씨가 먼저 찾아왔어요. 그쪽도 절 이용하고 싶어 해요, 대표님처럼."

"시작은 쉬워. 어려운 건 그다음이지."

"쉬운 일이면 시키지도 않으셨겠죠."

"결국 내 도움이 필요하단 소리잖아. 네 이용가치는 내 옆에 있어야 생기는 거니까."

"기다리고 계셨잖아요. 이렇게 제 발로 돌아왔으니까, 그냥 받아주시면 돼요."

"부탁할 때는 거절당할 각오도 하라고 했을 텐데."

"거절하실 리 없죠. 저는 대표님 계획에 꼭 필요한 만능키 니까."

둘은 팽팽한 시선으로 마주했다. 이경이 일어나 세진에게 다가갔다.

"어쩌다 마음이 바뀌었을까?"

"지긋지긋해서요. 저만 호구처럼 이용당하는 게. 저도 철저 하게 이용할 거예요. 박건우 씨는 물론이고 필요하면 대표님까 지."

"그게 가능하겠어?"

"대표님이 절 버리셔도 포기 안 해요. 바로 보여드릴게요."

세진은 폰을 꺼내 어디론가 전화를 걸었다.

"박건우 씨, 저 이세진이에요. 갤러리 S에 다시 왔어요. 도와

달라는 일이 뭐예요? 사진 있으면 보내주세요. 참, 보수는 박 건우 씨가 생각한 액수의 세 배. 네고는 없어요. 그렇게 하죠. 다시 연락할게요."

잠시 후, 문자음이 울렸다. 암호 하드 사진이었다.

"이리 와 앉아. 아마 이걸 찾고 있을 거야."

이경이 사진 속 하드를 들어 보였다.

"이 안에 번화가 한 블록은 통째로 살 수 있는 돈이 들어 있어. 하지만 반쪽짜리 열쇠라 무용지물이지. 그건 성북동도 마찬가지야. 건우 씨한테 넘겨, 네 손으로 직접."

이경이 암호 하드를 세진에게 건넸다. 세진은 얼떨결에 받아 들었다.

"이 정도 공을 세우면 건우 씨, 홀가분하게 성북동을 떠날 수 있을 거야. 세진이 너하곤 단단한 커넥션이 생기는 거고. 반쪽짜리 열쇠치고 쓸모가 많아."

"처음부터 박건우 씨가 저한테 접근할 거라고 예상하셨어 요? 그래서 절 해고하신 거고요?"

"내가 신내림 받았니? 반반이었어. 네가 돌아올 수도 있고 완전히 포기할 수도 있었으니까."

"어설프게 다가갔다간 박건우 씨가 믿지 않을 테니까. 끝까 지 철저하게……."

세진은 뭔가 깨달음을 얻은 듯했다. 이경이 끄덕였다.

"사람을 상대할 땐 진짜를 섞지 마. 그 상대가 박건우든, 누구든. 진심이 조금이라도 끼어들면 다른 가짜가 전부 드러나 버려."

세진은 지금까지의 상황을 빠르게 복기하며 건우를 만났을 때의 수도 짜기 시작했다. 이경이 갑자기 일어섰다. 세진도 따라 일어났다. 이경이 손을 내밀었다.

"잘 왔어."

세진이 당당한 태도로 내민 손을 꼭 부여잡았다. 그녀의 머릿속에 다음 수가 벌써 떠올랐다.

세진은 카푸치노를 한 모금 마시고는 입가의 거품을 살짝 닦았다.

"찾아달라던 물건, 이거 아니에요?"

건우는 반가운 마음으로 하드를 받아 살폈으나 그녀를 미심쩍게 쳐다보았다.

"수사관들도 못 찾았는데 생각보다 빨리 찾았네요?"

"압수 수색 들이닥치니까 대표님이 저한테 하드 위치를 알려주셨죠. 빨리 다른 곳에 숨기라고."

"그래서요?"

건우가 몸을 테이블로 바짝 붙였다.

"전 안전한 곳에 빼돌려놓고선 대표님께 거짓말했죠. 간발의 차이로 검찰이 먼저 찾아냈다고. 즉 수사관들이 가져갔다고 말했죠. 그러니까 대표님은 절 의심할 이유가 없죠."

건우는 세진의 말을 곱씹었다.

"건우씨도 이 물건 주인한테 그렇게 설명해야 해요. 대표님은 검찰에서 압수한 걸로 알고 있다고."

건우의 눈빛에서 의심이 점차 사라졌다.

"괜찮겠어요? 이 일 때문에 세진 씨가 위험해지는 건……."

"큰 위험엔 큰 보수가 따른다. 카드 안 되고 현금만 받아요."

건우는 재킷 안쪽에서 돈 봉투를 꺼냈다.

"급하게 돈 쓸 일이 생긴 겁니까?"

"돈이야 늘 부족하죠. 제 형편 아시잖아요. 뒷조사도 다 했으면서."

"이렇게 빨리 연락할 줄 몰랐어요."

"상황은 바뀌고 생각도 변하니까요. 박건우 씨가 한 말, 맞죠?"

"아무튼 고맙습니다. 우리 거래는 이걸로 끝냅시다. 이경이랑 싸우는데 세진 씨까지 망가질 필요 없어요."

세진은 돈 봉투를 흔들며 건우에게 자신만만한 태도로 말했다.

"돈 때문에 일했고, 부끄럽지 않아요. 내가 망가지든 말든, 그쪽이 무슨 상관인데요? 있는 척, 잘난 척은 봐주겠는데 착한 척까진 하지 마시죠?"

세진은 찬바람 날리며 나갔다. 건우는 한 방 맞은 기분이었다. 카푸치노 향기가 여전히 주위를 휘감았다.

박무일은 이경이 건네 자료를 보며 놀라움을 감추지 못했다.

"짧은 기간에 회사를 이리 키울라모 밤잠도 못자고 일했을 낀데 고생 마이 했네. 내 도와줄 거 있으모 말해 본나."

조용히 건너편에서 기다리던 이경이 말했다.

"회사에 대해 알고 싶다고 하셔서 가져온 자료예요. 다른 뜻은 없습니다."

"그래, 핏줄은 못 속인다 카더니 봉수를 닮아가 사업 수완이 좋은갑다."

"회장님 핏줄도 불러들이셔야죠."

박무일은 멈칫하며 이경의 다음 말을 기다렸다.

"언제까지 성북동에서 심부름이나 하게 두실 겁니까? 박건우 씨 이대로 가면 그쪽 사람이 되고 말 겁니다."

"일 없다! 지 좋아서 한다는데 안 보믄 그만이다!"

"어쩌면 성북동 어르신한테 방패막이로 잡혔는지도 모르죠."

"방패막이?"

"두 분 오랜 세월 함께하셨습니다. 알아야 할 것, 몰라도 되는 것까지 속속들이 알고 계시죠. 회장님께서 그 어른에게 치명적인 약점이 될 뭔가를 갖고 계시다면……."

박무일은 뭔가 떠올리다가 금세 표정을 바꾸었다.

"뭔 소리고? 그런 게 어디 있노? 없다 그런 거."

고개를 휙 돌리는 박무일을 지켜보는 이경의 눈빛이 빛났다.

"확인했습니다. 다행히 계좌는 아무 이상 없습니다."

남종규의 보고에 장태준은 흐뭇한 미소를 보였다.

"건우야, 큰일을 해냈구나."

"어르신, 전 이제 아버지 수발들겠습니다."

장태준의 미소가 냉큼 사라졌다.

"무일이 옆으로 돌아가겠다?"

"죄송합니다, 어르신."

"네 마음 다 안다. 보답도 했겠다. 형이 버티고 있으니 무삼이가 허튼짓을 할 수도 없고. 걱정거리가 없어진 이상 여길 들락거리는 일도 고역이겠지. 상관없다. 언제든 돌아가거라."

"아버지가 실형까지 받으셨으면 어르신 의중대로 제가 회장이 되는 건데, 그 썰매 못 끌게 됐네요."

"유감이구나. 서로 쓸모가 있어야 오래 볼 텐데."

장태준은 용건 없는 자리를 박차고 일어섰다. 하지만 건우
는 할 말이 남아 있었다.

"서이경 대표, 그 친구는 더 이상 문제 삼지 마시죠."

장태준의 얼굴에 싸늘한 미소가 일었다.

"그 아이가 일으킨 문제다. 말썽을 피웠으면 회초리를 맞아
야지."

"검찰이요?"

아침부터 연이어 들이닥친 검찰 수사관에 갤러리 식구들은
적의를 드러냈다.

"국토교통부 김진철 국장이 지난달, 수뢰 혐의로 구속됐습
니다. 이번에 갤러리 S와 미술품 거래 내역이 입수되어 서이경
씨에 대한 참고인 조사가 필요합니다."

"이봐요! 저번에는 압수 수색하더니 이젠 대표님까지 오라
가라 하는 거예요?"

김 작가가 더 이상은 못 참겠다는 듯 울분을 토했다.

"목소리 낮춰요."

이경이 계단을 내려서며 담담히 말했다.

"오래 걸리지 않을 거예요. 각자 업무는 메일로 보냈으니까 확인하세요."

이경이 수사관을 따라 나서려는데 세진이 자신도 모르게 이경의 팔목을 잡았다.

"대표님! 뇌물 혐의는 감옥에 갈 수도 있잖아요."

"걱정 마. 너 같으면 네 목숨 쪼개서 쓸데없는 사람들한테 갖다 바칠래? 갈까요?"

이경이 앞장섰고 도리어 수사관들이 따라갔다. 세진의 마음은 안타깝고 불안하기만 했다.

여유로운 이경에 비해 맞은편에 앉은 검사가 짜증스레 자료를 뒤적였다.

"자선경매 때 국회의원, 장·차관급 인사까지 초대했죠? 그 중엔 지금 뇌물 혐의로 수사 받는 김진철 국장도 있고요."

"우연의 일치겠죠."

"서이경 씨! 물증 없다고 빠져나갈 수 있을 거 같아요? 정황 증거라는 게 있어요!"

"대가성을 입증하셔야죠. 제가 모르는 혜택, 받은 기억 안 나는데."

"뭐요!"

검사는 자료를 테이블 위에 힘차게 내리쳤다.

"검사님 입장, 이해해요. 있지도 않은 혐의로 결과가 뻔한 조사하자니 답답하시겠죠. 성북동 입김이 닿는 윗사람이면 오종현 검사장인가요? 아니면 이태성 부장 검사?"

검사는 움찔하며 자료를 하나하나 다시 모았다.

세진과 조 이사가 맞은편에 앉은 이경을 걱정스럽게 바라보았다.

"이 변호사가 담당 검사를 만나고 있습니다. 물증도 없이 혐의만으로는 참고인 조사, 오래 끌 수 없을 겁니다."

꼿꼿한 자세는 여전하지만 이경은 피곤한 기색을 숨기지 않았다.

"이사님, 성북동하고 약속 잡으세요. 기다리고 있을 거예요. 먼저 나가 계세요."

조 이사는 절도 있게 고개를 숙이고 자리를 피해주었다.

"대표님, 고개 드시고 허리 펴세요. 그 멘트 하려고 별렀는데 안 되겠네요. 기대보다 멀쩡하셔서 실망이에요."

"이 정도로 휘청거리지 않아."

피곤을 가시게 하는 농담치고는 나쁘지 않았는지 이경이 살짝 웃었다.

"좀 전에 박건우 씨 그룹으로 돌아간다고 전화 왔어요. 그럼, 대표님 이렇게 될 거 알았을 건데 귀띔이라도 해줄 수 있지 않나요?"

"상관없어."

"상관없다뇨? 화도 안 나세요?"

"화? 나야말로 너한테 훔치라고 했어. 한때 좋아했던 사람을. 감정의 문제가 아니야. 냉정하게 뺏고 뺏기는 싸움이지. 이기고 싶으면 그 감정까지 무기로 써야 해."

"전 대표님께 해드릴 게 없네요."

세진은 먹먹했고 무기력했다.

"걱정 마. 낼 아침이면 귀가 조치 떨어질 거야."

고개 숙인 세진을 보는 이경의 얼굴에 따뜻함이 묻어났다.

전날의 의상을 갈아입지도 않은 채 이경은 호랑이 굴로 뛰어들었다. 그녀는 아무도 없는 장태준의 서재를 둘러보았다. 물건 하나하나에 권력자의 냄새가 배어 있는 거 같았다. 냄새의 주인이 들어섰다. 그 뒤로 그 냄새를 하루도 못 맡으면 죽는 줄 아는 이도 보였다.

"오랜만이구나. 얼굴이 좀 수척해진 거 같은데 잠을 설친 게냐?"

다 알면서 능청 부리는 장태준의 모습에 이경은 역겨웠다.

"사람은 자고로 잘 자야 해. 밥이 보약이라지만 잠 역시……"

"두 번 말씀드리는 거 좋아하지 않습니다."

이경이 세게 들어왔다.

"특별히 어르신을 위해 다시 상기시켜 드리죠. 상왕의 자리에 오르시게 돕겠습니다. 그러기에는 턱없이 비어 있는 어르신의 금고, 제가 채워드릴 겁니다."

"물건에 손댄 것에 사죄하러 온 걸로 알았다만."

장태준이 기세를 올렸고 이경 역시 기세로 받았다.

"저는 사과를 받으러 왔습니다. 어르신과 박건우 씨 때문에 시간적, 금전적 손해가 큽니다. 실수를 인정하시면 따로 정산은 안 하겠습니다."

"당돌하구나. 넌 사죄할 생각이 없고, 나도 사과할 마음이 없으니 얘기는 여기까지만 하면 되겠구나."

이경은 선선히 일어났다.

"유감이네요. 참, 회장님 병실에 꽃이라도 보내시죠. 박건우 씨 일 때문에 몹시 언짢아하시더군요."

이경은 짧은 예의를 갖추고는 서재 밖으로 걸음을 옮겼다. 장태준이 남종규에게 눈짓하자 그가 이경을 뒤따랐다. 남종규는 이경이 현관에 다다르자 그녀를 불렀다. 그는 안경을 치켜 올리며 말했다.

"박무일 회장이 언짢아한다는 말, 무슨 뜻입니까?"

"글쎄요. 워낙 다혈질인 분이라, 함부로 예측하기 어렵네요. 참, 다음엔 좀 더 확실한 증거부터 확보하세요. 귀찮게 하지 말고. 그리고 혼자 갈 수 있으니 배웅은 그만하시죠."

이경은 야무진 말을 남겼고, 남종규는 그 말을 받아 삼켰다.

의자에 깊이 기댄 장태준의 얼굴이 어두웠다.

"그 아이, 괜한 자존심에 던져본 소리겠지. 박무일이는 내가 잘 알아."

혼잣말이 서재를 떠다녔다.

박무일이 침상에서 내려섰다. 건우와 박무삼이 부축하려 했지만 그가 손을 내저었다.

"미우나, 고우나 캐도 핏줄이다. 인자는 쌈박질 집어치우고 너거 둘이 힘을 합쳐가 무진 신도시 사업 다시 굴려봐라. 두바이 철수로 손해 본 거, 벌충도 해야 하고, 내 남은 숙원 사업인데 완성은 보고 눈감아야 안 되겠나? 알겠나?"

건우와 박무삼은 내키지 않은 얼굴이었지만 고개를 깊숙이 숙여 동의를 표했다.

병실을 나온 후 박무삼이 조카를 흘겨보며 말했다.

"성북동에서 뼈를 묻지, 왜 벌써 돌아왔냐?"

"그랬으면 큰일 날 뻔했네요. 무진 신도시 프로젝트에서 제가 빠지면 안 되죠. 그룹 사활이 걸린 큰 사업인데."

서로 이죽거리고 있는데 동시에 휴대폰이 울렸다. 발신인을 확인하고는 서로 등을 돌리며 소리 낮춰 전화를 받았다.

"미안하시죠? 우리 대표님한테."

세진이 새치름한 얼굴로 짓궂게 물었다. 건우가 멋쩍게 웃었다.

"세진 씨한테도 미안해요. 어려운 일 부탁해놓고 나 혼자 양심 바른 척, 착한 척……. 옛날에 이경이한테도 많이 혼났어요."

"악어의 눈물?"

"확실히 닮았네요. 아픈 데 찌르는 스타일. 이경이도……."

"박건우 씨. 저, 대역하러 나와 있는 거 아니에요. 옛날 추억 즐기고 싶으면 대표님 만나서 직접 하세요."

건우는 아차 싶었다. 미안한 마음에 머리를 긁적였다. 세진은 그를 잠시 노려보다 쇼핑백을 테이블 위에 올려놓았다.

"양심은 저도 있어요. 겨우 그만한 일에 그 정도 보수를 받았는데 인사는 해야죠. 넥타이하고 셔츠예요. 그 커프스 버튼에 어울리는 디자인으로 골랐어요."

건우는 진심으로 놀라고 얼떨떨해 뭐라 선뜻 말을 꺼내지 못했다.

"고맙다고 하면 돼요."

"고, 고마워요."

"대표님이 제 롤모델이고, 그분처럼 되고 싶단 생각은 항상 하고 있어요. 그렇지만 다른 사람이 나한테서 대표님 모습을 찾으려는 거. 건우 씨의 그런 시선 싫어요."

건우의 심장에 뭔가가 쑥 들어왔다. 속도가 빨라지는 것이 참으로 오랜만에 느껴보는 경험이었다.

"먼저 일어날게요."

건우도 세진을 따라 일어서며 말했다.

"내 얘기도 듣고 가요. 내가 좋아하는 이경이는 12년 전에 살고 있어요. 까칠해도 순수했던 여자아이. 지금 이경이는…… 솔직히 누군지 모르겠어요."

"그래서 저한테 12년 전에 대표님을 찾는 거예요?"

"맞아요. 그랬는데 지금은 그냥 세진 씨로 보여요. 똑똑히 보입니다."

세진은 감동받은 척 고개를 돌리며 쾌재를 불렀다. 하지만 그녀의 가슴이 설레는 것은 조절할 수 없었다.

이경의 맞은편에 박무삼과 제법 덩치 있는 중년 사내 둘이 앉아 있었다. 면접 보는 대형이긴 한데 나이대가 맞지 않아 아무래도 모양새가 이상했다. 사실 중년 사내 둘은 면접관으로 내세우기에도 급이 높은 논설 주간들이었다.

"기업하는 사람들이 왜 힘들겠어요? 준조세 때문에 등골이 빠진다 이거지! 여기서도 얼마 내라, 저기서도 손 벌리고. 힘들어요, 힘들어."

"저희 신문에서도 기획 기사를 준비 중입니다."

주간 중 한 명이 미끼를 덥석 물었다.

"강압 의혹은 한두 군데 재단으로 특정 하는 게 좋겠죠?"

이경이 낚싯줄을 낚아챘다. 분위기상 다른 주간도 뭔가를 물어야 했다. 이경이 낚싯대를 하나 더 내밀었다.

"가령, 백송재단이랄까?"

주간들은 숨죽이며 아무 말도 꺼내지 않았다. 조용한 분위기 속에서 한정식 코스가 줄줄이 나오기 시작했다. 그들은 식사를 하며 자연스럽게 대화를 나누었다.

식사가 마칠 즈음, 주고받을 대화도 끝났다. 주간들은 만족한 모습으로 떠났고 이경과 박무삼 역시 만족스러운 얼굴로 그들을 배웅했다.

"서 대표, 너무 세게 나가는 거 아닌가? 어르신을 적으로 돌리면 골치 아픈데. 암튼 서 대표, 나한테 단단히 신세진 거요."

"신세진 사람은 사장님이죠. 무진그룹 회장실 의자, 미리 닦아두세요. 조만간 거기 앉게 되실 겁니다."

박무삼은 그녀의 말에 놀라다, 이내 흡족한 미소를 띠었다. 이경 역시 의미심장한 미소로 화답했다.

장태준은 아침상으로 올라온 보리굴비에 포만감을 느꼈다. 이놈의 식욕이 가시지 않아 건강이 걱정되었지만 그 또한 낙이겠거니 자위했다. 기분 좋게 보이차와 함께 조간신문을 펼쳤다. 한 장 한 장, 경제면에 이르러 그는 찻잔을 놓치고 말았다. '각종 출연금에 기부 압박, 준조세에 몸살 앓는 재계' 헤드라인까지는 그러려니 했다. 하지만 그 아래 '백송재단 사례가 특히 논란'이란 기사에서 장태준은 찻잔을 놓치고도 손을 부르르 떨었다. 때마침 오른팔이 신문을 말아 쥐고 뛰어 들어왔다.

"어디서 흘러나온 걸 어느 놈이 받아 적은 게야?"

"확인해보겠습니다."

장태준은 억지로 노기를 누르려 했으나 마음대로 되지 않았다. 장태준은 한동안 굳은 채 자리에 앉아 있었다. 먹을 갈 힘도 없었다. 돈줄을 겨우 연결했는데 이번에는 돈통 자체에 문제가 생긴 것이다. 남종규가 다급히 들어서며 보고를 올렸다.

"몇 군데 크로스 체크해봤는데 아무래도 무진에서 흘러나온 얘기 같습니다."

장태준의 불길한 예감이 현실로 나타났다. 이경이 살짝 언급한 박무일의 스토리가 눈앞에 아련했다.

"검찰 애들은?"

"기사에 적힌 의혹 수준이라 아직 구체적인 움직임은 없습니다."

장태준은 불편한 기색을 마구 내뿜으며 혀를 찼다.

"무일이 그 친구, 지 자식 좀 부려먹었다고 우악스러운 성질이 또 나왔구먼. 답장을 어찌 보내줘야 잠잠해질까?"

장태준은 이내 다음 수를 떠올렸다.

걸음을 재촉하는 건우와 박무삼의 뒤로 병원 복도 가득 서류철을 낀 임원들이 뒤덮었다. 하나같이 심각한 표정들이었다. 건우의 폰이 울렸다. 세진의 메시지였다. 그는 무시하고 아버지에게로 향했다.

박무일은 건네받은 서류를 보며 부들부들 떨었다. 결국 그는 분을 참지 못하고 서류를 허공에 뿌렸다.

"이제 와서 사업 타당성 검토라고? 이기 말이 되나!"

"사업 규모가 워낙 크잖아요. 아무리 민간사업이라고 해도 정부랑 국회에서 다시 검토할 필요가 있다는 거죠."

건우는 부친을 달랜다고 마음에도 없는 소리를 했다. 박무삼이 속도 모르게 날름 끼어들었다.

"넌 남의 다리 긁는 소리 좀 하지 마라. 이 사태, 의도가 뻔하잖냐? 성북동에서 걸고넘어진 겁니다. 작심하고 발목 잡겠다 이거 아닙니까."

"태준이 이 새끼! 기사 몇 줄 났다고 저랬다 이거지. 지 잘난 이름에 똥칠 했다고. 지금부터 박가 빼고 나가 있그라!"

임원들이 불편한 자리를 잽싸게 빠져나갔다. 그중 한 임원만 몸을 사리며 구석에 서 있었다. 박무일이 의아해하며 그에게 질문했다.

"니 혹시 박가가?"

그 임원이 고개를 끄덕이자 박무일이 물 컵을 집어 들었다. 건우가 얼른 눈치 없는 임원을 내보냈다. 박무일은 심호흡을 여러 번 하며 화를 진정시켰다.

"내한테 폭탄이 하나 있다! 내는 봉수가 당해가 쫓끼나는 걸 봤다. 내라고 손가락만 빤 줄 아나?"

건우는 이경 부친의 언급에 조심스레 귀를 기울였다.

"그 새끼가 애지중지하는 재단, 그거 한 방에 날아간다."

"아버지!"

"행님, 그거는 쫌……."

"와? 쫄리나? 지는 내 사업에 고춧가루 뿌리는데, 내라꼬 못할 거 있나."

"제가 성북동에 다녀오겠습니다. 어르신 진의부터 확인하고, 오해가 있으면 풀고, 약속도 받아오겠습니다. 신도시 프로젝트 정상화하겠습니다."

"이럴 땐 성북동 핫라인 있으니까 좋네."

건우는 박무삼이 비아냥거렸지만 꾹 참았다.

"알겠다. 함 가보거라. 그래도 장태준이 그 새끼 말은 일단, 무조건, 믿지 말그라 알겠나?"

"네, 명심할게요. 아버지."

건우는 또다시 장태준의 응접실에 있는 자신이 초라해 보였다. 다시는 오지 않겠다고 다짐했지만 아주 짧은 시간 만에 다급히 찾아온 자신이 한심스러웠다. 폰이 울렸다. 아직 서재로 들어가려면 시간이 좀 남은 것 같아 결국 전화를 받았다.

"세진 씨, 제가 급한 일이 좀 있어요. 있다가 전화……."

"회장님 얘기예요. 건우 씨 아버지."

건우는 멈칫하고 폰을 귀에 바짝 들이밀었다.

"저희 대표님이 성북동 그분을 뒷조사하고 있었나 봐요. 오래된 악연도 있고, 이번에 검찰 불려간 일도 그렇고……."

"시간이 없어요. 우리 아버지는 왜요?"

"이사님하고 하는 얘기를 우연히 들었어요. 박무일 회장님 구속된 배후가 성북동인 거 같다고."

건우는 믿을 수가 없었다. 아무리 이 세계가 권모술수가 난무한다 하지만.

"건우 씨를 차기 회장으로 만들려고 그랬을 거래요."

"확실해요?"

"제가 들은 건 거기까지예요. 대표님도 더 조사하려는 거 같던데. 건우 씨?"

건우는 숨이 턱턱 막히는 걸 억지로 참았다.

"미안한데 세진 씨, 이따 만나죠. 연락할게요."

"조심하세요."

"고마워요. 세진 씨."

건우는 전화를 끊고 심호흡을 했다. 당장 확인해보리라. 남종규가 나왔다. 건우를 향해 들어오라는 손짓을 했다.

장태준을 만난 건우는 처음부터 딱딱한 눈빛을 쏘아 보냈다. 장태준은 유유자적해 보였다.

"장군, 명군 한 번씩 오갔구나. 기분 좋게 보내줬는데 그런 표정으로 올 게 뭐야?"

건우는 더 이상 이런 분위기를 감당하기 싫었다.

"저희 아버지 구속, 어르신이 꾸민 일입니까? 하루빨리 절 회장 자리에 올려놔야 부려먹을 수 있으니까! 의절한 친구 따위 감옥에 보내도 좋다, 그런 겁니까?"

"누가 그런 터무니없는 소릴 하든?"

장태준의 반응은 의외로 담담했다.

"사실인지 아닌지, 그것만 말씀해주세요."

"사실대로 일러주면 믿을 준비는 돼 있고?"

건우는 달려들어 멱살잡이라고 하고 싶었지만 거친 숨을 내쉬는 걸로 대신했다.

"돌아가거라."

"피하지 마십시오!"

장태준이 건우를 노려보았다. 벌떡 일어선 건우의 눈빛도 밀리지 않았다.

"그래, 그런 눈빛이면 감당할 준비가 된 것 같구나. 박무일이를 그 지경으로 만든 사람은 내가 아니라 너 작은애비다."

건우는 충격을 받고 자리에 풀썩 앉았다. 이내 쓴 웃음이 번졌다.

"작은아버지요? 그걸 저더러 믿으라고 하시는 변명입니까?"

"거 보렴. 내게 물어볼 때부터 이미 넌 믿을 생각이 없었어. 내가 네 눈빛을 잘못 읽었구나."

장태준은 혀를 끌끌 차며 서재 밖으로 나갔다. 남종규도 건우를 힐끔거리다 주군을 따라나섰다. 건우는 시간이 필요했다. 그는 두 손으로 머리를 감싸며 인고의 시간을 가졌다.

작은아버지? 부친께 말씀드리면 엄청난 충격을 받을 것 같아 속 시원히 말할 자신이 없었다. 분명 병세는 더 깊어질 것이다. 그는 머리를 세차게 흔들었다. 다시 치켜든 얼굴에는 단호한 기운이 엿보였다. 뭔가 결심을 한 듯한 얼굴이었다.

호랑이 굴에 갔다 온 아들의 표정이 심상치 않자 박무일은 침상에서 몸을 일으켰다.

"우이 됐노? 머라 카드노?"

"어르신이 아버지를 배신했습니다."

박무일은 언뜻 못 알아들었다. 건우는 최대한 감정을 억누르며 재차 입을 열었다.

"아버지 구속, 성북동에서 사주한 겁니다."

박무일은 그제야 알아듣고 침상에 몸을 붙였다. 그의 얼굴은 분노와 투지로 뒤덮였다. 건우는 자신의 결정을, 거짓말을 후회하지 않았다. 역시 친구는 핏줄만 못했다. '교활한 정치가는 결코 진실을 말하지 않는다.' 건우도 드디어 순수가 통하지 않는 세계에 발을 디뎠다.

"아버지, 백송재단 치세요!"

"평범한 흙수저의 한 마디가 진실에 더 가깝다. 누구나 그렇게 믿고 싶은 거야. 게다가 그 남자는 이미 널 믿고."

"절 좋아하니까요."

이경은 세진의 당돌한 말에 시선을 저 멀리 저녁노을로 돌렸다. 세진의 얼굴이 전과는 조금 달라 보였다.

"저 불빛 다 갖고 싶어요."

세진은 이경과 달리 도심의 야경을 바라보고 있었다.

"그래, 가질 수 있을 거야."

"제일 높은 데서 내려다볼 거예요."

"그건 안 돼. 세상 꼭대기에 올라설 수 있는 사람은 단 하나뿐이거든."

세진이 이경을 무심히 바라보고는 짐짓 발끈했다.

"제가 추월하죠."

"안 될 거야."

"두고 보세요. 대표님."

이경이 피식 웃고, 세진도 따라 웃었다.

혼자만의 계산

장태준의 서재 분위기가 조금 달라졌다. 여기저기 물건이 빈 걸로 보아 아마 한바탕 난리를 친 것 같았다. 장태준은 나름 여유 있게 등장해 자리에 착석했다. 기분 탓인지 조금은 초췌해 보였다.

"앉거라."

평소와는 다른 묵직한 음성이었다.

"남 군이 검찰에 갔다. 그 친구가 자리를 비우면 일처리가 영 시원치 않아. 이런저런 생각하다 문득 네 얘기가 떠오르더구나. 날 상왕의 자리에 올려놓을 수 있다고?"

이경은 말없이 장태준을 가만 쳐다보았다.

"내 금고를 채울 계획도 있다고 했던가? 어디 소일거리 삼아 그 얘기나 들어볼까?"

이경은 그의 어설픈 여유에 속으로 코웃음 쳤다.

"그전에 조건이 있습니다. 정치는 어르신이 하십시오. 대신 그 나머지는 전부 제가 맡겠습니다."

장태준은 생각보다 센 이경에 말에 놀라는 표정을 감추지 못했다.

"네게 다 내주면 난 빈 껍데기 상왕 아니냐?"

"살아 계실 때 누릴 수 있는 부와 권력, 끝까지 책임지겠습니다. 제 약속을 믿지 못하시면, 이 얘기는 시작할 이유가 없습니다."

장태준은 우선 의심이 들었고 그다음으로 기대감이 스며들었다. 의심이야 늘 있는 것이고 기대는 물 들어와야 노를 저을 수 있는 경우다. 그는 여느 때와 다르게 단숨에 결심했다.

"날 배신하지 말거라. 그랬다간 저승에 가서도 후회하게 될 게야."

"어르신께서도 후회할 일은 삼가주셨으면 합니다."

역시 보통내기가 아니다. 장태준이 짧은 숨을 내쉬었다.

"그래서 내 곳간을 어떻게 채울 작정이냐?"

"검찰 조사가 끝나면 백송재단은 만신창이가 될 겁니다. 어르신의 자금을 운용할 새로운 재단이 필요합니다."

오호, 장태준의 귀가 솔깃했다.

"재단 설립에 앞서서 반드시 해야 할 작업이 있습니다. 무진그룹 박무일 회장을 끌어내릴 겁니다."

장태준은 종잡을 수 없으나 그녀의 말이 왠지 설득력 있어 보였다.

"차기 회장은 박무삼. 결국 무진그룹은 어르신, 그리고 제 손에 들어오게 될 겁니다."

"네 머리에 내 힘이라. 그럼 박무일이 것을 빼앗자?"

"아닙니다. 단지 되찾는 것뿐입니다."

"무삼이를 회장 자리 올리는 게 말처럼 쉽진 않을 게다. 워낙에 흠결이 많아. 지 형 아니었으면 지금 그 자리도 가당키나 하겠니?"

"능력이 부족하다고 쓸모가 없다는 뜻은 아니죠. 욕심만 적당히 채워주면 시키는 대로 고분고분 따라올 겁니다."

"건우 그 녀석이 가만히 있지 않을 게야. 지난번 왔을 때, 내게서 들었거든. 박무삼이가 지 애비를 팔아넘겼다는 거. 무슨 수를 쓰든지 작은애비를 꺾으려 할 게다."

"박건우 씨는 변수가 아니라 상수죠. 방해되는 움직임은 미리 체크하고 대비할 겁니다."

욕심이 의심을 이겼다. 장태준은 이경에게 손을 내밀었다. 이경은 잠시 뜸을 들이다 그의 손을 살며시 잡았다.

세진은 갤러리에 들어서며 전등 스위치를 올렸다. 이른 출근인지 연심 하품을 해댔다. 외투를 벗다 문득 위층을 올려다보았다. 갈 수 있지만 아무나 갈 수 없는 길.

세진은 위층으로 올라가 이경의 방문을 두드렸다. 들어오라는 소리에 문을 여니 이경은 벌써 서류 작업 중이었다. 세진은 혀를 내둘렀다. 저 자리는 아무나 앉는 자리가 아니라는 게 뼈저리게 느껴졌다.

"아예 안 주무신 거예요? 오늘도 일정 많다면서요? 잠깐 눈붙이세요."

"거기 신규 재단 관련 서류들 있어. 따로 추려놔."

이경은 모니터를 보며 말했다. 세진은 고개를 절레절레 흔들며 소파 테이블에 어지럽게 쌓인 자료를 정리하기 시작했다.

세진이 얼추 자료 정리를 끝낼 무렵 이경의 목소리가 들렸다.

"건우 씨는?"

"걱정 마세요. 곧 연락 올 거예요."

"다른 때보다 중요한 시기야. 사소한 것도 놓치지 마."

"큰 것도 안 놓치겠습니다."

건우가 기지개를 켜며 눈을 비볐다. 마음이 착잡했다. 자신이 내린 결정에 대한 책임은 혼자 져야 했다. 문 실장이 쇼핑백을 들고 들어왔다.

"갈아입으실 옷 준비했습니다."

"무이 삼촌이 입버릇처럼 그랬어요. '난 문 실장 없으면 야근도 못 하고 출장도 못 간다.' 제가 딱 그렇게 됐네요. 살아 계셨으면 지금쯤 회장 자리에 앉으셨을 거예요. 아버지도 아무 근심 없이 요양하고 계실 테고."

문 실장이 고개를 숙인 채 짧게 끄덕거렸다.

"근데 회장님 구속, 정말 박무삼 사장이 한 짓입니까?"

"이제부터가 문제죠. 아버지가 아시게 하면 절대 안 됩니다. 작은아버지 외부 스케줄 체크하세요."

이경을 보자 미리 와서 기다리던 박무삼이 반색했다.

"어서 와, 서 대표."

"일찍 오셨네요."

"어르신 접견인데 1분 1초라도 늦으면 쓰나. 여기도 참 오랜만일세. 형님이랑 의절하시기 전에는 가끔 찾아뵙고 세상 돌아가는 얘기도 하고 그랬는데."

장태준이 들어서자 박무삼이 테이블 아래에 둔 선물 보자기를 들며 일어섰다.

"차 좋아하시지요? 후진타오 주석이 즐겨 마시던 귀한 차랍니다."

"고맙구면. 한 7, 8년 됐지, 아마?"

"이제나 저제나 찾아주시기만 기다렸습니다."

"그게 다 서 대표 덕일세. 큰일을 도모하려면 반드시 자네여야 한다고 어찌나 고집을 부리던지."

박무삼은 입이 찢어질 듯 미소를 터뜨리며 이경을 쳐다봤다.

"아주 유능한 재원입니다."

"그래, 박 사장은 이제 어쩔 셈인가?"

"네? 뭘 어쩐다는 말씀이신지?"

"무일이한테 그런 것처럼 내 등에도 칼을 꽂을 겐가?"

"아, 아니, 어르신 그, 그건……."

"핏줄도 팔아넘겼는데 남이야 대수겠나? 내 그 점이 걸리는구면."

목이 막히고 얼굴도 화끈거려 박무삼은 말을 꺼내지 못했다.

"자네 생각은 어떤가?"

"서로 목적이 분명한 관계는 쉽게 깨지지 않습니다. 박 사장은 어르신께 필요한 역할을 다할 겁니다."

이경이 박무삼에게 동아줄을 던져주었다. 박무삼은 얼른 동아줄을 잡았다.

"암요, 여부가 있겠습니까?"

"서 대표가 자네를 위해 몇 가지 계획을 세운 모양일세. 자세한 건 두 사람이 알아서 하고, 내 힘이 필요할 땐 어려워 말고 말하게. 그만 가보게."

이경과 박무삼이 동시에 일어섰다.

박무삼이 서재를 나서는 순간 표정을 싸늘하게 바꾸었다.

"건우한테 전부 까발려놓고선 이제 와서 모른 척? 늙은 구렁이 같으니. 근데 정말 형님을 끌어내릴 방법이 있는 거요?"

"무진그룹에 좀 오래된 서류가 하나 있을 겁니다."

조 이사가 서류 봉투를 들고 들어왔다. 이경은 소파에서 등을 일으켜 세웠다. 느릿느릿한 박무삼이 이렇게 빨리 일처리를 하다니. 자기 눈앞에 황금이 보이니 행동도 빨라지는 모양이었다.

이경은 잠시도 쉴 틈이 없었다. 봉투를 찢고 서류를 펼쳤다. '무진그룹 / 경영 합의문 1998.5.9' 원하던 서류였다. 한 번 훑고는 조 이사에게 건넸다.

"이사님, 빨리 검토해보세요."

이경은 조 이사가 검토할 동안 눈이라도 잠시 붙일 요량이었지만 오늘따라 그도 행동이 무척이나 빨랐다.

"회사 지분은 물론이고, 경영권도 권리 주장, 가능합니다. 사망한 둘째 사장의 지분은 형과 동생이 분할 받을 수 있군요."

"성북동하고 제가 확보한 무진 주식을 보태도, 주식 싸움으로는 박빙이에요. 하지만 주총에서 이 합의문을 공개하면 충분히 승산 있죠. 늙고 쇠약해진 데다 병보석 중인 회장, 전임 권력자의 지원을 받는 그 동생. 대주주들이 과연 누구 편에 설까요?"

조 이사는 보스의 식견에 감탄하며 서류철을 덮었다.

"이렇게 오래된 자료는 어떻게……."

"무진그룹에 대해선 사옥의 벽돌 숫자까지 외우고 있어요. 원래 내 소유가 됐어야 할 것들이니까."

박무일은 한쪽에 서서 가볍게 맨손체조를 했다. 그 모습을 지켜보던 건우는 박무일이 마지막 숨쉬기 동작을 끝내자 살며시 말을 꺼냈다.

"작은아버지 말이에요."

"니 아직도 의심하나? 뒤끝 있네. 그거는 장태준이가 농간

270

부린 기다. 그냥 신도시 사업에 올인 해라 마."

"작은아버지, 성북동 어르신 만났습니다. 서이경 대표도 같
이."

박무일은 물을 마시려다 멈칫했다.

"그기 참말이가? 무삼이 지금 어딨노?"

"거의 도착할 때 됐습니다. 아버지, 회장실 노리고 있습니다.
아버지 구속되던 그날부터."

박무일은 다시 숨고르기를 하며 어떻게든 이성을 찾으려 했
다.

"그런데 봉수 딸내미는 와? 지 아버지 생각하모 그럴 수 없
을 낀데?"

건우는 이경이 건설하려는 왕국을 어렴풋 알지만 대답하기
는 곤란했다.

"행님, 좀 어떠십니꺼?"

박무삼이 기가 막힌 타이밍에 들어왔다. 건우는 짐짓 모르
는 척 자리를 비켜주었다. 병실 문 바로 옆에 서 있는데 또 물
컵 깨지는 소리가 들렸다. 건우는 자리 비운 자신의 경솔함을
탓하며 재빨리 병실로 들어갔다.

이번에는 물 컵이 아니라 꽃병이었다. 살짝 스쳤는지 박무
삼 턱에 피가 약간 맺혀 있었다.

"니가 감히 내 그룹을 삼킬라 카노!"

박무삼이 턱을 훔치며 고개를 치켜들었다. 그의 눈에서 살기가 느껴졌다.

"와예? 나는 평생 행님 뒤나 닦아야 됩니꺼?"

건우는 서둘러 작은아버지 앞을 가로막았다.

"내는 니 아버지 속을 모를 줄 아나? 무이 행님이 살아 있었으모 회장은 그리 갔다가 내는 건너뛰고 바로 니한테 갔을 끼다."

"그래가 장태준이 밑으로 기 들어갔나? 회장 만들어달라꼬?"

건우는 박무일을 침상에 억지로 앉혔다. 박무삼은 흐트러진 양복을 매만졌다.

"내 두 눈 시퍼렇게 뜨고 있는 이상, 굿을 해도 니는 내 회사 못 먹는다!"

"다 묵을 방법이 있지요. 벌써 잊아묵었습니꺼? IMF때 우리 삼형제가 서명한 합의서! 구조 조정이다, 자금 지원이다 난리굿 칠 때, 회사 함 살려 볼라꼬 작성한 경영 합의문 있잖습니꺼?"

박무일은 놀라고 건우는 처음 듣는 합의문 얘기에 의아해했다.

"그땐 건성으로 서명해가 잊어묵는가베. 20년 다 돼가 써묵게 됐네예. 일단 회사 3분의 1은 내가 묵고 시작하는 거 기억 안 납니꺼? 자꾸 내 성질 건디리모 함 더 팔아묵삔다 진짜!"

"그건 또 뭔 소리고?"

아차! 건우가 작은아버지에 달려갔으나 그는 이미 이성을 잃었다.

"행님 비리, 장태준이 행님한테 내가 다 찔렀다 아입니꺼!"

서랍을 아무리 뒤져도 찾는 게 보이지 않았다. 문 실장이 서둘러 들어왔다.

"감사팀에도 사본이 없습니다."

"한 부도 안 남았어요?"

"박무삼 사장 리베이트 관련 자료는 회장님께서 전부 폐기하라고 지시하셨답니다."

건우는 허리에 손을 올리고 허탈하게 웃었다.

"누구죠? 겁도 없이 제 방까지 와서 깔끔하게 털어간 사람이."

"그 시각에 CCTV도 고장 났는지 기록이 없습니다. 리베이트 건 말고 다른 약점을 찾아보겠습니다."

문 실장이 고개를 숙이며 말했다.

"우리 실장님, 포기가 빠르시네. 아직 찾아볼 데가 남았어요."

건우의 표정에 자신감이 묻어났다.

"건우 사무실도 확실하게 청소한 거요?"

"관련 자료 입수했고, 폐기했습니다."

박무삼의 질문에 조 이사가 사무적인 말투로 답했다. 이경이 참다못해 나섰다.

"전 사장님의 도덕성에 관심 없습니다. 검찰 내사를 무마하려고 형님을 팔아넘기든, 회사 돈을 얼마나, 어떻게 빼돌리든 저하고 상관없는 일이죠. 하지만 제 계획에 방해가 되는 건 좋아하지 않습니다."

"실언 한 번 했다고 그리 정색할 건 없잖소?"

이경은 박무삼의 뻔뻔함에 혀를 내둘렀다.

"무진그룹 회장실이 탐나세요? 그럼 제 동의 없이 함부로 행동하지 마세요. 배웅은 이사님이 하실 겁니다."

박무삼은 한두 번 겪은 게 아니지만 매번 이경의 저런 태도에 모멸감을 느꼈다.

"앞으론 내 사무실에서 봅시다. 이젠 건우나 남의 눈치 볼 이유도 없고."

조 이사가 아까부터 손짓으로 박무삼을 안내하고 있었다. 박무삼은 불만의 헛기침을 내뱉고는 조 이사를 따라나섰다. 마침 세진이 들어왔다.

"어디 갔다 왔어?"

"박건우 씨 만났어요."

이경은 표정을 다잡았다. 세진이 신이 나 무용담을 늘어놓았다. 대화중에 급한 전화가 오는 것 같아 그녀는 휴대폰 녹음 기능을 작동시키고 일부러 화장실 가는 척을 했다고 말했다. 그녀는 자랑스럽게 자신의 폰을 이경에게 바쳤다.

이경이 녹음된 내용을 들어보니 남종규 동생 남종혁 이야기였다. 그가 교수로 임용되기 위해 저지른 비리를 건우가 포착하고 남종규와 거래를 할 모양이었다. 거래 대상은 박무삼 리베이트 관련 자료였다.

"남 이사장을 압박하겠군요. 리베이트 자료, 손에 넣으려고."

배웅을 마치고 돌아온 조 이사가 녹음 내용을 한마디로 요약했다.

"재밌네요. 박건우. 세진이 수고했어."

세진은 고개를 끄덕였으나 묵묵히 있었다. 이경은 벌써 나갈 채비를 했다.

"성북동에 연락하세요. 지금 들어간다고. 박 사장도 곧장 오라고 하세요."

이경은 앞서 나간 조 이사의 뒤를 따르다 유난히 조용한 세진에게 말을 걸었다.

"칭찬한 거야. 혼낸 게 아니라. 문제가 뭐야? 녹음이야? 박건우야?"

"아뇨. 걸리는 거 없습니다."

"그래야지. 박건우는 수단 방법 안 가리고 필사적인데, 너만 순진한 고민? 그거 시간 낭비야."

하지만 세진의 마음은 차츰차츰 무거워지고 있었다.

장태준은 돋보기로 고서를 읽고 있었다. 이경은 침착히 앉아 기다렸으나 박무삼은 안절부절 어쩔 줄을 몰랐다. 장태준이 드디어 돋보기를 내려놓았다.

"그 자료가 검찰로 넘어가면 회장 자리 앉아보려던 자네 꿈은 백일몽이 되겠구먼."

"어르신도 상왕의 꿈에서 깨어나시겠죠."

이경이 자신을 쓸데없이 기다리게 한 대가를 말로 보여주었다.

"내가 이 나이에 권력에 욕심내는 걸로 보이나? 이 나라가 어떻게 해야 옳은 방향으로 나아갈 것인가, 거기에 내 지식과 경험을 보태고 싶은 걸세."

"크고 좋은 뜻은 어르신이 챙기세요. 지금 저는 무진그룹을 확보하는 게 더 중요합니다."

이경의 서슴지 않은 말투에 박무삼은 가슴이 조여드는 것 같았다. 얼른 화제를 돌리고만 싶었다.

"주총이 얼마 남지 않았습니다. 이제 겨우 해볼 만한 싸움이 됐는데 이런 악재가 터지다니. 변변치 않은 놈이지만 도와주십시오, 어르신."

"구치소로 사람을 보냈네. 근데 핏줄이 얽힌 사안이라 남 군도 결정이 쉽지 않을 게야."

장태준이 겁을 주었다. 박무삼에게는 먹혔지만 이경은 눈하나 깜빡이지 않았다.

"박 사장은 이만 가보시게. 뒤에 손님들 기다리고 있다네."

박무삼은 찜찜했지만 어쩔 도리가 없었다. 그가 나가는데 손 회장과 최 회장이 들어왔다. 최 회장이 박무삼을 보며 허세 모드로 인사를 건넸다. 박무삼은 인사 받을 겨를이 없었다. 최 회장은 무안했는지 헛기침을 하며 서재로 들어섰다. 이경이 일어서며 그들을 맞았다.

"오셨네요. 재단 설립에 관해 이것저것 물으실 거예요. 준비한 대로 답변하시면 됩니다."

"재단이라니, 무슨 재단?"

최 회장은 어리둥절했으나 손 회장은 이미 전날 이경에게 전화를 받았다. 새 재단 'TJ 문화재단'을 설립하는 일에 서로 암묵적인 약속이 오고 갔었다.

이경이 지친 몸을 이끌고 갤러리로 돌아왔다. 무형의 전리

품을 가지고 왔으나 아무도 알아주는 이 없고, 알아서도 안 되는 거였다. 자리에 앉기도 전에 조 이사가 다가왔다.

"남종규 이사장, 성북동에서 보낸 사람을 그냥 돌려보냈답니다. 리베이트 자료 없으니 안심하라고 하면서요."

"꼭꼭 숨겨두고 박건우랑 거래를 하겠다? 충성스러운 수족보다 듬직한 형이 되고 싶은가보죠."

"박건우 씨 거래가 성사되면 박 사장은 주총 전에 위험해집니다."

"하자 있는 상품으로 영업하기 힘드네요. 좌판을 뒤집어엎는 수밖에 없겠군요."

이경은 눈으로 세진을 찾았으나 보이지 않았다. 그녀는 홀로 힘겹게 계단을 올라갔다. 전화벨이 울렸다. 다행히 조 이사의 폰이었다.

"박 사장 전화입니다."

이경은 입술을 씰룩거렸다. 한계점에 거의 도달했다. 일단 전화를 받았다.

"네, 또 무슨 일이죠?"

"건우가 학원법인 이사장으로 간다는 말이 있소. 법인 소유 지분이 무려 5프로요, 5프로. 그럼 합의문으로 밀어붙여도 해임안 통과를 장담 못 하지 않소?"

"다음 주총을 노려야겠죠. 우호 지분을 더 끌어 모으면서."

"형님하고 건우는 그때까지 겨울잠 자나? 그쪽도 악에 받쳐 나올 텐데!"

"상황을 이 지경으로 악화시킨 건 사장님입니다. 저도 좀 성가시네요. 그리고 건우 씨는 변수가 아니라 상수예요. 상수. 미분하면 영으로 되는 상수."

박무삼이 대답이 없는 걸 보아 미분을 모르는 게 분명했다.

"늘 그 자리에 있는 장애물인데, 뻔히 보면서 걸려 넘어질 순 없죠."

"그보다 리베이트 건은 어쩌고?"

이경은 그만 전화를 끊어버렸다. 잘못은 자기가 다 저지르고 해결은 남보고 하라니. 박무삼은 정말 타고난 하자품이라는 생각이 들었다. 그래도 방법을 찾아야 했다. 방법은 항상 찾으면 나타나는 것이 그 속성이다. 그녀는 혼자만의 계산에 들어갔다.

아침은 늘 누군가에게는 우울한 뉴스로 시작되었다.

'무진대학교 미디어학부 남모 교수가 임용 비리 및 논문 표절, 연구비 횡령 등의 혐의로 검찰 조사를 받고 있습니다.'

그날 아침의 누군가는 건우였다. 그는 뉴스를 듣고 황급히 뛰어나갔다.

벌써 발 빠른 이경이 구치소 면회실에서 남종규와 마주 보고 있었다. 남종규는 적의를 숨기지 않았다.

"엉킨 매듭은 단번에 잘라라. 동생 문제로 고민이 길어지는 거 같아 도와드렸습니다."

남종규의 어금니에 힘이 들어갔다.

"그 결정을 어르신이 허락하셨다는 겁니까?"

"박무삼 사장을 회장으로 만드는 게 그분 뜻이니까요."

"서 대표가 원하는 목표겠죠."

"이제 동생 걱정은 마시고, 차분히 기다리세요. 적당한 희생양을 찾는 즉시, 여기서 나오게 될 겁니다. 얼른 성북동으로 돌아가 어르신의 오른팔로 합체하셔야죠."

남종규는 짐짓 안경을 닦으며 극한의 모멸감에 이경과는 돌아설 수 없는 강을 건넜다고 되새겼다.

한발 늦은 건우가 면회실에서 서성거렸다. 문이 열렸지만 구치소 직원만 보였다.

"면회 사절하겠답니다."

건우는 일이 틀어졌음을 알았다. 얼굴에 핏기가 가셨다. 어떻게 매번 계획이 이렇게 틀어지는지 이해가 가지 않았다. 어쩌면 건우는 절대 이해할 수 없을 것이다. 몇 수 앞을 내다보고, 부지런까지 한 이경이 있는 한 그는 기적을 바라야만 했다.

이경은 차에 앉아 세진에게 문자 하나를 보냈다. '시간이 됐어. 니가 박건우에게 필요한 사람이 되는 순간.' 그녀는 짧은 숨을 토해내며 차 시동을 걸었다.

건우는 아버지에게 힘없이 걸어가는 중이었다. 저기 앞 병실이 보였지만 맥이 풀리고 의욕이 생기지 않아 벽에 기댄 채 멈춰 서버렸다. 아무리 생각해도 다음 수가 언뜻 떠오르지 않았다. 기적이 일어나지 않는 한 답이 없는 듯 했다. 폰이 울렸다. 세진이었다. 그는 힘차게 뒤돌아 뛰었다.

건우가 병원 로비를 두리번거리며 세진을 찾았다. 전에 친구가 이 병원에 입원해 있다고 했던 말이 생각났다. 그는 우선 말할 거리를 찾아 다행이라 생각하며 환한 미소로 세진에게 다가갔다.

"친구 분, 아직도 퇴원 안 했어요?"

"네. 가려던 길에 혹시나 해서요. 특별한 용건 없는데 시간 뺏어도 돼요?"

"저녁 전이죠?"

세진이 끄덕였다. 사실 배가 고프기도 했다.

같은 시각에 이경은 박무일을 만나고 있었다. 박무일은 체력이 다소 회복되었는지 목소리에 무게가 실려 있었다.

"봉수도 알고 있나? 니가 장태준이 머슴 된 거? 알 리가 없제. 알모 벌써 사달을 냈을 끼다. 어데 손잡을 위인이 없어 갸하고 손을 잡노."

"임시 주총이 열리면 회장님은 물러나게 되실 겁니다."

"그거는 또 뭔 소리고? 그깟 합의문 쪼가리 내한테 소용없다. 내가 안 되모 건우가 싸울 기다."

"학원법인의 지분이면 얼마쯤 버티겠네요."

박무일은 움찔했다. 확실히 친구의 딸은 고수다. 그것도 초절정 고수.

"임시 주총은 넘어가도 정기 주총 땐 세가 변할 겁니다. 승패는 결정 났는데 시간만 끄는 셈이죠. 박건우 씨 학원 이사장 발령, 거두세요, 회장님."

"무삼이는 안 된다. 갸는 구린 데가 너무 많아."

"그건 건우 씨도 마찬가지죠."

박무일은 이경이 또 무슨 말을 할지 살짝 불안했다. 그녀는 백에서 뭔가를 꺼냈다. 박무삼 피습 사건의 사진들이다.

"이, 이거는 박무삼이가 쇼한 기라. 건우는 아무 잘못 없다."

"사람들이 결백을 믿어줄까요? 아버지란 사람이 아들을 대기발령까지 시켰는데? 사실 여부는 상관없습니다. 사람들이 어떻게 믿느냐가 중요하지."

이경은 사진을 한 장씩 걷어갔다.

"궁금하지 않으세요? 이 쇼를 연출한 사람이 누군지?"

박무일은 직감적으로 알아챘다.

"처, 처음부터 니 애비 복수하러 온 기제?"

"복수라, 고리타분하네요. 박건우 씨랑 저 알고 지냈습니다. 알고 지낸 거 이상이죠. 함께 도망칠 생각도 했으니까요. 대단하신 아버지들한테서……. 건우 씨는 저 때문에 죽을 뻔했었죠. 결국 우린 헤어졌습니다."

박무일이 말문이 막혔다. 심장으로 가는 혈관도 막히는 것 같았다.

"아버지들! 당신들의 악연이 우릴 이 지경까지 몰아넣었어요. 그 욕심, 그 배신 때문에."

"봐라, 야야. 봉수 일은 내가……."

"존경받는 기업가? 아들 사랑이 각별한 아버지? 회장님 민낯을 똑똑히 보세요. 탐욕 때문에 친구를 배신한 추하고 역겨운 얼굴을! 지금도 뺏기지 않으려고 발버둥치는 것뿐입니다."

박무일의 얼굴에 핏기가 가시기 시작했다. 이경은 잠시 그 표정을 즐기는 것 같았다.

"건우 씨는 피해자예요. 회장님 탐욕을 위해 또 다른 희생양이 돼선 안 되죠. 이 싸움에서 아드님을 빼내세요!"

박무일은 말을 하고 싶은데 말이 나오지 않았다. 숨이 넘어갈 듯한 통증에 가슴을 부여잡았다. 이경은 싸늘하게 뒤돌아섰다. 마침 병실로 들어오던 간호사가 박무일을 부축해 침대로 데려갔다. 아무 문제없어 보였다. 하지만 몇 걸음 옮기지 못하고 고목처럼 앞으로 고꾸라졌다.

건우와 세진은 좀 전에 만났던 로비로 다시 돌아왔다. 간단한 분식을 원한 세진 때문에 시간이 절약되었지만 그만큼 즐거움의 시간도 짧았다. 건우는 소탈하고 격의 없이 자신을 대하는 세진에게 점점 마음이 끌렸다. 무엇보다도 편안함을 느끼게 해주는 게 그녀의 가장 큰 미덕이었다.

"그래서요?"

세진은 식사 때부터 이경과 만나고 헤어진 스토리를 들려달라고 했다. 언제는 이경이 이야기를 꺼내지 말라고 신신당부를 하기도 했었는데.

"부산에서 그렇게 만나고 잠시 꿈같은 시간을 보냈죠. 틈날 때마다 비틀스 음악도 많이 들었고요. 그런데 그 사람이 나타나고 암울해지기 시작했죠."

"누구요?"

"세진 씨도 아는 사람입니다. 조 이사라고."

"네? 조 이사님요?"

세진은 도저히 연상이 되지 않았다. 암울하게 된 원인을 제

284

공한 이가 조 이사님이라니. 조금만 더 자신과 나이 차이가 났다면 충분히 아빠라고 부르고 싶은 유일한 남자였다.

"네, 조 이사가 일본에서 부산으로 건너왔죠. 이경이를 찾아서. 원래 사람 찾는 게 전문이었다고 하더라고요. 아무튼 전조 이사에게 잡혔죠. 반항하다가 몇 대 맞기도 했어요. 지금이라면 한 번 붙을 볼 만하겠지만 그 당시엔 정말 무서운 사람이었어요. 저보고 이경이를 떠나라고……"

재밌는 부분에서 벨소리가 기가 막히게 울렸다. 건우는 웃으며 전화를 받았다. 불과 몇 초 후, 그의 얼굴이 경직되었다.

"먼저 갈게요. 미안해요."

그는 전화를 끊고 달리기 시작했다. 세진도 그를 뒤따라 달렸다. 그는 먼저 온 엘리베이터를 타고 올라갔다. 옆 엘리베이터가 바로 도착했다. 문이 열리고 이경이 내렸다. 그녀는 세진을 보지 못한 모양이었다. 세진은 무슨 일인지 이경을 부르지 못했다. 그 이유는 나중에 생각하기로 했다. 세진은 엘리베이터에 올라탔다.

응급 의료 장비들이 들어와 있고, 산소마스크를 쓴 박무일은 의식이 없었다.

"아버지! 정신 차리세요! 어떻게 된 겁니까?"

"호흡곤란에 쇼크까지 왔네. 다행히 고비는 넘겼는데 출혈 여부는 MRI를 찍어봐야 해."

의사가 차분하게 말하며 건우를 다독거렸다. 건우는 마른 침을 삼켰다.

세진은 병실에서 제법 떨어진 통로에서 병실을 바라보았다. 시간이 제법 많이 흘렀는데도 그녀는 꼼짝하지 않았다. 많은 사람이 병실을 들락거렸지만 건우의 모습은 보이지 않았다. 세진은 포기하고 통로를 뒤돌아 걸어가는데 건우가 병실을 나왔다. 초췌하고 멍한 모습이었다. 세진이 다가섰다.

"괜찮으세요?"

건우는 세진을 발견하고도 힘이 빠졌는지 바로 대답을 못 하고 통로에 놓인 의자에 털썩 주저앉았다. 세진이 조용히 곁에 앉았다. 아무 말도 걸지 않고 가만히 있었다. 건우는 마른 세수를 하며 얼굴을 감싸 쥐었다. 세진도 먹먹해지는지 옛 생각이 스멀스멀 기어 나왔다. 그녀는 바닥에 시선을 떨어뜨렸다.

"저희 부모님, 교통사고로 돌아가셨어요."

건우는 세진의 난데없는 고백에 고개를 들었다.

"엄마는 바로 하늘나라 가고, 아빠는 한동안 중환자실에 누워 계셨죠. 전 그 앞 복도에서 살다시피 했어요. 의자에서 졸다 깨다 멍하게 있는데 나중엔 아무 생각도 안 나더라고요. 그럼 바닥의 무늬만 보는 거예요. 시간 가는 것도, 배고픈 것도 모르고 계속."

건우도 세진의 시선을 따라 바닥을 내려다보았다.

"여기 무늬는 거기랑 다르네요. 그러니까 기운 내요. 더 이상 나쁜 일, 생기지 않을 거예요."

건우가 메마르게 서이경의 이름을 읊조렸다. 세진은 그에게 고개를 돌렸다.

"이경이가 왔었대요. 도대체 아버지한테 무슨 말을 했기에……"

세진이 건우의 머리를 감싸 안았다. 건우는 잠시 멈칫거리다 세진에게 몸을 기댔다. 둘은 복도를 울리는 구두 소리를 미처 듣지 못했다. 이경이 모퉁이를 돌다 그들의 모습을 보았다. 아무래도 마음에 걸려 다시 올라왔는데 괜히 올라왔다는 생각이 들었다. 그녀는 다시 걸음을 뒤로 옮겼다.

건우가 몸을 일으켰다.

"이만 들어가 볼게요. 세진 씨도 들어가 보세요."

"힘내세요."

건우는 진심을 담아 고개를 끄덕이고 병실로 들어갔다. 세진도 엘리베이터로 향했다.

세진이 병원 정문을 나서는데 이경의 모습이 보였다. 세진이 그녀에게 다가갔다.

"병원에 다녀가셨다면서요? 무슨 얘기를 나누신 거예요?"

"박 회장은?"

"뇌에 출혈은 없대요. 근데 아직 의식이 돌아오지 않아서……. 절 보낼 때 다른 속셈이 있었던 거죠? 박건우 씨 따돌리고 회장님만 보려고. 대체 무슨 말씀을 하신 거예요?"

"죄책감이야. 그게 다야. 아무리 단단하게 굳어버린 인간도 거기를 찔리면 무너지거든. 기억해둬. 써먹기 좋은 급소니까."

세진은 그 순간만큼은 이경이 무서웠고 질렸다.

"이 싸움은 룰이 없어. 먼저 쓰러트리지 못하면 내가 당하는 거야. 쓰러진 다음에 원망해봤자, 승자들의 귀엔 들리지 않으니까."

세진은 더 이상 이경의 말을 듣고 싶지 않았다.

"망설이지 마. 네가 본 그 불빛들, 진심으로 갖고 싶다면 주저하지 말고 뺏는 거야."

세진이 이경을 말갛게 바라보았다.

다음 날, 박무일의 해임은 임시 주주총회에서 가결되었다. 박무일이 건강상의 이유로 참석하지 못한 가운데 표결이 이루어졌고 이어 상정된 신임 회장 표결에서 박무삼이 압도적 표차로 선임되었다. 해임된 박무일의 건강 상태가 심각하다는 루

머가 떠돌았다. 실상은 하루 만에 회복하며 서서히 기력을 찾아가는 중이었다.

"맘고생 하게 해서 미안타."

건우는 냉장고에서 음료수를 꺼내며 호탕하게 웃었다. 박무일은 아들의 웃음에 밴 슬픔을 쉽게 읽을 수 있었다.

"따지고 보모 그 아도 불쌍한 기라. 그래 독하게 된 게 지 탓이겠나? 건우야, 마이 좋아했더나?"

"어릴 때 잠깐이요."

건우가 멋쩍게 대답했다.

"지금은 아이고?"

건우는 아버지의 질문에 생각보다 쉽게 대답을 못 했다. 말문이 막혔다. 자신도 의아스러웠지만 깊게 생각지 않으려 했다.

"박무삼 회장이 자리에 취해 흔들거리면 사람들은 그쪽만 볼겁니다. 그 사이 저와 어르신은 조용히 실속만 챙기면 됩니다."

"서 대표, 무진그룹의 회장을 갈아 치웠어. 그만한 공을 세웠으면 조금 더 우쭐해 보여도 된다."

"거쳐야 할 이정표에 불과합니다. 아직 갈 길이 멀고요."

장태준이 미소를 띠며 이경을 유심히 뜯어보았다.

"봉수가 딸자식 하나는 야무지게 길렀구나."

이경은 그와 눈빛을 섞고 싶지 않아 화제를 돌렸다.

"성북동계 인사들을 움직여주세요. 무진그룹이 추진하는 신도시 프로젝트, 더 이상 발목 잡을 필요 없습니다. 규제가 풀리는 즉시, 박 회장이 프로젝트에 박차를 가할 겁니다. 자금이 돌기 시작하면 새로 설립할 TJ재단을 어르신의 든든한 탄약고로 만들 계획이고요."

"그래, 다른 문제는?"

"어르신입니다. 곳간 열쇠를 반만 주셨습니다. 싱가포르, 모나코, 버진 아일랜드, 이 지역 계좌도 제게 넘기셔야죠."

장태준이 안경을 고쳐 쓰며 시간을 벌었다.

"반쪽짜리 믿음은 필요 없습니다. 절 못 믿겠으면 제 능력을 믿으세요."

이경의 자신만만함에 장태준은 숨 삼키기에 급급했다.

이경은 갤러리로 들어오면서 김 작가를 불렀다.

"숨겨놓은 계좌가 더 있을 거예요. 최대한 추적하세요. 그리고 조 이사님, 백송 남 이사장은요?"

"어떻게든 빼내려는 거 같습니다. 전임 이사장이 뒤집어쓰도록 회유하고 압박하는 중이겠죠."

"나한테는 반만 넘기고, 나머지는 남종규가 풀려나면 다시 맡길 속셈이에요. 세진이는요?"

조 이사와 김 작가가 평소와 다르게 즉각 대답을 하지 않았다. 김 작가가 눈치를 보는데 세진이 들어왔다.

"늦어서 죄송합니다."

이경의 찌푸린 인상을 본 조 이사와 김 작가는 부리나케 자리를 피했다. 세진은 이경에게 뚜벅뚜벅 걸어갔다. 대개 저런 걸음걸이는 회사에 사표를 던질 때의 모습이었다.

"못 하겠어요."

"뭘? 못 하겠다?"

"안 하고 싶다가 더 정확합니다."

"그동안 공들인 게 아깝잖아. 이제 와서 흔들리는 거야?"

"어제 쓰러진 회장님 보고, 박건우 씨 보면서 후회했어요. 잘못된 결심이면 늦었더라도 고쳐야죠."

"진심을 섞다 보니까 진짜로 마음이 가더라 뭐 그런 건가?"

"박건우 씨는 나중 이유예요. 대표님 때문에 그만하려고요."

"조금 쉽게, 자세히, 심플하게 얘기해줄래? 나 지금 못 알아들었어."

"제가 그 일 계속하면 대표님은 점점 더 망가질 거예요. 박건우 씨는 모르고 상처 입지만 대표님은 알면서도 잔인해질 테니까요. 어제 회장님한테 한 것처럼."

이경은 아직도 고개를 갸웃거리며 세진을 이해하려 노력했다.

"대표님을 위해서 시작했는데, 오히려 독이 된다면 여기서 그만둬야죠."

"그렇게 해. 어차피 박건우도 재기는 어렵게 됐으니까. 하나만 말해줄게. 네가 뭘 시작하든, 끝내든 그 핑계로 날 끌어다 쓰지 마. 주제넘은 이유도 갖다 붙이지 말고."

세진의 얼굴은 점점 굳어갔다.

본사 건물 지하실 통로에는 비품이며 잡동사니가 어수선하게 방치되어 있었다. 건우는 인상을 찌푸리며 복도를 지나쳐 한 사무실 앞에 멈췄다.

문을 여니 가관이었다. 바둑을 두거나, 소파에 누워 자거나, 신문을 보는 중년, 초로의 사내들이 대여섯 보였다. 그들은 건우를 보자 놀라며 주섬주섬 주위를 챙겼다. 인사하는 이도 있었고 수군거리는 이들도 있었다. 회사를 나가기 전, 잠시 머무르는 곳다왔다. 많이 버티면 한 달이라고 했다.

"박건우입니다. 오늘 날짜로 종합 업무 팀 발령받았습니다. 제 자리는 어딥니까?"

직원 하나가 빈 책상을 가리켰다. 컴퓨터도 없고, 묵은 잡지와 철 지난 신문이 한쪽에 쌓여 있었다. 건우는 의자 위 먼지를 손으로 훔치며 앉았다. 헛웃음이 나왔다.

"저도 불편한데, 여러분은 더 거북하겠네요. 아무튼 버틸 때까지 버텨봅시다."

종합 업무팀원들이 건우를 멀뚱히 쳐다보았다. 감정이 느껴지지 않는, 굳이 감정을 내보이지 않으려는 얼굴들이었다. 건우는 그 시선들이 부담스러워 고개를 숙였다.

문 실장이 들어왔다. 직원들은 문 실장을 잘 아는지 하나둘 자리를 비웠다.

"실장님, 어서 오세요. 차가 어디 있는지 몰라서 대접은 좀 그렇습니다."

"회장 비서실로 발령받았습니다. 죄송합니다."

"제가 죄송하죠. 졌으니까요."

"서이경 대표 와 있습니다."

건우는 꼭대기 층 회장실을 보듯 고개를 뒤로 젖혔다.

"이거 봐, 서 대표. 조 이사라니, 그게 무슨 말인가?"

"비상임 외부 고문이면 직책은 적당하겠죠. 회의 때만 도와드릴 겁니다. 그리고 갤러리에 김 작가라는 분이 있습니다. 네트워크 전문가죠. 사장단, 고위급 임원들만 접근할 수 있는 정보, 자유롭게 공유할 권리가 필요합니다."

"내가 회장 자리 앉은 거, 서 대표 아니었으면 어려웠을 거야. 근데 그룹 업무에 감 놔라, 대추 놔라, 이건 곤란하거든."

이경은 그를 싸늘하게 보다 일어섰다.

"바라시던 자리를 얻으셨습니다. 그럼 이제부터 제가 원하는 걸 해주셔야죠. 애초에 그게 거래 조건입니다."

"무리한 요구는 다시 생각해봐야겠는데."

"만드는 건 어려워도, 날리는 건 쉽죠. 제 능력을 시험하지 마세요, 회장님."

박무삼이 일어섰으나 이경은 상대치 않고 뒤돌아섰다.

이경이 회장실을 나오자 통로 끝에서 기다리던 건우가 다가왔다.

"아버지한테 얘기 들었다. 곧바로 달려가서 너랑 한바탕 할까 싶었는데 웃기더라고. 서이경이 오죽 급했으면 케케묵은 풋사랑 추억으로 퍼부었을까 싶어서."

"회복하셨다니 다행이야."

"서이경! 기다리고 있어. 오래 안 걸린다."

"나 무지 바빠. 지하에서 올라오려면 사표내야 될 거야."

둘은 날선 시선을 교환했다.

이경이 장태준의 서재로 향하는데 말쑥한 차림의 남종규가 손가방을 들고 그녀를 맞았다. 이경의 기지로 백송재단 전임 이사장에게 혐의를 씌우고 그를 빼냈다. 하지만 남종규는 고마움을 표할 생각은 전혀 없어 보였다.

"제 불찰로 어르신께 소홀했으니 최선을 다해야죠. 그동안

서 대표가 고생 많았다고 들었습니다. 이제 쉬엄쉬엄하셔도 됩니다."

"동생 분, 좋은 변호사가 선임됐다고 들었는데, 다행이네요."

이경은 꿈틀거리는 남종규를 지나쳐 서재로 들어갔다. 남종규도 이를 갈며 그녀를 뒤따라 들어갔다.

이경은 가벼운 목례를 하며 자리에 앉았고, 남종규는 그녀 앞에 하드 케이스 여러 개와 서류를 쏟아냈다.

"케이먼 군도 계좌가 빠졌네요?"

장태준과 남종규는 흠칫 놀랐다. 알짜배기 비밀 계좌 하나를 빼놓았는데 이경이 귀신같이 알아챈 것이다. 장태준은 화를 누르며 남종규에게 눈짓을 보냈다.

"사저에 없고 외부에 보관하고 있습니다. 인편에 보내드리죠."

"직접 가져오세요. 지금 당장."

남종규는 서열 싸움에서 밀릴 수 없다는 각오로 그녀를 노려봤지만 어림도 없었다. 결국 시선을 피하며 물러났다.

"사람을 다룰 때는 고삐를 잘 써야 한다. 풀고 당기는 운영의 묘가 중요해. 마음이 급하다고 고삐만 당겨선 일도, 사람도 그르칠 수가 있다."

"확실한 명령 체계가 잡히지 않으면 저도, 어르신도 낭패를 볼 겁니다."

"어지간해선 뒤를 돌아보지 않는 성격이로구나. 그렇지?"

이경은 미소를 보이며 부인하지 않았다. 장태준이 재빨리 화제를 돌렸다.

"건우 그 녀석은 또 어떻게 지내는지 모르겠구나."

"심려하지 마세요. 박건우 씨는 더 이상 쓸 수 있는 카드가 없습니다."

건우는 메시지를 확인하자 얼굴에 환한 미소를 띠었다. 세진이 병원 로비에서 기다린다는 메시지였다. 박무일은 침상에서 평온한 얼굴로 잠들어 있었다.

엘리베이터로 향하는데 폰이 울렸다. 남종규였다. 이 마당에 안 받을 이유는 없었다. 엘리베이터를 타며 전화를 받았다.

"나오셨다는 기사 봤습니다."

"면회 오셨을 때 제대로 못 뵌 거 죄송합니다."

건우는 형식적인 인사치례가 역겨워 본론으로 훅 들어갔다.

"작은아버지 리베이트 자료, 어디 있어요? 면회는 사절했어도 거래는 사양 마시죠?"

"자료 출처가 뻔한데 제가 제 무덤을 팔 순 없죠."

"아직 거래할 내용이 남은 거 같네요?"

"최 회장 아시죠? 얼마 전 해임됐습니다. 거기까지만 말씀드리죠. 그럼 이만."

건우는 단번에 무슨 말이지 알아들었다. 자신이 나설 입장이 아니니 그를 이용해 서이경을 압박하라는 말이다. 어느새 엘리베이터 문이 열리고 환하게 웃고 있는 세진이 그를 맞이했다.

"오늘도 친구 분 면회?"

"아뇨, 건우 씨 보러 왔어요."

건우는 예상과 다른 대답에 은근히 기분이 좋아졌다. 심각한 생각은 잠시 미뤄두기로 하고 둘은 병원 내 산책로를 걸었다. 이것저것 이야기하다 잠시 멈추면 여지없이 이경의 이야기로 넘어갔다. 서로 공유할 수 있는 소재가 이경밖에 없는 사실이 아쉬웠지만 그것도 나름 괜찮았다.

"대표님이 건우 씨한테 너무 했어요. 본인도 그게 자기를 멍들게 하는 줄 모르고 아니, 알면서도 그렇게 해요."

"저한테 괴물이 되겠다고 하더군요. 이경이는 스스로 했던 약속을 지키는 겁니다."

"참, 회사는 자리 옮기셨다면서요?"

"그래서 시간이 남아돌아요. 싸워볼 만한 무기도 찾았고."

"무기? 그게 뭔데요?"

"이경이한테 고자질하려고요?"

세진은 순간 뜨끔했지만 새치름한 표정으로 무마했다. 건우
는 씩 웃으며 농담이라 말했다. 세진은 그 무기가 뭘까 궁금해
하면서도 마음 한편으로는 죄책감이 들었다. 분명 임무로 그
를 만나지만 임무인지 실제 데이트인지 헷갈리기 시작했다. 진
짜 마음이 개입하면 임무는 실패한다고 이경이 누누이 말했
지만 실패도 나쁘지 않을 것 같다는 생각이 들었다. 지금 세진
이 할 수 있는 건 그를 향해 환하게 웃는 것뿐이었다.

"나 이거 가만히 안 있어! 무슨 수를 쓰더라도 복수할 거
야!"

눈가에 시퍼렇게 멍든 최 회장이 카페에 있든 다른 손님들
이 쳐다볼 정도로 소리를 질렀다. 얼마나 억울했으면 저러나
싶어 건우가 한참 연배인 최 회장을 다독거리며 말했다.

"그러니까 천하금융 손기태 사장한테 감금당하셨다고요?"

"폭행까지 당했어! 재단 출연금 안 내면 국물도 없을 거라
고!"

"무슨 재단인데요?"

"손의성 회장이 만드는 재단이 하나 있어요! 성북동 어르신
비자금을 관리한다나 뭐라나. 손 회장도 허울 좋은 껍데기야.

실제로 뒤에서 주무르는 건 서이경인가 하는 그 불여우거든."

건우는 그가 쏟아내는 말에 연신 놀랐지만 포커페이스를 유지했다.

"갤러리 S, 서이경 말입니까?"

"다 한통속이야! 그것들 내 가만 두나 봐라! 재단 급하게 만들면서 구린 구석이 한두 군덴 줄 아쇼? 근데 무진그룹이 이쪽 일은 왜 기웃거리는 거요?"

"박무삼 회장님 밀명입니다. 협회하고 원만한 관계 유지하려면 내부 사정을 알아야 하니까요. 방금 말씀, 더 자세하게 변호사 앞에서 해주시죠. 특히 그 재단에 관해서. 도와주시겠습니까?"

"암만! 증인 서라면 서고, 증거 대라면 찾고 내 다 하지!"

이제 적도 아군도 없다. 피비린내 나는 전쟁터가 어떤 건지 건우도 조금씩 느끼기 시작했다. 아무것도 없는 빈손에 무기가 하나씩 쥐어지는 그 느낌이 짜릿했다.

건우는 앞으로 벌어질 판을 그리며 병원 로비에 들어서는데 한쪽 구석에 서 있는 세진이 보였다. 반가운 마음에 그녀를 부르려는데 휴대폰이 울렸다. 세진이었다. 그녀를 다시 쳐다보니 역시 폰을 들고 있었다. 그는 장난칠 요량으로 전화를 받았다.

"네, 지금 어디 있어요?"

"병원에요. 입원한 친구랑 같이 있어요."

건우는 주위를 둘러보았지만 세진은 혼자였다.

"친구 휠체어 밀어준다고 힘드네요. 건우 씨는 어디 있어요?"

건우의 표정이 어두워졌으나 말투는 그대로였다.

"저도 병원이에요. 근데 아버지 상태가 좀 그래서…… 오늘은 보기가 그래요."

"괜찮아요. 친구랑 조금만 더 있다 저도 가려고요. 아, 친구가 불러요. 그럼 다시 전화할게요."

"네, 세진 씨. 미안해요."

실망한 얼굴로 전화를 끊는 세진이 보였다. 그녀는 긴 한숨을 내쉬며 로비 정문으로 향했다. 건우는 기둥 뒤에 숨어 그녀를 슬픈 눈으로 바라보았다. 예전이라면 몰랐을 수도 있겠지만 지금 건우는 전쟁을 치르는 중이었다. 그녀의 행동이 뭘 의미하는지 그는 단번에 알아챘다. 슬프지만 세진도 전쟁을 치르는 중인 것 같았다. 그는 쓴맛을 다시며 전쟁터 본진으로 귀대했다.

세진은 건우를 생각하며 갤러리로 복귀했다. 하루 못 봤을 뿐인데 생각보다 마음이 무거웠다. 그녀는 갤러리에 들어서며 부러 밝은 목소리로 인사했다. 반응은 저조했다. 김 작가가 이경에게 가보라며 다소 걱정스러운 눈빛을 보냈다.

이경은 소파에 앉아 있었다. 세진이 그의 건너편에 앉는데 냉기가 돌았다.

"넌 건우 씨랑 뭐 하니?"

세진은 마음이 들킨 양 얼굴을 붉히며 손사래부터 쳤다.

"탁이가 좀 전에 보고했어. 건우 씨가 최 사장을 만나고 있다고."

"네?"

"최 사장은 지금 손 부자에게 앙심을 갖고 있어. 자기 자리, 몫을 다 뺏기게 생겼으니. 아마 건우 씨가 최 사장을 부추겨 뭔가 작전을 짜겠지. 넌 진짜 아무것도 모르는구나. 정신 차려. 내 발목 붙잡지 않도록!"

세진은 이경의 야단에 예민하게 반응했다.

"목표, 계획, 사업 다 중요하죠. 하지만 사람들 할퀴고, 다치게 하면서까지 그러실 필요 없잖아요. 그건 제가 바라는 대표님이 아니에요."

"세진이 넌 보기보다 복잡한 아이야. 한 번씩 귀찮은 생각을 하게 하거든. 내 앞을 가로막지 마. 내 뒤에서 허튼짓할 생각도 말고. 그럼 넌 내가 될 수 있어."

세진은 한 번 뚫린 감정을 주워 담을 수 없었다. 그동안 참

왔던 생각, 울분이 터져 나왔다.

"그 결심, 다시 생각하려고요."

이경은 그녀의 뜻밖의 대답에 당황까지는 아니더라도 잠시 멈칫했다.

"고민은 짧게 해. 최선의 답은 행동이야."

세진은 고개를 숙이며 입술을 깨물었다.

회장실로 들어서는 건우의 마음이 착잡했다. 아버지의 자리에 떡하니 앉아 있는 박무삼을 보니 더욱 그랬다.

"무슨 일입니까? 지하에서 꼭대기까지 올라오는 것도 힘듭니다."

"회장인 내 명령이니 네가 이해해라. 앉아라."

박무삼이 거들먹거리며 말했다.

"인테리어 안 바꾸셨네요?"

"나 그렇게 막무가내 아니다."

건우는 코웃음이 나오려는 걸 억지로 참았다.

"믿어드리고 싶은데 겪은 게 워낙 많아서요."

"너도 참 욕봤다. 그래서 바람 좀 쐬고 오너라. 조만간 뉴욕 지사 발령 떨어질 거다."

건우는 올 것이 왔다는 생각에 자신도 모르게 두 손을 힘껏 쥐었다.

"여기 남아 있어 봤자 더 이상 할 게 뭐가 있냐?"

"아버지 두고 혼자 못 갑니다. 차라리 사표를 쓰죠."

건우는 더 이상 들을 말이 없다는 듯 자리에서 일어났다.

"사표 쓴 다음엔? 내 뒤통수칠 연구하려고? 아니면 성북동 약점 캐고 다닐 거냐?"

"약속 때문에 가보겠습니다."

그런 건우를 보며 박무삼은 마치 남 얘기 하듯 한껏 여유가 느껴지는 말투로 말했다.

"그 약속 취소됐다."

"네?"

"아마 최 회장, 약속 장소에 안 나올 거야. 입에 지퍼 채우기로 얘기 다 끝난 모양이더라. 그러니까 딴짓 할 생각 말고 조용히 뉴욕 가라."

일이 틀어졌다. 이제 다 끝났다. 건우는 쓴웃음을 흘렸다.

"왜 자꾸 불효하라고 등 떠미세요? 사표를 쓰는 한이 있어도 아버지 옆에 남아야죠."

박무삼이 자세를 고쳐 앉으며 묘한 미소를 보냈다.

"네가 뉴욕에 안 가면……형님 다시 구치소 가셔야 한다. 병보석이 취소된다고!"

건우는 외통수에 제대로 걸렸다. 이제 장기 말을 통에 담기만 하면 깔끔하게 전쟁은 마무리될 모양새였다.

"어르신께서 여러 곳에 전화하시고 각별히 힘을 쓰셨습니다. 특별한 사유 없이 담당 재판부를 변경하는 게 쉬운 일은 아니니까요."

남종규가 어르신의 힘을 과시했다. 이경은 서재의 바뀐 인테리어를 감상하며 담담히 말했다.

"그럼, 언제든지 병보석을 취소할 수 있게 됐네요."

"무일이 조건을 걸어야 건우가 움직인다니 그렇게 할 수밖에."

장태준은 이경을 빤히 쳐다보았다.

"다른 일이 바빠서 박건우 씨를 제대로 마크하지 못했습니다. 자칫하면 재단 설립에 큰 문제가 생길 뻔했고요."

"그런데 건우를 그 먼 데까지 보내야 안심이 되는 겐가?"

"신발 속에 돌가루는 털어버리고 가야죠."

이 말은 사실 자신에게 하는 말이었다. 그로 인해 흔들리지 않을 자신이 있지만 사람 일은 모를 일이다. 벌써 세진이 마구 흔들리고 있었다.

이경이 주차장으로 나가는데 남종규가 또 따라붙었다. 할 말이 있으면 서재에서 하지. 모사꾼들의 습성은 어쩔 수 없다고 이경은 생각했다.

"무진 신도시 프로젝트나 재단 설립, 이제 양쪽 다 차질 없는 겁니까?"

"차질이 있기를 바라는 질문인가요?"

"그럴 리가요? 어르신의 큰 걸음인데 작은 실수도 주의하시라는 당부죠."

이경은 언짢았다. 큰 힘에 기대어 자신도 뭐라도 된 것처럼 착각하는 이들에게는 자비를 베풀 필요가 없다는 게 그녀의 평소 생각이었다. 그녀는 자신의 생각을 전했다.

"이사장님. 그런 당부는 부하 직원한테나 하세요."

그녀는 남종규를 스쳐 지나갔다. 남종규는 속이 부글부글 끓었다. 이런 일이 한두 번도 아니었다. 동생 문제로 확실히 돌아올 수 없는 강을 건넜지만 나룻배 한 척 정도는 띄워놓았었다. 이제 그 배마저 불사를지 고민했다.

젊은이들로 가득 찬 일본식 실내 포장마차에서 마리와 세진이 마주 앉아 술잔을 기울이고 있었다. 세진은 멀쩡해 보였지만 마리는 벌써 얼큰하게 취한 상태였다.

"너네 대표, 서이경! 그 여자 때문에 우리 아빠랑 할아버지, 바빠도 너무 바빠. 난 그건 아니라고 보는 입장이거든."

뭔 개소리를 하는지 세진은 울적한 마음이나 달랠 요량으로 그녀의 술 요청을 받아들였는데 아무래도 실수했다는 생각을 했다. 그녀는 이미 유나에게 문자로 도움을 요청했다.

"지가 뭔데? 그 여자가 그렇게 잘났니? 똑똑해?"

"잘났지. 어마무시하게 똑똑하지."

"그럼 뭐해? 옆에만 가도 밥맛 떨어져."

"말조심해라. 나 월급 주시는 분이다."

"헐, 충성심 쩌네. 야, 그래도 친구는 친구다. 크리스마스이브에다 기분도 꿀꿀해서 혹시나 전화했는데 진짜 나올 줄 몰랐어."

"나도 꿀꿀했어. 네 전화 안 왔으면 혼술 했을 거야."

"그래, 친구 좋다는 게 뭐야? 이렇게 한 잔씩 주고받고, 속얘기 털어놓고 그럼 되는 거지. 자, 한잔 하자고."

마리가 잔을 높이 치켜드는데 어딘가에 부딪혀 술을 엎질렀다. 그녀는 인상을 쓰며 돌아보는데 유나다. 선뜻 쓴 소리가 안 나왔다. 마리가 보기에도 유나는 세 보였다. 세진은 웃음이 나오는 걸 꾹 참았다.

"빨리 왔네. 앉아."

유나가 마리를 꼬나보며 세진의 옆자리에 앉았다. 유나는 마리를 천천히 훑어보았다. 마리는 본능적으로 유나가 자기 바로 위 먹이사슬에 해당되는 인간임을 알아챘다. 유나 역시 마리가 바로 아래 단계 부류임을 느끼고 선뜻 손을 내밀었다. 마리는 얼른 손을 잡았다.

"우리 친구할래?"

세진은 마리의 재빠른 항복 선언에 감탄했다. 마리의 부친이 딸 눈치의 반의반만 닮았어도 사고뭉치는 안 되었을 거라는 생각이 들었다. 둘은 통성명하며 급속도로 가까워졌다. 어느 한쪽이 머리 숙이고 다른 한쪽이 보듬어주면 세상에 문제 될 일은 없을 것 같았다.

"세진아, 미안해. 고백할 게 있어."

일순 대화는 멈추고, 모두 마리를 주목했다.

"나 진짜 못됐어. 첨에 너한테 친구 먹자고 한 거, 아빠가 시켜서 그런 거야."

그녀는 흐느꼈다. 세진은 다 알고 있는 사실을 뒤늦게 양심 선언 하는 그녀의 모습이 귀엽게 느껴졌다.

"나도 알고 있었어. 괜찮아."

"응? 진짜? 어떻게 알았지. 표 안 내려고 무지 노력했는데."

"아냐, 뭔가 목적을 가지고 다가오는 게 다 보이든!"

세진은 말을 멈췄다. 그녀는 뒤통수를 야무지게 맞는 느낌이었다. 자신만 표 안 내면 다른 사람이 알 리 없다? 혹시 건우 씨도 눈치 채고……? 지난번 통화할 때의 목소리 톤이 여느 때와 달랐다. 슬픔이, 아픔이 밴 목소리였다. 단지 병상에 누운 혈육에 대한 슬픔과 아픔과는 확연히 달랐다.

"미안해. 다음에 볼게. 다음에 보자."

세진은 짐을 챙기고 부리나케 뛰어나갔다.

건우는 세진의 전화를 받고 선선히 병원 로비로 나왔다.

"이 시간에 웬일이에요?"

세진은 엷은 미소를 보내는 건우에게 단도직입적으로 물었다.

"다 알고 있었죠?"

건우의 얼굴에서 미소가 사라졌다.

"알고 있었어요! 그렇죠?"

건우는 슬픈 눈으로 고개를 끄덕였다. 세진은 한없이 부끄러웠다. 치밀어 오르는 감정을 붙들어 매야 했다.

"미안해요."

"미안해야죠. 그거 아주 미안해야 하는 일이에요."

"그래도 건우 씨 걱정한 마음은 진짜예요."

"속이던 사람 얘기는 못 믿겠는데요. 나, 뉴욕으로 쫓겨 갑니다. 이경이가 애 많이 썼어요. 근데 병든 아버지 두고 가려니 미치기 일보 직전입니다. 그런데도 내가 세진 씨를 믿어주길 바라요?"

세진은 고개를 들 수 없었다.

"내가 그만두면 싸움도 끝나죠. 세진 씨 바람대로 됐네요."

"대표님, 멈추게 한다면서요? 제가 도와줄게요!"

건우는 그녀를 잠시 바라보다 끝내 말없이 힘없는 걸음을 옮겼다.

세진을 제외한 갤러리 식구들은 회의로 정신없었다.

"지금 준비된 정도면 TJ 문화재단은 무리 없이 승인될 거 같습니다."

"무진그룹의 네오시티 진행 상황도 별다른 하자가 없어요."

이경은 조 이사와 김 작가의 보고에 만족스러웠다.

"성북동에서 회동을 가질 겁니다. 그 모임을 시작으로 더 큰 사업, 더 많은 자금이 움직일 거예요. 이제부터는……."

세진이 들어섰다. 그녀 주위를 냉기가 휘감았다.

"박건우 씨 해외 지사로 가요."

이경은 관심 없는지 일어서며 회의 종료를 알렸다. 세진이 지나치려는 이경에게 따지듯 물었다.

"대표님이 그렇게 만들었어요. 장애물은 치우고 가야 하니까. 아니에요?"

"건우 씨가 왜 떠나는지 알아? 안 떠나고 버티면 자기 아버지 병보석이 취소되거든. 더 재미있는 건……."

이경이 세진에게 한발 다가섰다.

"건우 씨 가자마자 박 회장은 구치소로 돌려보낼 거야. 장애물은 한꺼번에 제거하는 거야. 다시는 거치적거리지 못하게."

이경은 파르르 떠는 세진에게 냉소를 남기고 계단으로 올라섰다. 갤러리 식구들이 멍하게 그녀 둘을 바라보았다. 세진은 조용히 그녀 뒤를 따라 올라갔다. 이경은 평소처럼 책상으로 가 서류를 추렸다.

"자길 속였다는 걸 건우 씨는 알고 있었어요."

"들킬 줄 알았어. 요즘 너, 한참 허술해졌거든."

이경이 태연하게 받았다.

"아버지 곁은 지키게 해줘요. 박건우 씨는 이미 졌잖아요."

"난 사람이 할 수 없는 걸 하는 게 좋아. 내 목표는 아무도 가본 적 없는 꼭대기에 오르는 거니까."

"그게 다른 사람을 불행하게 만들 권리는 아니에요."

"날 추월해서 세상 꼭대기에 오르고 싶다고 했지? 그럼 버려. 거치적거리는 모든 걸 버리고 가는 거야."

"최고가 되고 싶다고 했지, 괴물이 될 생각은 없어요."

"전에 말했잖아. 언젠가 선택해야 할 순간이 온다고. 만능키! 아니면 장애물! 그 역할은 네가 선택하는 거야. 내가 정하는 게 아니라."

"멈추세요. 지금이라면 여기서 그만둘 수 있어요."

"아니, 이제 막 시작했어."

"그럼, 절 잃으실 거예요. 저는 대표님 버리기 싫어요."

"어리광 피우지 마. 원한다고 전부 가질 수 없어."

더 이상 말이 필요 없었다. 세진은 자신의 역할을 깨달았다. 그녀를 멈추게 하는 것이 그녀를 추월하는 것임을. 천천히 돌아섰다. 자신을 바라보는 이경의 시선이 느껴졌다. 지금은 걸어 나가야 할 때였다.

크리스마스라 갤러리 식구들이 출근하지 않았다. 이경의 성북동 스케줄도 확인했다. 세진은 무거운 마음으로 홀로 출근했다. 그녀는 곧장 이경의 집무실로 가 책장 뒤에 숨겨진 비밀 금고를 바라보았다. 갤러리 식구라면 비밀 금고의 존재를 알았다. 록 잠금장치도 없는 금고였다. 그만큼 이경이 갤러리 식구에 대한 신뢰가 강했고, 그만큼 식구들의 이경에 대한 충성심도 강했다. 그녀는 머뭇거리다, 결심이 섰는지 입술을 깨물며 금고 문을 열었다. 각종 서류와 문건들이 잘 정돈되어 있었다. 세진은 원하던 바를 금세 찾아 문을 닫고 책장도 닫았다.

이제 돌이킬 수 없다는 각오로 그녀는 획 돌아서는데 탁이 문 앞에 버티고 있었다.

"너 지금 뭐하냐?"

"모른 척해. 넌 못 본 거야."

"나에게 명령하지 마. 대표님만 나에게 명령을 내릴 수 있어."

세진을 입술을 피가 나올 정도로 더욱 세게 깨물었다. 밤새 고민하다 작당한 일이 초장에 박살이 났다. 그녀는 어깨를 축 늘어뜨렸다. 마지막으로 자신의 의지만은 보여주고 싶었다.

"보내 줘!"

탁이 뜻밖에 옆으로 비켜섰다. 세진이 믿을 수 없는 눈으로 그를 쳐다보았다.

"금고에 대한 그 어떤 명령도 대표님께 받은 건 없어. 그것뿐이야."

"고마워. 탁아."

"고마워할 것 없어. 대표님이 잡으라고 명령하면 난 잡을 거야. 그 이상도 할 수 있어. 넌 날 잘 몰라!"

세진은 인사를 꾸벅하고 그를 스쳐 지나갔다.

뉴욕으로 발령이 떨어졌다. 건우는 커다란 여행용 가방을 차에 실었다. 한숨을 내쉬고 차에 오르는데 세진에게서 전화가 왔다. 무시했다. 두 번, 세 번. 그녀에게 흔들렸던 자신을 책망하며 마지막 인사나 건넨다는 마음으로 전화를 받았다. 그녀는 숨 쉴 생각이 없는 것처럼 말을 마구 쏟아냈다. 전화를 끊고 건우는 가방을 차에서 다시 내렸다.

해가 높게 떠올라 온갖 걸 비추었다. 이경을 제외한 모든 사람들은 조금씩 들떠 있었다. 가장 큰 가시적 성과를 가진 박무삼이 먼저 입을 열었다.

"민간사업으로는 단군 이래 최대 규모죠. 그룹 내 핵심 브레인들이 매일 철야 한다고 죽는 소릴 해댑니다."

"재단 안정성에 대해서도 안심하십시오. 2중, 3중의 회계 처리로 자금 추적이나 차단을 어렵게 만들어났습니다."

한 번 나락으로 떨어진 경험이 있기에 손 회장 역시 의욕적으로 업무에 매진했다. 장태준은 모든 것이 흡족했다.

"그래, 다들 노고가 많구먼. 특히 우리 서 대표가 고생이 많아."

이경은 가벼운 목례로 대답을 대신했다.

"서 대표가 아니었으면 이 짧은 기간에 이만한 성과는 불가능했을 겁니다."

"아무렴요. 일등 공신이죠."

속없는 소리에 이경은 거짓 미소를 보이는데 진동이 울렸다. 박건우였다.

"작별 인사까지 할 줄 몰랐네."

"지금 만나야겠다."

"중요한 모임이 있어."

"이게 더 중요할 거야. 작은아버지 리베이트 자료, 내 손에 있거든."

이경은 가까운 커피숍에서 건우를 만났다. 그는 한결 여유로운 표정으로 서류 봉투를 건넸다. 이경은 내용물을 잠시 확인하고 내려놓았다. 건우가 재빨리 서류를 챙겼다.

"바쁘다니까 간단히 하자. 더 이상 우리 아버지 병보석 건으로 장난칠 생각하지 마."

"그 서류, 잘 보관해. 세상에 나왔다간 회장님, 다시 구치소에서 식사하셔야 될 거야."

"안심해. 한 번 털렸는데 두 번 털릴 순 없잖아? 궁금하지 않아? 이 서류의 출처."

"알고 있어."

건우를 만나고 나온 이경은 세진의 집 앞으로 차를 몰았다.

세진은 이경의 전화를 기다리고 있었던 것처럼 신호음이 울리자마자 전화를 받았다.

"금방 나갈게요."

멀리서 골목길을 돌아 나오는 세진의 모습이 보였다. 이경은 세진에게 차에 타라고 손짓했다. 세진은 담담히 차에 올랐다.

"쉬는데 방해됐니?"

"백수예요, 저."

"나한테는 다행이네. 크리스마스라 그런지 기분이 심란하네. 오늘 하루, 내 친구나 해줄래?"

세진은 밝은 표정으로 고개를 끄덕였다. 차는 헤드라이트를 켜고 천천히 움직였다.

〈2권에서 계속〉

불야성 不夜城 1

1판 1쇄 인쇄 2017년 4월 15일
1판 1쇄 발행 2017년 4월 20일

원작 한지훈
소설 안진홍

발행인 김성룡
교정 김은희
디자인 김민정

펴낸곳 도서출판 가연
주소 서울시 마포구 월드컵북로 4길 77, 3층 (동교동, ANT 빌딩)
구입문의 02-858-2217
팩스 02-858-2219

ISBN 978-89-6897-034-4 03810